U0540050

大理寺小飯堂

卷一

漫漫步歸 著

大理寺小飯堂 一 目錄

第一章　冷飯糰與雞蛋炒麵

梆子敲了三聲，兩個被請來念經的和尚再也抵擋不住睏意下去歇息了，整個靈堂裡只有兩個粗壯的丫鬟在燒紙錢。

其中一個打了個哈欠，拿起手邊的白綾，道：「起來吧！」

另一個隨手扔了一疊紙錢到火盆裡，跟著站了起來。

夜風吹來，紙紮被吹得嘩嘩作響，雪白的靈堂裡空空蕩蕩的，實在是有些瘮人。

兩個丫鬟卻連眼皮都未抬一下，逕自走到擺在正中，沒有蓋棺的棺材旁，抬腳踩上架住棺材的條凳，兩人看向躺在棺材裡的人。

花貌雪膚的少女正靜靜的躺在裡頭，在靈堂昏黃燭光的照耀下，更顯得其容貌奪目，栩栩如生。

「溫小娘子？」其中一個丫鬟試探著喚了一聲。

躺在棺中的少女聞聲睜開眼睛，坐了起來。

原來不是栩栩如生，而是棺材裡的少女原本就是個活人。

看著棺材裡驟然坐起的人，兩個丫鬟臉上卻沒有半點意外之色，其中一個還笑著道：「委屈溫小娘子了。」

少女輕嗯了一聲，抬頭看向四周。

這舉動看得兩個丫鬟不由一愣，坐在棺材裡打量周遭的少女目光流轉，燭光映在那一雙翦水似的眼眸中，竟似星子一般熠熠生輝。

這麼個美人，難怪公子捨不得，不肯放手了。也不怪那位不放心，要千方百計的命人解決她了。

兩人對視一眼，其中一個向少女伸出手，「溫小娘子，奴婢扶您起來吧！」

少女不疑有他，朝她遞了手，下一刻，口中發出「唔」的一聲，臉色陡變。

白綾纏住了少女的脖頸，緊緊的向後勒去。

燭光將三人的影子無限拉長到了地面上，少女奮力踢打反抗，影子隨之搖晃，從掙扎到頹然鬆手，從一個活色生香的美人到冰冷的屍體不過眨眼之間。

兩個丫鬟探了少女頸脈，確定她確實死了，才鬆開了白綾，將少女重新放回棺材裡。

靈堂都設了，當然要有死人了，一個假死人怎麼夠？

做完這一切，兩個丫鬟走下條凳，回到火盆旁，不復方才的漫不經心，神情凝重的往火盆裡扔了一大把紙錢。

做了虧心事，到底不如方才那般無懼了，兩個丫鬟絮絮叨叨的說了起來。

「莫怪我們，要怪也只怪你們溫家擋了旁人的路！那位那樣的身分，怎麼可能容許公子心中另有他人？」

「是啊，你們溫家不識抬舉，若不是……誒，也不至於獲罪抄家，還喊冤無門，叫妳好端端的從一個世家大族的千金小姐淪落至此！」

這個夢，她做了不知多少次了，從最開始的只能如提線木偶一般一遍又一遍的重複著方才那一幕，到漸漸開始能在臨近夢醒之時掌控自己的身體了。

兩個丫鬟背對著棺材絮絮叨叨，不曾注意到被她們勒死的少女突然睜開眼睛，悄悄坐了起來。

她知道夢快結束了，想了想，手伸出棺材，抓住一旁的紙紮，猛的晃了晃。

方才對紙紮聲連眼皮都不抬一下的兩個丫鬟此時被晃動的紙紮聲駭了一跳，本能的回頭看去。

卻見明明死透了，躺在棺材裡的少女不知什麼時候坐了起來，咧嘴露出森森的白牙，朝她們伸出了手，「搭把手可好？」

兩道淒厲的尖叫聲劃破靈堂的上空，也讓溫明棠從睡夢中驚醒過來，她打了個哈欠，從床上坐起來。

把那兩個丫鬟嚇得那般慘，她覺得神清氣爽，心情極佳。

這個夢做了不知多少次了，從穿越過來，成為八歲的溫明棠那會兒便開始做了。

起初不過一年一、兩次，隨著出宮的日子越近，卻是越來越頻繁，頻繁到今日就要出宮了，她反復做了一整晚的這個夢。

看著漸露魚肚白的天色，溫明棠走下床，將包袱裡的七封信拿了出來，上面「明棠妹妹親啟」的字跡一模一樣，右下角還有個小小的「葉」字紅色印章。

成為這個溫明棠之後，她也繼承了少女八歲之前那些零零散散的記憶。

溫家未被抄家前，少女同金陵的葉家有一樁開玩笑似的指腹為婚的親事。

後來溫家出事，葉家人及時撇清了同溫家的關係，這樁只口頭承諾的親事自也不作數了。

不過，葉家那位曾口頭承諾同她指腹為婚的小公子倒是年年都有書信寄來，字裡行間中似是仍惦記著幾分兒時的情誼。最後一封信是年關的時候寄來的，寫道聽說她能出宮，邀她去金陵看看江南風景云云的。

看來葉家人消息很是靈通嘛！溫明棠這般想著，轉頭看向身旁的銅鏡，一張巴掌大的小臉映在了銅鏡中，厚重的劉海遮住了大半張臉，也蓋住了少女的容色。

這張臉其實同自己原先那張臉是有幾分肖似的，因此溫明棠穿越過來時並沒有對換了具身體產生過不適。只不知是大榮山水過於養人，還是這具身體確實是個實打實的美人胚子，隨著年歲漸長，倒是出落得越發動人了。

溫明棠摸了摸自己的臉，嘆了口氣，人都愛俏，記憶裡那個小姑娘也愛美得很。若是知曉自己這般「糟蹋」她的臉，會不會哭鼻子？

不過嘛，活著才是最重要的。她放下厚重的劉海，垂下眼瞼，這是她慣常出現在人前的模樣。

容貌倒也稱得上秀美，可似這樣的美人宮中還有不少，著實不算出挑。

溫明棠沒有再看銅鏡中的自己，轉而認真收拾行李。待到宮中報曉鼓被敲響的那一刻，溫明棠將打包好的三個包袱背上，推開了屋門。

五年了，從先帝溘然薨逝，等到新帝登基，她總算能出宮了啊！

長長的隊伍從通明門一路排到了掖庭，溫明棠站在隊伍末處懶懶的打了個哈欠。

一位身著月青色短糯褶裙，頭梳垂髻的女官帶著兩個宮女從這裡經過，一眼就看到了正在打哈欠的溫明棠。她腳步一頓，對身邊的宮女囑咐了一句，便朝溫明棠走來。

「起晚了？」

聽到身後傳來的那道威嚴女聲，溫明棠轉身，對上容貌清秀，神情卻嚴肅的女官忙欠身施了一禮，「趙司膳。」

趙司膳嗯了一聲，瞥了眼長長的出宮隊伍，「待輪到妳出宮怕是要過午時到未時了，到我阿兄家可能趕不上午膳了。」

溫明棠不以為意，「那便不去司膳阿兄家吃午膳了，吃個晚膳也成。指不定司膳阿兄夫人見我少蹭一頓飯食，如此識趣，晚膳還能給我加個肉菜呢！」

趙司膳瞥了含笑的溫明棠一眼，毫不客氣的打斷了她的念想，「妳想的倒是美！我那兄嫂的性子我還能不知道，妳要加個肉菜，還不如直接割了他們的肉！」

溫明棠聽了臉上笑意更深，「那還是罷了，我好歹在宮中做了五年的活，去城中尋個客棧住幾日的銀錢還是有的！」

聽溫明棠不去蹭趙司膳阿兄家的吃住了，趙司膳卻是哼了一聲，「罷什麼罷？妳不去我阿兄那裡住幾日，我如何知曉家中的真實狀況？不早做準備，待到來年出宮，叫人將我趕出我自己出錢購置的食肆不成？」

趙司膳是十五年前入宮的，那時先帝在位，卻也四十多了，彼時的趙司膳卻不過是二八年華的少女。

皇帝都那麼大年歲了，但凡心疼女兒的尋常百姓家，自是不會將女兒送進宮中當伺候人的宮女，又不似那些高官權臣的女兒進宮是做娘娘的。即便僥倖入了老皇帝的眼……說實話，皇帝那歲數都夠當趙司膳的爹了，尋常女子若不是貪圖富貴權勢，哪個想要被老皇帝相中的？

進宮不是一件好差事，可趙司膳那時卻不得不進宮。原因無他，家中窮得揭不開鍋了。

趙司膳的阿兄又是個一事無成的男人，眼瞧著兄妹都快過不下去了，趙司膳不得已才入了宮。

比起沒什麼用的阿兄，趙司膳雖是女子卻厲害多了，硬生生的憑藉自己的本事在宮裡的尚食局謀了個司膳的位置，沒有被人當成墊腳石，反而自己出了頭，足可見趙司膳的厲害之處。

宮中貴人的賞賜大方，趙司膳有了錢，自也沒忘了阿兄。當然阿兄也不會忘了她，畢竟進宮的阿妹可是個錢袋子呢！

入宮第三年，趙司膳的阿兄看上了一個劉姓貨郎的女兒要娶妻，他自己當然沒錢，於是求了趙司膳。趙司膳出錢給他娶了妻，而後生了個女兒，養不起女兒，趙司膳阿兄又來了。

趙司膳彼時正得貴人賞識，手頭也算寬裕，便掏盡所有家當買了間帶小鋪面的宅子。地點雖不算好，可也是長安的房子，總算叫趙家擺脫了幾輩都是無殼蝸牛的命運。

那小鋪面後來做了個小食肆，賣的菜式也俱是趙司膳教的。

「他的媳婦是我幫他娶的，沒讓我自己去洞房，把便宜讓給他了。」趙司膳板著一張臉，偏偏出口的話險些沒叫人笑出來，「他住的地方是我買的，沒讓他交過一個銅板的房租；他那小食肆的菜式是我教他的，沒叫他出一分銀錢。」說到這裡，趙司膳終是忍不住嘆道：「我那阿兄，大街上閉著眼睛隨便抓個男人都能比他有用些，劉氏能看上他，不過是看他好拿捏，背後有我這個金袋子罷了！」

溫明棠聽到這裡，忍不住輕咳一聲，一本正經的建議趙司膳，「那待趙司膳出宮了，劉氏您得自己來睡，把自己娶的媳婦讓給您阿兄那麼多年，豈不是虧大了！」

「別胡說！」趙司膳給她一記栗暴，沒好氣道：「豈不說我不好這口，便是好這口，她那苦瓜臉、蒜頭鼻、綠豆眼的刻薄相，我便是閉著眼睛也下不了手，真睡她豈不是虧大了！她要是生成妳這樣，我還睡得下去。」

說話的工夫已經耽擱了好一會兒了，見同她一道來的兩個宮女不斷朝自己使眼色，趙司膳剜了溫明棠一眼，笑罵道：「每回碰到妳，都引我多廢話！且不說那婆娘了，說正事。每回那兩人來要錢都是一副老實憨厚的樣子，可我在宮中待了十幾年了，還不曾看走眼過。劉氏決計不是好相與的，妳出宮先去我阿兄那裡住兩日，摸清我家裡的狀況之後再走。哼，他們拿我的錢財吃穿不愁了，過河拆橋什麼的，想都不要想！」

「是，我知道了。」溫明棠乖乖應了。

趙司膳看了眼兩個已露出急色的宮女，轉身走了兩步，卻又忍不住回頭提醒溫明棠，「莫忘了去見張採買，眼下城裡好幾個衙門的公廚都缺人，那公廚衙門包吃包住的，是個好行當，錯過這個村可就沒這個店了！」

「趙司膳放心，我定會去找張採買，不叫您的打點落了空。」

一席話惹得趙司膳飛來一個白眼，這才轉身向宮女走去。

兩個宮女看著一步一回頭的趙司膳，其中一個忍不住目露豔羨之色，「溫小娘子運氣真是好！」

入了掖庭的犯事官員女眷能得女官不避嫌的庇護，少了不少磋磨，豈不是天大的運氣？

「那可不是溫小娘子的運氣好，是溫小娘子救過趙司膳的命呢！況且溫小娘子為人和善又伶俐，能得趙司膳青睞也不足為奇了。」

說話的工夫，趙司膳已經回來了，沒了在溫明棠面前嬉笑怒罵的模樣，表情嚴厲了不少，道了聲「走吧」，便帶著兩個宮女向前走去。

目送著趙司膳離去的背影，直到再也看不到了，溫明棠才收回目光，專心排起隊來。

這一排便排到了午時，肚子不合時宜的發出咕嚕聲響。

餓啊！溫明棠摸了摸肚子，看了眼前頭尚有不少人的隊伍，從包袱裡摸出一顆巴掌大小的飯糰，正要下嘴，卻見前頭排隊的隊伍開始自發向宮牆邊避讓。

溫明棠來不及咬上一口飯糰，只能跟著隊伍向牆邊避讓。

從通明門外走進來一群官員，而且萬綠叢中一點紅，溫明棠的目光很自然的落在正中的紅袍官員身上，隨即便頓住了。

原因無他，著實是正中這位紅袍官員生得實在是太好了！

其人本就膚白，在身上緋色官袍的襯托下更顯得凝白如玉，目似寒星，鼻梁高挺，風姿卓群。尤其在周圍一群頭髮花白，已到「慈祥」年歲的綠袍官員的襯托下，更顯清俊出塵。

長長的隊伍不知不覺安靜了下來，從那一行人進入通明門開始，到走入掖庭。短短一刻的工夫，整個通明門內鴉雀無聲，真是一根針掉地彷彿都能聽到一般。

溫明棠目送一行人遠去，頭一回有種自己詞窮不知如何形容先時情形之感，只是那一瞬，當真是滿牆宮城綠柳皆黯然失色。

有這等感覺的顯然不止溫明棠一個，安靜的隊伍在那一行人走後再度熱鬧了起來。

溫明棠邊吃飯糰邊排隊，前頭細碎的議論傳入耳中，她知道那緋色官袍官員的身分了。林斐，平觀十九年探花，中探花時不過十六歲。如今剛過弱冠之齡，已官至正四品的大理寺少卿。撇去這個身分之外，他還有另一個身分，靖國公次孫，其父靖雲侯，母親是滎陽鄭氏的嫡女。

前者能力出眾，後者出身尊貴。

如此金尊玉貴的兒郎，自然同他們這些排隊等候出宮的宮人沒什麼干係。

前頭細碎的議論聲很快便消散了，還是排隊等著出宮要緊。

趙司膳所料不錯，輪到溫明棠的時候，已過午時了。將掖庭批下來的文書同宮中佩戴的身分腰牌交給查驗的宮人，核對一番確實無誤之後，宮人將文書推到了她的面前，指著文書右下角道：「簽上名字或摁上指印便可以離開了。」

溫明棠提筆在右下角寫下自己的名字，轉身走出通明門。

她不知道的是，其中一個驗行宮人看到她提筆寫下的名字時，並沒有如先前一般查驗過後便置於一旁，反而忍不住拿起來認真看了好一會兒，而後嘆道：「這字寫得真不錯啊！」

文書就在這裡，溫明棠的過往一覽無餘，雖說也是獲罪的大族之後，可她進掖庭時才八歲，成日勞作竟還有工夫練字？

一旁的驗行宮人雖也有片刻的驚訝，卻很快便恢復如常了，「她姓溫，你想想那一年獲罪的溫姓官員。」

被提醒了一句的驗行宮人頓時了然，「原來如此，經你一說倒是不奇怪了。」這點微不足道的小插曲很快便被兩個宮人拋到了腦後，溫明棠也已踏上了通明門外的長安大街。

站在長安大街上，溫明棠回頭看了眼自己方才走出的通明門，忍不住伸手比了比。看著巍峨的宮牆其實也沒那麼高，卻偏偏將無數人困在其中，搖頭笑了笑，溫明棠向前走去。

長安大街一如原主年幼記憶中的那樣繁華，商鋪、食肆、酒館林立，小販的叫賣聲、行人的說笑聲，帶著經年的記憶如潮水般湧來。

溫明棠恍惚了一下，伸手下意識的在胸前拍了拍，似是在安慰自己，又似是在安撫這具身體本身。待到心情稍稍平靜之後，繼續抬腳向前走去。既已出來了，往後她會有大把的時間來逛這長安大街，不必急於這一時。

方才排隊未吃上午膳，只來得及啃了顆冷飯糰，眼下倒確實有些餓了。只是眼下不是飯點，不少食肆都是不開火的。溫明棠只能選擇街邊的餛飩攤，花十文錢叫了一碗清湯餛飩，只是吃下第一口，眉頭就忍不住皺了起來。湯是真的清，直接用白水澆的。攤主也清楚白水無味，便乾脆將所有的鹽巴加進了餛飩裡，鹹得發苦的野芥菜與丁點大的肉沫子，難怪過了飯點還剩一大半未賣完是有緣由的。

勉強吃了兩顆，待吃到第三顆裡頭帶了根頭髮的芥菜餛飩時，溫明棠深吸了一口氣，終於還是放下筷子起身走了。這餛飩再吃下去，肚子裡那可憐的冷飯糰都要吐出來了。

眼下沒法子提前打點好肚子，便只能去趙司膳阿兄家打點了。

只是想到趙司膳口中的阿兄和阿嫂，溫明棠覺得還是有備無患些來得好，所以在去趙記食肆前特意走了趟集市。

從集市出來走到趙記食肆門前時，還未到吃晚膳的時候。

溫明棠走入食肆，眼下堂中一個客人都沒有，唯有趙司膳阿兄趙大郎正在擦桌子。

因著以往趙大郎去趙司膳那裡賣慘討錢的時候同溫明棠見過，所以倒也不用特意自我介紹了，笑著道：「趙家阿叔，我今日從宮中出來了。」

趙大郎朝她乾笑一聲，眼角餘光瞥向後頭簾子的方向，聽到動靜的劉氏掀開簾子走了出來。

溫明棠面帶微笑看著趙司膳口中苦瓜臉、蒜頭鼻、綠豆眼的劉氏，喚了聲「阿嬸」。

以往到宮中尋趙司膳討錢，對趙司膳身邊的溫明棠一向客氣不已的劉氏此時恍若換了個人似的，對溫明棠的招呼只冷笑一聲，「莫叫我阿嬸，我可沒有妳這麼大的姪女，進來吧！」

這般翻臉如翻書的舉動早被她同趙司膳料中了，溫明棠自然不覺奇怪，只笑了笑跟著劉氏走了進去。

她的這一番不以為意的舉動落在劉氏眼裡自然礙眼得很，進後院的時候，養在後院的黑狗見到主人熱情撲上來，劉氏卻抬腿就給黑狗來了一腳，罵道：「沒臉沒皮的東西，當初看你可憐，給了你一根骨頭，就賴著不走了是吧？」

無端被踹了一腳的黑狗痛得「嗚嗚」叫了兩聲，惹來趙大郎同劉氏的女兒趙蓮的心疼，「娘，妳做什麼，阿毛哪裡惹妳了？」

聽著劉氏的指桑罵槐，溫明棠臉色不變，倒是從屋中跑出來的趙蓮看到她時，高興的跟她打招呼，「溫姐姐，妳來了……」

只是話未說完，便被劉氏打斷，「還不快去支桌子擺晚膳！」

對劉氏這個母親，趙蓮顯然也有些發怵，她朝溫明棠笑了笑，便去了前頭。

打發走了趙蓮，劉氏就冷著臉領溫明棠進房。

後院總共有三間房，一間用來堆放雜物，餘下的趙大郎同劉氏夫婦一間，趙蓮一間。

溫明棠自然與趙蓮同住一屋，裡頭的床雖然不大，可睡溫明棠同趙蓮兩個姑娘還是沒什麼問題的。

溫明棠將包袱放下，正要隨劉氏去前頭吃飯，劉氏卻道：「溫小娘子一路從通明門走到這裡，怕是出了一身汗，且先洗漱一番再來吃飯吧！」

如今雖未入夏，可走了大半天的路，溫明棠確實出了汗，洗漱一番倒是正好，不過劉氏有那麼好心嗎？

溫明棠笑了笑，乖乖應了下來。

果然，待溫明棠洗漱一番過後再去前頭吃飯時，飯桌上的一盤野芥菜、一盤紅燒鯽魚全都空了。

劉氏看著她，皮笑肉不笑的埋汰起來，「溫小娘子洗漱也太久了，菜都被吃光了呢！」一旁的趙大郎恍若聾了一般，頭也不抬，只一聲不吭的扒拉著碗裡堆得如小山一般的野芥菜同紅燒鯽魚。

今兒趙家的晚膳，主食是麵，配一盤素菜野薺菜，同一盤葷菜紅燒鯽魚。方才趙蓮才上飯桌，還未來得及端飯碗，劉氏便將野芥菜和紅燒鯽魚都分成了三份，不由分說便往三人的碗裡倒去。

她才想說溫明棠還沒吃，劉氏卻狠狠的剜了她一眼，讓她閉嘴只管吃就好了。可這怎麼吃得下？在劉氏的目光中勉強吃了兩口麵，便見溫明棠洗漱完過來吃飯了，臊得臉都紅了，「溫姐姐，我碗裡的菜還沒動……」

話還未說完，便聽「啪」的一聲，劉氏將手裡的筷子拍在桌子上，冷笑道：「阿蓮說的什麼話？妳溫姐姐家代代都是做官的，知書達理，又怎會去搶旁人碗裡的吃食？」

比起方才對著黑狗的指桑罵槐，劉氏似是怕溫明棠聽不懂一般，直接開口嘲諷了起來。這意思是她同趙司膳想搶她的鋪子？可鋪子莫說不是劉氏的，連趙大郎的都不是，鋪子的房契、地契上寫的可都是趙司膳的名字。

溫明棠對劉氏的明嘲暗諷彷若未聞，只笑著問劉氏，「阿嬸，可還有什麼吃食？」

鋪子畢竟是趙司膳的名字，劉氏便是再看她不順眼，面子功夫還是要做的，「還有一捧麵，只是麵上沾了些鍋灰，溫小娘子若是不介意，洗洗煮了吃也成。」

劉氏這般做法羞得趙蓮都抬不起頭了，見溫明棠應下，轉身進了廚房，終是忍不住勸劉氏，「娘，妳也太過分了，姑姑和溫姐姐……」

「多嘴！」劉氏瞥了眼趙蓮沒動幾筷子的麵碗，「趕緊將飯吃了，一會兒幫忙擦桌子去！」

畏懼劉氏，又見自家阿爹一聲不吭，趙蓮也不敢再說了，又勉強吃了幾口，著實不想往嘴裡塞了，「芥菜澀又鹹，鯽魚腥得很，我吃不下了。」

眼下已到飯點，趙記食肆卻連一個客人都沒有不是沒有緣由的。即便有趙司膳手把手教的幾道菜，可劉氏和趙大郎著實不是這塊料，來店裡的客人通常來過一次便不再來了。

這條街的位置雖說有些偏，可街上旁的食肆到了飯點生意卻是都不錯，唯有趙記食肆越做越差。

做菜難吃自也成了劉氏的心病，眼下聽趙蓮嫌棄飯菜難吃，再加上她今日三番兩次的替溫明棠說話，心中的怒火瞬間熊熊燃起，「那妳就別吃了，滾去找妳的好姐姐去！」

一頓不吃餓不死，劉氏有心要給趙蓮一個教訓，好叫她明白什麼是自己人，什麼是外人！

被劉氏罵了一通的趙蓮悻悻的放下筷子，摸了摸袖袋裡的銅錢去了廚房，她同溫姐姐出去買個餅子應付一下也成。

待趙蓮走後，劉氏這才瞥了眼一旁悶頭吃飯的趙大郎，「你看看，我就說你那在宮中做了司膳的阿妹不是好相與的，人要到來年才出宮，今年便叫這姓溫的罪官之後來咱們家裡吃白食了！」

「應該不會的，我阿妹上次說了，溫小娘子只待幾天就要走的。」

「走？她一個罪官之後能去哪裡？去下頭找她那些親眷嗎？我方才借著罵阿毛的口罵她打秋風，她連點反應也沒有。臉皮這般厚，怎麼不會一直住下去？」

溫明棠一直住下去已叫劉氏難以忍受了，更無法忍受的還是趙司膳的歸來。

「你阿妹明年就要出宮了，到那時這食肆做主的是我，還是她？」

「這……這食肆本就是她的，她是我阿妹，不會太過為難我們的，到時候妳讓著她點……」

「要我讓她？做夢！」劉氏尖叫一聲，指著趙大郎的鼻子警告，「我告訴你，叫我劉素娥看人臉色行事，你想都不要想！她出宮前你若沒有將這宅子弄到手，我們便和離！」

一句「和離」把趙大郎嚇得臉色都白了，忙苦著臉道：「可我沒辦法，那契書……」

「那就聽我的！」劉氏懶得聽趙大郎廢話，伸手指了指後頭廚房的方向，「先從那丫頭片子下手，她若是出了什麼岔子，你那推薦人來的阿妹也脫不開關係。到時候借著這把柄，待你阿妹一出宮，便將她賣……嫁出去，還能得些禮錢。嫁雞隨雞，嫁狗隨狗，都成了別人家的人了，這宅子不就成了咱們的？」

聽著劉氏一手算計自家阿妹的算盤打得啪啪響，趙大郎卻連句反駁的話都沒說，只低頭嗯了一聲。

這般說什麼是什麼，任人拿捏的樣子看得劉氏很是滿意，她當年就是相中了趙大郎這等軟弱無用的樣子，外加一個厲害能生金蛋的阿妹才嫁的。透過趙大郎將他阿妹的錢財弄到手，豈不比她自己出去賺錢容易多了！

正想著，一股香味突地鑽入鼻間，劉氏愣了一愣，察覺到是自廚房裡傳來的香味之後當即變了臉色，對還愣在原地的趙大郎道：「你在這裡看著鋪子，我去後頭看看去！」

早說姓溫的小丫頭片子根本沒把自個兒當外人，她廚房裡還存了些肉，那丫頭莫不是用了她的肉來做吃食？劉氏寒著一張臉急急忙忙向廚房走去。

話分兩頭說，得了劉氏一句「洗洗煮了吃也成」的溫明棠走進廚房，那一碗沾了鍋灰的麵條果真放在灶臺上，看著碗裡被刻意灑了鍋灰的麵條，溫明棠也不以為意，直接舀了一瓢冷水進碗裡，攪動了起來。

被劉氏勒令不准吃飯的趙蓮一進門看到的便是溫明棠默默「洗麵」的場景。

趙蓮看得臉又紅了，忙上前拉溫明棠的手，「溫姐姐莫吃了，我這裡還有幾個銅錢，咱們上街買兩個餅子吃吧！」

溫明棠卻朝她搖了搖頭，笑著問趙蓮，「吃過炒麵嗎？」

炒菜她知道，可麵條這等白水煮的東西也能炒嗎？趙蓮老老實實的搖了搖頭，「沒吃過，也沒聽過。」

「那妳今兒有口福了。」溫明棠朝她眨了眨眼，「就讓妳嚐嚐炒麵的好味道。」

讓趙蓮在廚房看著洗過的麵條，溫明棠回了一趟屋子，將從集市買來的十顆雞蛋同一把青菜和胡人那裡買的洋蔥拿過來。

兩顆雞蛋磕入碗中打散攪勻，青菜洗淨切段，洋蔥切絲。

油、鹽、糖這些東西便是尋常人家的廚房都不會缺，更莫說食肆的廚房了，自然都有。

一切準備就緒，溫明棠舀了一勺油下鍋，待油鍋熱了，當即倒入蛋液。

香味立時飄了出來，還不待趙蓮有所反應，就聽到鐵勺同鐵鍋磕碰幾聲，黃橙橙的炒蛋已經被溫明棠盛出來，放在一邊，而後又一勺油下去，將青菜同洋蔥倒了進去。

洋蔥遇油香味立時激發出來，原本看到洋蔥跑到門邊的趙蓮實在沒忍住又跑了回來。

胡人的那些菜她在騾馬市看過，這個叫洋蔥的蔬菜她自也知曉。

有一回同劉氏逛騾馬市時看到胡人生洋蔥配饃吃，過往有路人好奇便上前討要，那胡人也大方，來者不拒，以劉氏貪便宜的性子自然也上前討要了。結果生洋蔥入口的辛辣險些沒叫她二人嗆死。更糟糕的是劉氏還用摸過洋蔥的手摸了眼睛，結果整整一個下午眼淚都流個不停。

自此趙蓮看到洋蔥便繞道走，可沒想到這叫洋蔥的蔬菜炒了之後香氣竟然這般誘人！

趙蓮沒忍住，只覺口水不受控制的冒了出來，眼睛巴巴的看著鍋裡，捨不得挪開。

青菜同洋蔥略略一炒之後，那洗過的麵條同雞蛋便被溫明棠一同倒進了鍋裡，加了醬油、糖、鹽翻炒了起來。

趙蓮只看到溫明棠炒麵的手法快而利索，一點不比她切菜時的手法慢上半分。本就誘人的洋蔥香碰上醬汁的香味更是勾得人肚子裡的饞蟲都跑出來了，趙蓮大口大口嗅著炒麵的香氣，自家食肆開了多年，還是頭一回聞到這麼香的味道。

待麵熟後，溫明棠將炒麵倒入兩個盤子裡，趙蓮便忙不迭地端起盤子夾了一筷往嘴裡送。

溫明棠見狀連忙喊道：「小心燙！」

只可惜話雖說得快，到底還是慢了一步。

舌頭被燙到的趙蓮眼淚汪汪的看向溫明棠，卻捨不得將炒麵吐出來，含糊不清的道：「好好吃！」

這模樣……溫明棠失笑，「好吃便多吃些，不夠我這裡還有。」

話音剛落便聽外頭一道尖銳的聲音響了起來，「慢慢吃什麼？吃我的肉嗎？」

隨著那道尖銳的聲音，劉氏拉長著一張苦瓜臉風風火火的殺進廚房，「櫥櫃裡的肉是要給客人吃的，哪是妳能吃的？」

趙蓮才夾了一大筷炒麵入口，來不及開口說話，只能「嗚嗚」的向劉氏解釋了兩聲。

可惜劉氏同趙蓮雖是母女，兩人離母女連心卻委實還差得遠了。

聽不懂趙蓮「嗚嗚」的意思，劉氏一把將趙蓮推到一邊，上前一步，雙手叉腰指責溫明棠，「妳個打秋風的是真把這裡當自己家了不成，連肉都敢拿！」

要死了！櫥櫃裡那一大盤備好的豬肉可花了她不少錢呢！素日裡就指望著這豬肉換換口，這死丫頭竟敢動她的肉，當真是反了天了！

溫明棠卻只是笑了笑，將炒麵拿了起來，湊到劉氏面前，用筷子撥拉了幾下。

如此一來炒麵香味更是直往劉氏的鼻子裡鑽，即便再憤怒和心疼自己的那幾塊肉，可身體本能的還是被炒麵的香味所吸引，劉氏吞嚥口水，綠豆眼盯著送到自己面前的炒麵沒有移開。

溫明棠夾了一筷子炒麵，炒麵離劉氏的嘴更近了，彷彿嘴一張就能吃到。

劉氏見狀翻了個白眼，以為一碗吃食就想收買她嗎？做夢！

不承想那一筷子炒麵卻只是虛晃一下，就遠離劉氏，轉而進入了另一張嘴裡。

一筷子炒麵入口的溫明棠笑著對劉氏說道：「阿嬸瞧見了嗎？裡頭沒有肉呢！」

被劉氏推到一邊的趙蓮也在此時吞下口中的炒麵，跟著點頭道：「娘，溫姐姐沒用妳的肉。」

那碗炒麵離劉氏那麼近，劉氏自然不會看不到裡頭有沒有肉，她臉色發青，「妳懂什麼，雞蛋不要錢嗎？」

「雞蛋是溫姐姐自己帶來的！」趙蓮說著，伸手指了指灶臺邊油紙包裡的幾顆雞蛋。

劉氏的目光一掃，再次冷笑起來，「裡頭的青菜、洋蔥……」

「也都是溫姐姐自己帶的！」趙蓮忍不住埋怨的瞥了劉氏一眼，「娘，溫姐姐是來做客的，妳這樣實在不妥啊！」

劉氏狠狠的剜了她一眼，罵了一句「吃裡扒外」後，轉身去了前頭。

趙大郎剛吃完麵，正在收拾桌子。

沒找到碴的劉氏見狀不由分說一把揪住趙大郎的耳朵，開口就罵，「你這沒用的孬貨，連個妹子都管不住！看看那姓溫的丫頭，直接在後頭開火做麵吃，全然將這裡當成自己家了！」劉氏說到這裡，怒氣就蹭蹭的往胸口湧，尤其想到方才溫明棠笑咪咪的將麵在她面前虛晃一招，總覺得這丫頭外表看著溫溫吞吞的，內裡卻陰險得很，簡直故意挑釁她。

「我劉素娥什麼時候叫一個小丫頭片子騎到頭上來過？」劉氏罵著覺得不解氣，甩手給了趙大郎一巴掌，「你真是……」

話未罵完，有人路過門前探頭進來，猛的深吸了一口氣，驚訝問道：「你家食肆做了什麼菜，竟這般香!?」

劉氏轉頭本打算將這無端打斷她教訓趙大郎的路人罵一頓的，可目光瞥到那人身上一身藏青色官袍時，臉上的刻薄立時轉為討好，連忙放下手邊的趙大郎，上前迎客，「我們在做麵吃呢！官爺要吃什麼？裡面請，我們這裡可是開了十三年的老店了！」

那著藏青色官袍的官員年紀很輕，看模樣不過二十來歲的樣子。大抵一路走來也算順當，年輕有為難免氣盛，比起一般人來，說話便少了幾分顧忌，聽劉氏這般說來，便皺了皺眉，開口直道：「十三年的老店怎麼開成了這副樣子？眼下正是吃晚膳的時候。別家食肆裡頭人都快坐滿了，妳家怎麼一個客人都沒有？」

劉氏聞言面上的笑容立時一僵，臉色難看了起來。不過看在他那一身藏青色官袍的面上，還是沒有發作，而是擠出笑容道：「那都是其他食肆嫉妒我家生意好，故意排擠作弄我家呢！我家幾道招牌菜可是宮裡司膳親授的，能差嗎？」

宮裡司膳這塊招牌還是有幾分分量的，年輕官員聞言，面上果然露出了些許詫異之色，「當真？」

「自是真的！」劉氏說著連忙將趙大郎拉過來往前推了推，「他的親妹子就是宮裡的司膳，姓趙，貴人出去打聽打聽便知道了。」

年輕官員看著劉氏面上的得意之色，摩挲了一下下巴，「聽妳這話倒不似作假，如此的話，過兩日我便來嚐嚐那宮中司膳親授的菜究竟是如何個美味法？」說話間忍不住再次深吸了一口氣，陶醉道：「真香！」說罷轉身便走了。

看著抬腳就走一個子兒都沒往外掏的年輕官員，劉氏氣得當即翻了個白眼，「真是白費我這些口水！過兩日是個什麼日？這些做官的沒一個好東西，說話同放屁一樣，我呸！」

劉元倒是不知道自己前腳剛走，後腳就被劉氏罵「沒一個好東西」了，只是揉著鼻子回到了這條街上唯一一家稱得上酒樓而非食肆的東風樓。

進了包廂之後，他還在揉鼻子，對著面前滿桌的飯菜，聞了聞，忍不住感慨，「我方才回來經過一家名喚趙記的食肆，那裡頭的菜食味道可真是香！」

「是嗎？」坐在他身旁另一個同他差不多年歲的青袍官員白諸瞥了他一眼，卻是半點不信，「酒香不怕巷子深是有道理的，怎麼先時從來沒聽那些老饕提過京城有家手藝極好的食肆名喚趙記的？」

被質疑的劉元倒是半點不在意，「我也有些不信，那老闆娘還道她家食肆是開了十三年的老店呢！」

一聽「老店」二字，白諸笑得更歡了，「那問題怕是更大了，十三年的老店便是開在犄角旮旯裡的，味道若是真的好，早被發現了，怎會連聽都未聽過？」

「不止這個問題，眼下正是晚膳飯點的時候，這條街上旁的食肆裡都或多或少的坐了人，唯趙記一個人都沒有。那老闆娘還道是旁人嫉妒她生意好，作弄她，才叫生意弄得這般冷清的。」

這話說完，又引來一陣哄笑。

一個上了年歲，鬢髮花白的青袍官員一邊捋鬚，一邊忍不住咂嘴，「這三歲小兒都能戳穿的謊言居然說到劉寺丞面前來了，那老闆娘倒真是勇氣可嘉！」

不管劉元還是白諸，抑或鬢髮花白的魏服，都是大理寺的官員，任寺丞一職。

至於他們之外的另一個食客……魏服看向主位上的紅袍官員，將一直沒有說話的上峰拉入了話題中，「林少卿以為如何？」

林斐放下手裡的茶杯，「未食過，自是不知，過兩日去嚐嚐便是了。」

第二章　酸菜與青梅排骨

入夜的長安城依舊繁華，路邊食肆、酒館裡的客人絡繹不絕，可這些同趙記食肆沒什麼干係。

堂裡零零散散的幾個食客都索然無味的吃著，只是吃了半天，盤裡的菜沒動多少，倒是附贈的那一小碟酸菜已經見底。

這點客人自是趙大郎一個就能應付了，劉氏沒好氣的瞪了趙大郎一眼，轉身進廚房，沒多久便抱著一個小笸籮去了後院。

後院裡，趙蓮正拿著一支刷子幫阿毛梳毛，見劉氏過來，一人一狗下意識的向後退了退。

這動作同反應落在劉氏的眼裡，不好罵自己的女兒，當即就拿阿毛撒氣，瞪眼罵道：「沒臉沒皮的東西！」

阿毛低頭嗚嗚了幾聲，惹得趙蓮又一陣心疼，忍不住埋怨劉氏，「娘，妳做什麼呢？」

劉氏這才將小笸籮遞給趙蓮，「去，把她那雞蛋給換了！」

趙蓮看著小笸籮裡比鵪鶉蛋大不了多少的雞蛋頓時瞪大眼，「娘，妳怎能幹出這般沒臉沒皮的事？」

她趙蓮又不是什麼雙手不沾陽春水的大家小姐，素日裡買菜、做菜什麼的都懂，集市更是常逛的。劉氏手裡的雞蛋一瞧便是集市上買來當添頭的貨色，不值什麼錢。可溫姐姐先時做炒麵用的那雞蛋一顆都快抵手掌大小了，一看便是集市上最上等的貨色。

旁的不說，光論個頭，劉氏這雞蛋兩顆怕是才抵得上溫姐姐的一顆大。

趙蓮覺得臉都叫劉氏丟盡了，真不知道她娘怎麼總能想出這腌臢主意來的？

被趙蓮說「沒臉沒皮」的劉氏伸手揪住了趙蓮的耳朵，直到趙蓮喊疼才放手，而後叉腰罵道：「妳這丫頭真是不當家不知柴米貴，食肆一個月才掙幾個錢，我不想辦法，難道叫妳那沒用的爹想，還是叫妳想？」

「那也不能做這種事啊！連雞蛋都要換人家的，說出去還要不要臉了？」

劉氏聞言冷笑了一聲，「誰說那雞蛋是她的了？雞蛋就是雞蛋，難道還寫了名字不成？」只要咬死不認，便是換了，那丫頭片子又能拿她怎麼樣？

趙蓮聽罷，卻是瞥了眼劉氏，「還真寫名了。」說罷回屋從裡頭拿了顆雞蛋出來。巴掌大小的雞蛋就放在劉氏的鵪鶉蛋旁，一比更是刺眼得很。

劉氏看著那巴掌大的蛋上頭畫的「^_^」，臉色難看至極，「還當真沒見過這樣的人，買個蛋還要做記號，是生怕有人偷她的蛋不成？」

這莫名其妙的「鬼畫符」不知道為什麼看來看去總叫人覺得有些像溫明棠那張笑咪咪的臉，看著這雞蛋好似在嘲諷她一般。

趙蓮聞言，瞥了眼劉氏手裡的鵪鶉蛋，「娘，妳還好意思說，妳方才不就想換溫姐姐的蛋嗎？」

還沒見過這樣的人，妳自己不就是這樣的人？

劉氏狠狠的剜了她一眼，心中憋屈不已，雖是自己肚子裡爬出來的女兒，可這實誠的性子也不知像了誰？

換不了蛋臉色難看的劉氏抬頭看向不遠處的房門，見溫明棠抱著雙臂，斜靠在門框上，正好整以暇的向這裡望來，她氣得牙癢癢，這四鄰八舍的，從來只有她劉素娥佔旁人便宜的，今兒還當真是頭一回叫這丫頭給反將一軍了！

咱們走著瞧！劉氏狠狠的啐了一口唾沫到地上，轉身走了。

隔日一大早，溫明棠同趙蓮打了一聲招呼便出了門。

吃早膳時，劉氏端著一大鍋稀得跟水似的粥向趙蓮身後看去，「那姓溫的罪官之後呢？」

「娘，妳別這麼說！」趙蓮不滿的看了眼劉氏，待看到她端著的那鍋稀成水似的粥時，一股無力之感油然而生，嘆了口氣坐下來，「溫姐姐出去了，人家沒想吃妳的早膳。」

聽到溫明棠不吃早膳時，劉氏的臉色卻更是難看了，「怎麼不早說？那我弄出這一鍋粥做什麼？」

她故意煮這一鍋粥就是想逼溫明棠早點走，哪曉得人家根本不來吃早膳，這怎麼辦？這一大鍋刷鍋水煮的粥叫誰吃呀？

溫明棠不知道劉氏一大早還搗鼓出了這麼個么蛾子，出了趙記便隨意尋了個附近的攤子吃早膳了，蒸餃配一碗清火的綠豆粥，還附贈一碟小菜。

溫明棠一眼就注意到那碟小菜，老闆見狀便主動介紹起來，「此物叫酸菜，很適合配粥，是我自家做的，食過的都道此物同趙記那酸菜的味道相似呢！」

趙大郎夫婦做菜差成那個樣子，若不是靠著附贈的酸菜，趙記早就關門大吉了。

如今偶爾還會去趟趙記吃飯的老顧客圖的也不是旁的，就是這一口不知怎麼醃製出來的酸菜。偏那對夫婦貪得很，不肯單賣酸菜，還定了規矩只送不賣，只有點夠三個大菜才能送上一小碟酸菜。

這酸酸鹹鹹辣辣的東西著實開胃得很，不過即便是有這麼個「招牌」在，也叫那對夫婦把生意越做越差了。

看著用醋和鹽調製出的酸菜，溫明棠笑了笑，這酸菜的醃製方法還是她教給趙司膳的，而後又由趙司膳教給了趙大郎夫婦。原本不過是個添頭，沒承想卻反被那對夫婦拿來這般用了。

「雖然味道肖似，卻到底是不同的。」老闆看著那一小碟酸菜，嘆了口氣，「趙大郎夫婦把那酸菜方子看得跟眼珠子似的，先時有客人好奇，進後廚想看看酸菜是怎麼做的，卻險些叫他二人告到官府，說他家這招牌方子價值千金，客人偷了千金之物，起碼也要蹲個十年八年的牢呢！」

如此嗎？溫明棠想到天濛濛亮時，劉氏悄悄抱著一個罈子偷偷往她同趙蓮床底下塞的動作，唇角微微翹了翹。

見過折騰的，可似劉氏這麼能折騰的還當真少見，昨兒吃了「敗仗」，今兒開始變本加厲了啊！

溫明棠搖了搖頭，趙司膳果然沒看錯人，她這一對兄嫂真是極品！一會兒去見了張採買，得趕緊尋到住處搬出去了。

至於趙大郎同劉氏……想來趙司膳是更樂意親自來收拾的。

同張採買約見的地方是朱雀坊街邊的一家小飯館。

朱雀坊這個地方可說彙集了長安城大半的權貴同富戶了，有人曾戲言，走在朱雀坊的大街上，便是吸上一口氣，似是都能嗅到空氣中的那股錢味同權味。

溫家也曾是住在這朱雀坊中的一員，不過獲罪之後，權勢、錢財轉頭成空。

張採買同她約見在這裡，卻不是來看什麼富戶同權貴的。

除卻富戶和權貴之外，朱雀坊剩下的便是衙門了，長安城大大小小的各部衙門有一大半都扎堆在了朱雀坊這塊地界上。

「從去歲起趙司膳就托我辦妳的事了，我確實幫妳尋到了一個好去處。」說話間，張採買手一伸，指向窗外正對著的朱紅大門，「我幫妳謀的去處是那裡。」

溫明棠看著門頭匾額上金光閃閃的三個大字，念了出來，「大理寺？」

「不是。」張採買搖頭道：「大理寺公廚雖也在招廚子，可我替妳打點的地方是大理寺後頭的國子監。」

大抵是怕溫明棠不懂其中的門道，往後讓趙司膳知曉了埋怨自己，張採買還多解釋了兩句，「整個長安城的公廚裡頭，國子監可是公認的肥差啊！」

溫明棠倒是明白的，自古以來，絕大多數人都認為再苦也不能苦了孩子。能入得國子監讀書的又大多是富戶權貴家的兒郎，出手自然闊綽，更別提還有家中長輩捨得掏賞錢給孩子開小灶的。可以說只要手藝立得住，怕是賞錢都比工錢要多不少。

「也是趕巧，前些時日國子監公廚出了個空缺，我同他們公廚的採買交情不錯，得了消息便立時把妳報了上去。趙司膳說妳的手藝比起她來還要好些，我便同丁採買打包票妳手藝是個好的。一會兒丁採買來了，妳定要露一手給他瞧瞧，鎮住了丁採買，這位子八成便能定下了。」

溫明棠點頭表示知曉了，國子監公廚的丁採買就來了。

丁採買也不廢話，直接指了指後廚，「先做道菜，讓我瞧瞧妳的手藝。」

溫明棠應是，正要轉身去後廚，丁採買卻似笑非笑的瞥了眼一旁給他使眼色的張採買，道：「老張，你也不必來揣測我的口味偏好了，我自己直說便是，我喜好酸的、甜的。」

張採買聞言，忙對溫明棠道：「那就做個酸甜口的涼素菜……」

話未說完，丁採買又道：「我不喜食素，喜食肉。」

聽到這裡，張採買臉色微僵，肉菜做成酸甜口的能好吃嗎？

丁採買對張採買的臉色恍若未見，張口又道：「我雖喜肉，可這大熱的天跑了一趟，也不想食太膩的。」

張採買的臉色越發難看起來，「老丁，你都答應我了，怎麼好端端的又強人所難呢？」他雖不是廚子，可飯食總要吃的，以他這個尋常人來看，大榮所見酸甜口的吃食多是糕點類的，也只偶爾幾道素菜能做酸甜口的，味道肖似開胃的涼菜，可老丁不僅點名要吃肉，還不能太膩的，這不是故意刁難嗎？

丁採買卻不理會他，只問溫明棠，「溫小娘子可做得？」

溫明棠沒有立時應下，只是指了指後廚，「我去後廚看看是否有食材？」

這小飯館背後的東家就是丁採買，自然可以方便用來考校。

丁採買點了點頭，溫明棠進去不過幾息的工夫，還不待張採買質問丁採買，便又出來了，點頭對丁採買道：「做得。」

爽利人自也喜歡爽利人。聽溫明棠這般爽快的應下，丁採買對她的印象倒是不錯，當即大手一揮，「好，我便在這裡等著，嚐一嚐溫小娘子的手藝了。」

溫明棠應聲進了廚房，張採買終於可以發作了，「老丁，你我多年的交情，既答應了我，何故又要故意使絆子？」

「老張，你還不如一個小丫頭片子爽快呢！看看人家溫小娘子，不也什麼都未說就進廚房了。既是靠手藝吃飯，自該是手底下見真章，光靠嘴說有什麼用？」

「進廚房考校手藝可以，可你明明是強人所難，就你方才提的要求，這滿京城有幾個廚子能做到的？」

丁採買一嘆，「實不相瞞，方才我的那些要求都是虞祭酒提的。溫小娘子就算過了我這關，又過了執掌公廚的姜師傅那一關，待到最後虞祭酒那一關，他也是要這麼考校的。」

看著張採買臉上的惱怒散去，丁採買笑著伸手拍了拍他的肩膀，「你我多年的交情，你看我像那等故意找碴的人嗎？我這可是提前『透題』了啊！」

「招個廚子還透題不透題的，你是在國子監待久了，也將自己當成裡頭的學生了不成？」張採買斜了他一眼，心中的不悅直到此時才盡數散去，「月柔難得托我幫一次忙，我若是沒把事情辦好，往後哪還有臉往她跟前湊？」

月柔是趙司膳的名諱，丁採買這才恍然，「我道你怎麼那般積極，一點不似尋常交情，原來是心悅人家趙司……」

話未說完，腿上便挨了一腳。

在後廚忙活了半晌的溫明棠也在此時端著菜出來了。

丁採買瞥了眼坐直了身子的張採買，搖了搖頭，目光隨意的掃向溫明棠端出來的菜，卻是頓時愣住了，「這是……」

他雖不能說是嚐遍珍饈的老饕，可好歹也是個飯館的東家，市面上各式酒樓飯館裡頭常見的菜式幾乎都吃過，可眼前這一盤倒是頭一回見。

溫明棠笑咪咪的回道：「這是青梅排骨。」

紅燒的豬肉同泡製過的青梅之上裹著濃稠的琥珀色醬汁，其上還撒著些許白芝麻，在淨白瓷盤的襯托下，遠遠看去，色、香、味這三個字光「色」一字就足夠挑起人的胃口了。

待到那盤青梅排骨被放在桌上後，一股有別於尋常紅燒豬肉的味道頓時撲面而來，香味直往鼻子裡竄。

看來這一盤菜不止「色」字出挑，連香味都一樣。兩人所在的位子臨近飯館門口，經過的行人自是極容易聞到他們這裡的菜香。

這廂菜才放下，便有兩個經過的行人停下腳步，探頭望了過來，「這道菜叫什麼名字，真香啊！」

不等丁採買開口，張採買便道：「自個兒吃的，不賣的。」

聽到「不賣」時，經過的行人大失所望，嘀咕了一句，「這般香的菜式怎麼不賣呢？」便搖頭失望的走了。

從筷子筒裡取了筷子出來的丁採買瞥向張採買，「老張，你心眼怎麼這般小，因著方才的事報復我呢！」

開門做生意，張採買那一句話同趕客有什麼區別？

張採買卻斜了他一眼，「溫小娘子是要安排進公廚的，可不能留在你這小飯館裡給你做掌勺師傅。」

進了這路邊小飯館當掌勺師傅，做得好了，那是背後的東家，也就是丁採買賺錢，落到掌勺師傅手裡的能有幾個錢？又不是溫小娘子自己的飯館！

再說，於溫小娘子這等還不曾及笄的姑娘家而言，去到月錢上不會有苛扣的公廚顯然更穩妥些，也省得與那些市井的三教九流之徒打交道了。

因著心悅趙司膳，張採買愛屋及烏，對溫明棠倒是真的有幾分當姪女看待的，自是不會叫她在丁採買這裡吃虧。

看著張採買的護短，丁採買搖了搖頭，倒也沒有惱怒，他這小飯館也不過是副業而已，自不會為了一道菜得罪張採買這個同行。

打消了借溫明棠這道菜攬客的想法，丁採買夾了一塊豬肉入口，便忍不住點頭稱讚，「唔，好吃！這豬肉做得極好！」

他這一咬，肉便自骨頭上分離開來了。如此好分離，自是做的不柴，卻又不會太爛，咀嚼細品起來恰到好處。味道也應了他的要求，甜口為主，酸口為輔，兩者拿捏得很好，不過甜發膩，也不過酸生澀，酸甜得宜這一點便直接將膩口的味道減得只剩三分。最絕的是排骨細嚼起來竟還有股青梅的果香，如此倒是將剩下的三分膩味也除了個乾淨。

丁採買忍不住嘀咕，「排骨口感軟硬適中，味道甜而不膩，真是好吃，若是能留下來給我做掌勺師傅就更好了。」

食客分多種，有人是悶頭吃飯的，有人卻是如丁採買這等喜好邊吃邊評點一二的。聽了丁採買的評價，張採買也忍不住夾了塊排骨往嘴裡送，頓時明白丁採買所言，確實好吃啊！

評點了一番的丁採買突然起身跑進後頭廚房，很快就端著兩大碗米飯小跑了出來，同張採買一人一碗，兩人各自舀了幾勺盤子裡的黏稠醬汁進碗裡，攪拌了起來，酸甜的醬汁裹著米飯入口也是一絕啊！

看著面前一粒米都不剩的大白瓷碗，丁採買打了個飽嗝，下意識的看了眼外頭的日頭，眼下其實還早，才用過早膳不久，他來的時候本也不餓，原本是準備隨便吃兩口點評一下，哪知竟沒忍住！

對面的張採買也不比他好到哪裡去，比起他一張嘴擅品鑒，張採買顯然是個嘴笨的，只是抬了抬下巴，指著叫兩人吃得精光的盤子同飯碗，問丁採買，「如何？」語氣中的得意之色溢於言表。

「我便說月柔不是那等吹噓之人，能叫她誇五分的，起碼也有八成的功底，溫小娘子叫她誇成了十分，手藝必是個相當厲害的。」

這一盤青梅排骨讓張採買徹底放了心，就這手藝，哪個能挑出刺來？他覺得溫明棠這國子監公廚廚娘的位子十拿九穩了。

不止張採買這般覺得，丁採買亦是如此覺得的，「我回去就同老姜說，就這等手藝，怕是連虞祭酒那等渾身長刺的都挑不出毛病來！」

一席話說得溫明棠忍不住莞爾。

眼見溫明棠做事爽快，廢話也不多，丁採買更是滿意，臨離開前忍不住又問了她一番，「我這小飯館的掌勺師傅工錢其實也是不少的……」

話未說完便被張採買打斷了，「得了吧，你這小飯館夜間可是有那吃醉酒的食客鬧事的，溫小娘子這般俏生生的模樣，混跡在此處，你覺得合適嗎？」

一句話堵得丁採買啞口無言，「那倒是，罷了，張採買，你同我去見老姜吧！」

張採買應了，問溫明棠，「溫小娘子眼下在哪裡落腳？我這裡事情辦完之後便去尋妳，快的話今日便能定下來。」

「我眼下住在趙司膳阿兄的食肆裡。」

一句話聽得張採買當即冷笑一聲，「那食肆哪是趙大郎的，分明是月柔的！」說罷搖搖頭，不等溫明棠接話，只對她囑咐了一句「路上小心」，便跟著丁採買走了。

未來「前途」定下大半，溫明棠也鬆了口氣，出門隨便尋了個食肆解決午膳，便回趙記。

此時是午膳飯點，比起昨晚零零散散的幾個客人，今日趙記的生意倒是略好了些，整個堂裡約莫有一半的桌子坐了食客。

溫明棠還來不及細看，便見劉氏一撩簾子跑了出來，當著一眾食客的面便開始乾嚎起來，「我好心收留這沒爹沒娘的，卻不承想收留了一個賊骨頭了，我這是造了什麼孽啊！」

劉氏這一嗓子不止嚎得溫明棠一愣，也叫食肆裡臨窗角落裡那張桌子邊圍坐的幾個食客往這裡望來。

劉元當即眼睛一亮，就勢放下了快吃吐的這盤名喚「雞蛋炒麵」的吃食。

昨日這食肆裡的那股炒食香味叫他惦記了一晚上，原本以為林少卿說的「過兩日嚐嚐」起碼也要過個七、八日的工夫，哪知曉林少卿不止查案子是個乾脆利索的，吃飯也不遑多讓。

才過了一日，今日午膳的時候，林少卿就請他們來吃飯了，於是叫他惦記了一晚上的那盤雞蛋炒麵就如此一人一盤的擺在了幾人面前。

可是今兒的雞蛋炒麵不止昨日的香味不知去了哪裡，就說這都快黏成一大塊的疙瘩模樣，實在是叫人沒什麼胃口。

麵是黏的、坨的，洋蔥炒得焦黑，青菜蔫不拉幾的，就連裡面那炒的雞蛋也黑黃相交，叫人難以下嚥。勉為其難的嚐了一口，那苦鹹的鹽巴更是險些沒叫他吐出來。

在長安城的食肆、酒樓裡吃了那麼久，他還是頭一回碰到比他們大理寺自家公廚做菜更難吃的食肆了。

奈何請吃飯的是自家上峰，劉元偷偷瞥了眼正對面的上峰。

林斐正皺著眉頭，手中拿著筷子同他們一樣撥拉著那坨麵。連上峰都沒放下筷子，哪個做下屬的敢浪費上峰請的吃食？腿上已挨了好幾腳了，不消看也知道那幾腳是來自於兩旁的白諸同魏服的。若不是劉元胡說八道，他們哪裡會在這裡硬著頭皮吃炒麵？

溫明棠進來前，幾人正痛苦的同面前的炒麵做拉鋸戰，眼下一見有案子，哦不，有事發生，倒是叫他們舒了口氣，藉機放下手裡的筷子，不約而同的朝這邊望來。

被堵在食肆入口處的是個十三、四歲的少女，立在那裡，一副嬌俏伶俐的樣子，看著朝自己罵「賊骨頭」的老闆娘，面上不見半點懼色，反而頗有幾分微妙。

她含笑看著嗆嗆呼呼的老闆娘，眨了眨眼，開口問道：「阿嬸，妳說的什麼話，我怎麼聽不懂呢？」

這副似笑非笑的樣子讓劉氏又想起了雞蛋上的鬼畫符，心裡的火燒得更旺了，當即嚷了起來，「我家食肆不外傳的招牌酸菜打今兒早上起就不見了！」

察覺到食肆裡吃飯的食客朝自己望來，劉氏伸手掐了一把自己的胳膊，擠出眼淚哭訴起來，「這街坊鄰居的，哪個不知曉我家食肆的酸菜是招牌？先時東風樓的掌櫃還想以百兩銀子買了我這招牌祕方我都不曾賣。素日那罈酸菜一直擺在廚房裡，十幾年了都不曾丟。偏妳來了不到一日的工夫，我那罈才醃製好的酸菜便不見了！不是妳偷走的，難道還能是我自己偷走的不成？」

溫明棠聽得直想笑，看著乾嚎不流兩滴淚的劉氏，她強忍住笑問劉氏，「所以阿嬸是想說我手腳不乾淨，偷了妳那價值百兩的酸菜，是嗎？」

聽到這句話，劉氏的乾嚎停頓了。原先以為這丫頭遇到這等事怎麼也得抵賴一二，沒想到她這般配合，準備好的一肚子誣衊之語瞬間沒了去處，實在有些憋得慌。

可奈何這丫頭已把她要說的話先說了，劉氏不得已，只得停住乾嚎，那雙綠豆眼一邊偷偷打量著她，一邊道：「妳自也承認了，偷了我價值百兩的酸菜，看在我那小姑的份上便不同妳計較了，快些收拾滾吧！我這裡可不能留手腳不乾淨的人。」

劉氏自認這一番話沒有毛病，既彰顯了自己的大度，又連帶點明了這丫頭的身分——是我那小姑趙司膳弄來的人，手腳不乾淨。

往後借著這錯處，再叫她好好運作一番，叫左鄰右舍覺得她那小姑同樣是個不老實的，覬覦這趙記食肆。到時她和趙大郎拿捏著她年紀大不嫁人這一點將趙司膳嫁出去，旁人也挑不出什麼錯處來。

這可是她想了一整晚才想到的好法子，劉氏得意的想著，她不但要趕人，還要讓被趕的人帶著一身的髒水走！

這如意算盤打得倒是不錯，豈料下一刻，便聽溫明棠的聲音響了起來。

「既是價值百兩的酸菜怎能不計較？報官，一定要報官！」

劉氏臉色頓時一僵，難以置信的看著溫明棠。

這丫頭瘋了嗎？真要報官的話，偷盜價值百兩之物可是要坐牢的，她不怕？

正猶豫間，趙蓮一撩簾子從後頭跑了出來，拭著額頭的汗，對劉氏道：「娘，找到了，那酸菜在我床底下呢！我想起來是我昨兒半夜想吃酸菜，特意搬到屋子裡去的，同溫姐姐沒關係。」

趙蓮一邊說著，一邊愧疚的看向溫明棠，笑容尷尬，「是我忘了說，同溫姐姐沒什麼關係。」

她還能不知道她娘是個什麼人，那酸菜怎可能是溫姐姐拿的。所以一見劉氏發作，趙蓮便連忙跑回自己屋裡翻找，果然在床底下看到了那罈藏起來的酸菜。

看著跑出來打圓場的趙蓮，溫明棠忍不住暗嘆口氣，趙大郎窩囊、劉氏霸道，趙蓮倒是不錯，奈何壓不住劉氏。更何況，劉氏怎麼說都是她娘，趙蓮夾在中間也只能和稀泥、打圓場。

只可惜這圓場便是劉氏肯接，有人卻不樂意了，今日這一齣註定沒法草草收場了。

「大理寺寺丞劉元。」劉元解下腰間的腰牌在眾人面前晃了晃，「盜取了百兩銀子之物還想全身而退，我大理寺頭一個不同意！」

第三章 酸梅飲子料包

午時的長安城街頭正是熱鬧的時候，尤其食肆、酒館遍佈的小食街更是如此。

一群才從兵馬司衙門出來的官兵結束了上午的巡街，來這條離兵馬司衙門不遠的小食街解決午膳。

因是這條小食街的常客，官兵們對這條小食街上各家食肆掌勺的水準也早摸清了。

今日一行人才踏進小食街，看到素日裡門可羅雀的趙記食肆門前擠滿了人，頓覺稀奇，忍不住跑過來看熱鬧。

裡三層外三層看熱鬧的百姓人牆內，趙記食肆的大堂裡依舊只有零零散散的食客，看熱鬧的比食客還多。

那以胡攪蠻纏，貪小便宜出名的趙記食肆老闆娘正一臉菜色的站在堂中央，一旁三個不知出自哪個衙門的青袍官員正同那老闆娘說話。

劉氏拿酸菜之事做文章也不是頭一回了，圍觀的百姓不消人說也能猜得七七八八。不過大理寺官員辦事自不像他們一般靠猜的，去後院走了一趟就找到證據了。

一大早劉氏藏酸菜時經過自家後院的菜地，留下了一排腳印，腳印同劉氏那蒲扇大腳的鞋碼完全吻合，無法抵賴，且那腳印後來還一路走著回了自己的房間，可說確鑿得不能再確鑿了。

不止如此，在那屋裡劉元還找到了沒有完全乾涸的酸菜汁，證明劉氏同趙大郎兩人今早才食過酸菜，這一點同劉氏所說的「酸菜打今兒早上起就不見了」不符。

劉氏一臉菜色的看著劉元，心中窩火，忍不住惱怒道：「我吃自個兒的酸菜怎麼了？不行嗎？」

要不是這姓溫的臭丫頭早上不聲不響的出了門，害得她那一大鍋刷鍋水似的粥實在喝不下，她用得著去偷偷挖兩勺酸菜配著喝嗎？只是沒承想挖個酸菜還留下了酸菜汁這等證據。

眼見面前這突然跑出來的青袍官員，張口閉口「證據確鑿」的，劉氏額頭青筋暴起。她本就不是個好脾氣的，尤其自打嫁給三棍子打不出一個屁來的趙大郎之後，更是不知道「忍」字怎麼寫了。素日裡但凡不順心，便打罵人的習慣已然不知不覺刻進了骨子裡。見劉元還在她面前說個不停，這一刻本能的習慣淹沒了理智，劉氏下意識的伸手推了一把劉元，開口罵道：「我自個兒拿我自個兒的酸菜算什麼偷？你個賤東西囉嗦個屁……」

謾罵聲被「啪嗒」的碗盤落地聲打斷了，眾人的目光在跌倒在地的劉元身上停頓一下之後，便不約而同的轉移到他身後的林斐身上。

先時這人背對著眾人倒是不曾看到其面容，這一轉身方才驚覺同那三個大理寺丞一張桌子吃飯的人生得這般好看，清冷矜貴仿若謫仙墜塵。

眼下那位看著不食人間煙火的官員手裡拿著一雙筷子，低頭看著那盤被劉元這一摔，直接連累得掉了一地的雞蛋炒麵，蹙眉道：「我還一口未吃呢！」

人生得好，聲音也如玉石相擊，雖是一句抱怨，卻叫人覺得特別好聽。

劉氏也直到此時才後知後覺的發現自個兒推的不是素日裡打罵慣了的趙大郎，而是官員！

她臉色白了白，偷偷瞄了眼被人扶起來的劉元。眼見他只是驚訝，沒有亂喊什麼「摔傷了」之類的話，心中才悄悄鬆了口氣，此時聽到同案吃飯的林斐出聲，有心賣個好，忙道：「那重上一份便是了！」

以劉氏的性子何曾這般憋屈過，瞥了眼一旁抱著雙臂，一副事不關己看熱鬧的溫明棠，劉氏心中惱怒不已，自從昨兒這丫頭進門，使了多少絆子了，結果就沒一件事是成的！

這丫頭好似天生是來剋她的一般，眼下這潑出去的髒水轉了一圈，居然又回到自己這裡來了！

劉氏不得已，只得大事化小，小事化了。這丫頭命硬得很，今兒趕不走，大不了來日再想辦法就是了。所以面對林斐，劉氏難得沒有繼續折騰和作妖。

被推了一把的劉元倒是沒有在意自己，只是忍不住嘀咕了一句，「這酸菜是妳自偷的？」

劉氏對這多事的大理寺丞早不耐煩了，聞言當即冷笑了一聲，蠻橫道：「是又如何？哪條律法能將我抓進大牢？你這什麼勞什子寺丞若是有辦法治我，儘管使出來便是了！」

一句話堵得劉元啞口無言，這市井潑婦無賴得很，還當真不能拿她怎麼樣。

眼見劉元不說話了，劉氏正高興著，那廂低頭看雞蛋炒麵的林斐卻開口了，「妳是什麼身分？可有封號、品階在身？」聲音依然悅耳，面上神情看不出喜怒。

對著這張不似質問自己的臉，劉氏本能的搖了搖頭，老老實實的回道：「沒有。」

她一個開食肆的有個鬼的封號同品階！

「他名劉元。」林斐指了指被人扶起來的劉元，「乃我大理寺寺丞，七品官階在身，我方才親耳聽到妳稱他為賤民。」

劉元頓時反應過來，忙對著林斐跪下道：「大人，下官寒窗苦讀十餘載，好不容易高中入仕，卻被這婦人辱為賤民，求大人做主。」

溫明棠看到這裡，忍不住搖頭，大榮雖說也算民風開化，可到底也是等級森嚴的封建社會，以下犯上受杖責這一條是寫進律法裡的，她在宮裡時可沒少見所謂「衝撞」了主子被杖責的宮人。

劉元有官階在身，是無可厚非的「士族官吏」，屬於「士」。而劉氏是個平民，平民辱罵士族，已是以下犯上。更麻煩的是劉氏方才口不擇言的一句「賤東西」，將士族的劉元罵做「賤民」，賤民是指流放或者充軍，抑或充妓的犯人，比平民地位更低一等。

將一個「士」辱為「賤民」，決計是莫大的羞辱，不發難只是不計較，並不代表不能發難。

眼下林斐這個做上峰的顯然是要為下屬出頭了，朝劉元點了點頭，解下腰間的腰牌，扔向在人群中看熱鬧的幾個兵馬司衙門的小兵，「將這以下犯上的婦人拉出去杖責二十，以儆效尤。」

一席話聽得劉氏目瞪口呆，待巡街小兵上前拉她時，兩眼一翻正想裝暈。

林斐卻在劉氏「暈倒」前開口道：「若是暈了，潑醒了再打。」

這話令劉氏的「暈厥」不藥而癒，忙大聲求饒起來。

外頭看熱鬧的百姓頓時噤聲了，看著林斐，臉上或多或少都有些難以置信。

倒不是說這位大人錯了，只是這般神仙皮囊，一臉善面模樣的人，任誰見了都會覺得是位好說話的謙謙君子，可如今卻是一聲令下就要打人！

巡街小兵往求饒的劉氏嘴裡塞了布團，拉到食肆門前，提起棍棒正要動手，一聲「且慢」卻在此時響了起來。

眾人下意識的看向出聲的林斐，莫不是這位神仙君子終究還是心軟了？

正這般想著，卻聽林斐強調道：「行刑時不可怠惰，本官棍棍都要聽到聲音！」

一席話聽得眾人更是目瞪口呆。

這時有人小聲驚呼了出來，「神仙面，修羅心，這是那位新上任的大理寺少卿啊！」

神仙面，修羅心！溫明棠聽著外頭百姓傳來的議論聲，若有所思，這似是外頭茶館說書先生給面前這位大理寺少卿取的綽號。

這綽號……平心而論倒也沒錯，神仙面自是不消說，這位大理寺少卿生得什麼模樣，有眼睛的都看得到。

至於這修羅心……官至大理寺少卿，日常同罪大惡極的凶犯打交道，若真是個心慈手軟的，怕是早被凶犯吞得渣都不剩了。

棍棒聲傳來，一聲一聲棍棍入肉。

溫明棠看著面前慘叫的劉氏，忍不住搖頭，其實劉氏倒也不是特意針對劉元，「賤東西」這等辱罵之詞她素日裡張口就來，不過辱罵的對象是趙大郎，是附近的街坊鄰居，也沒人同她在這稱呼上計較而已。

素日裡囂張跋扈慣了的劉氏哪受過這種委屈？看著趙大郎直喊「救命」，可是懦弱的趙大郎縮著腦袋根本不敢看她，從頭至尾就沒像個男人一般站出來過。不管是被她打，還是她被打，趙大郎的反應倒是如出一轍，一碗水端平。

溫明棠看著憤怒瞪向趙大郎的劉氏，暗忖此事過後，劉氏同趙大郎怕是要鬧得不得安生了。

沒有遇到麻煩時，劉氏喜歡趙大郎這等好掌控的「老實人」，真遇到了麻煩，趙大郎的反應莫說劉氏了，便連圍觀的百姓都忍不住搖頭，這男的有個什麼用？

溫明棠拍了拍嚇得臉色發白的趙蓮，安撫了她一番之後，示意她去看那廂正盯著腳下雞蛋炒麵出神的林斐，提醒道：「阿嬸方才說要給那位大人重做一份的，他付了錢卻沒吃到東西，若是真要計較起來，嬸子可能還要多挨幾棍。」

原本以為這大人是個不計較的，可事實上是指不定還挺小氣的。

趙蓮回過神來，連忙哀求溫明棠，「溫姐姐，妳幫忙做吧！昨日那雞蛋炒麵叫我娘看到了她便自做了，但做得實在難以下嚥。這個時候可千萬莫要再因著這個由頭惹了那位大人了！」

二十棍下去估摸著已要躺上半個月了，她可不想娘再多挨幾棍了。

溫明棠點了點頭，轉身去了後院，但卻沒有立時進廚房，而是走到院牆邊後退了兩步，一個借力，熟練的翻到了牆頭之上，伸手將藏在牆外榕樹樹杈中的鞋子拿出來，跳下牆頭，將鞋子送回劉氏的屋子裡。

今兒天濛濛亮，察覺到劉氏躡手躡腳的進屋時，溫明棠便知曉這是衝自己來的了。所以特意去劉氏的屋子裡，比著菜田裡那幾個淺淺的腳印，翻出了一雙同她腳上腳印差不多的鞋子，將那幾個腳印「加深」了一番。所以這般確鑿的證據，便是沒碰上那幾個大理寺的官員，劉氏也抵賴不了。

當然這番「證據」也淺顯得很，真要細究起來定有破綻，可她篤定劉氏不會「喊冤」，要求深查。畢竟就算劉氏認下來，偷盜自己的東西，律法也不能拿她怎麼樣，大不了改日再使絆子罷了！

事實也真是如此，劉氏挨了棍子是因為往日裡囂張慣了，沒管住嘴，辱罵官員為「賤民」，而不是偷盜。

還完鞋子，洗了手之後，溫明棠才去了廚房，重新做了一份雞蛋炒麵。

方才瞧著那一坨四不像的雞蛋炒麵，溫明棠就知道劉氏偷偷學了她的菜。只可惜，做菜這等事上，劉氏是一如既往的差勁。

炒麵過個冷水才有勁道不黏膩，劉氏大抵也沒想到這炒麵的精髓就在「洗麵」這一步。

將雞蛋炒麵做好後，溫明棠並沒有立時端去前堂，而是回屋從自己的包袱裡翻了個油紙包出來，一同端了過去。

而劉氏被巡街的五城兵馬司小兵拖去門口受刑後，劉元等人便又坐了下來，苦著臉將那雞蛋炒麵往嘴裡塞去。

正吃得痛苦不，備受煎熬時，一股莫名的香氣湧入鼻間。

劉元頓時激動了起來，還不待說話，便見自家上峰面前多了盤雞蛋炒麵。

裡頭的東西是一樣的，雞蛋、洋蔥、青菜同麵，可不知道為什麼，明明一樣的東西，那盤雞蛋炒麵同他們的卻完全不似同一樣吃食一般。

上峰面前那盤子裡的麵條瞧著就根根爽滑分明，不管是雞蛋還是洋蔥，顏色都恰到好處，就連那青菜也碧油油的，看了便叫人胃口大開。

端著雞蛋炒麵過來的正是方才那個被誣陷偷酸菜的小姑娘，她將一個包得漂漂亮亮的油紙包同一盤雞蛋炒麵一同放下，「方才的事叫幾位大人受驚了，這是小女子自作的酸梅飲子料包，送與幾位壓壓驚，還請幾位莫要嫌棄。」說罷便朝幾人笑了笑，轉身退回廚房了。

那包成四四方方的油紙包外頭還用漿糊黏了一張紙，寫明了裡頭的配料同忌口，繫紙包的粗線麻繩上還墜了個漂亮的紅色流蘇。

整個油紙包看起來漂亮又精細，拿去送人也決計是拿得出手的。

這東西一看就同這食肆不搭，想也知道是人家姑娘道謝的謝禮。

「這個算賄賂嗎？」劉元問眾人。

白諸深吸了一口上峰面前香得過分的雞蛋炒麵，道：「算，亦不算。不過若是謝禮的話，少卿也是有份的！」

那小姑娘被誣陷偷酸菜時，幫忙的不止劉元，還有林少卿。

被提及的林斐注意力卻在自己面前的雞蛋炒麵上，他拿起筷子頓了片刻之後，夾了一筷子入口，而後神情依舊平靜，動作慢條斯理。

這反應也看不出好吃還是難吃，幾人只好就此作罷，繼續吃了起來。

一頓飯叫劉元三人生生吃出了幾分慷慨赴義之感，好不容易將上峰請的「午膳」盡數吃進肚子裡，放下筷子，這才注意到上峰面前的盤子同樣空空如也了。

林少卿是如何吃得那般慢條斯理又快他們一步的？三人很是費解，更好奇那雞蛋炒麵好吃嗎？

「應當是好吃的。」回去的路上，白諸對劉元道：「若是不好吃……你可還記得周廚娘嗎？」

他們林少卿可是個挑嘴的人，至於憐香惜玉什麼的，倒是沒見到過。

周廚娘？劉元怔了一怔，想起了這號人，面上的表情有些一言難盡，「是被林少卿調去國子監的那個？」

白諸點頭，「就是那個，前段時日聽聞她被國子監的虞祭酒給辭了。」

一句話驚得劉元險些咬到自己的舌頭，「就因為做菜不好吃，驚動虞祭酒了？」

「怎麼可能？」白諸搖頭，朝他招了招手，示意他附耳過來，如此這般的說了一番之後，劉元恍然。

「所以眼下國子監正在招新廚子，手藝什麼的還是其次，關鍵是這裡……」白諸指了指自己的臉，語氣意味深長道：「那公廚主廚要親自看人呢，若是這裡不過關，手藝再好也進不去國子監公廚的。」

日暮時分，張採買帶著個精神矍鑠的半百老叟出現在了趙記食肆門前。

看到食肆門口立著一個寫著歪歪扭扭「不迎客」三個字的木牌子，張採買愣了一愣，本能的抬眼看向食肆內，入目所見卻是一片狼藉的食肆。午膳的碗筷殘羹還放在桌上無人問津，翻倒的桌椅、摔碎的碗盤……這情形像發生過打鬥一般。

張採買看得忍不住蹙眉，抬腳正要進門，便見溫明棠掀開布簾從後頭出來了。

還真巧了！張採買也懶得進門了，開口喚一聲，「溫小娘子！」

「張採買！」溫明棠看到張採買朝他笑著打了個招呼，又看向一旁面生的老叟，這難道就是上午說的那位國子監公廚的主廚？

卻說那老叟在看到溫明棠時，心頓時涼了半截，不過人都過來了，還是耐著性子問了張採買一句，「你說的手藝不錯的廚娘就是這位？」

「是，這位就是溫小娘子，趙司膳親自舉薦的，手藝很是不錯，絕對叫國子監那些個挑嘴的學生們挑不出錯來。」

原本想著這件事應當板上釘釘，只是走個過場而已，不料這話一出，老叟的臉色便立時冷了下來，指著溫明棠搖頭道：「她不行。」

這話聽得張採買頓時急了，「怎麼不行？姜師傅，你可是不信她的手藝？你可以考校……」

「同手藝沒關係。」姜師傅毫不客氣的打斷了張採買的話，「她這般俏生生的模樣，那些學生的父母怕是頭一個不同意啊！」

至於這是怎麼回事？姜師傅也不等張採買開口問，便先一步開口解釋了起來，「你道前頭那個廚娘為什麼要走？」說到這裡，他心裡還有些火氣，「前頭大理寺那邊勻了個姓周的廚娘給我們，雖說手藝平平，我等也不挑。結果前段時日，有個十四歲的學生回去竟同家裡人鬧著要娶周廚娘為妻！那學生的家裡人當時就怒了，跑到國子監鬧了好些天呢！」

姜師傅說到這裡，仍是一副心有餘悸的模樣，「前頭那個周廚娘只是個清秀的容貌都已這樣了，這溫小娘子生成這等嬌俏的模樣，便是菜做得再好吃，我國子監公廚也不敢要啊！」

一席話說得張採買頓時語塞，溫明棠也沒想到有一日竟會因為長得不夠醜而非手藝不行被公廚拒之門外，三人相對無言了半晌。

便在這時，趙蓮一掀簾子從後頭跑了出來，她臉紅得都快滴血了，「溫姐姐，我娘她又鬧了，方才尋了條白綾說……說妳不走她就上吊……我拉都拉不住。」

一旁的張採買和姜師傅聽得目瞪口呆。

溫明棠本也答應了趙司膳要將這兩日的事告訴張採買讓他轉告於她的，於是便三言兩語將這兩日在趙記遇到的事都說了一遍。

張採買聽罷都氣笑了，「她還一哭二鬧三上吊，她哪來的臉？這可是月柔買的。」

「清官難斷家務事，趙大郎又是趙司膳的親弟弟，我等也不方便插手此事啊！」姜師傅說到這裡，摸了摸下巴，看向一旁的溫明棠，莫名的有些心虛。

若是因著人家手藝問題拒絕倒也沒的說，偏偏自己這拒絕的理由是……確實有些沒道理。

眼下見這小娘子沒落腳處了，姜師傅想了想道：「其實我這裡有個現成的去處。」

張採買沒想到劉氏會來這麼一齣，眼下想慢慢幫溫明棠另尋個好去處是不可能了，所以聞言忙問姜師傅，「什麼去處？」

姜師傅指向朱雀坊的方向，「國子監前頭的大理寺衙門公廚常年缺人的。」

張採買一聽這話當即就變了臉色，想也不想便一口回絕，「大理寺衙門那公廚不行！」

姜師傅瞥了他一眼，「衙門公廚的缺你以為什麼時候都能有呀，除了大理寺，一時半刻你要尋到是不可能的！」

張採買瞥了眼一旁的溫明棠，面露遲疑之色。老實說，若是有時間慢慢找的話，他是決計不會讓溫明棠去大理寺公廚的。可眼下溫小娘子的狀況顯然有些麻煩，雖說不是不能去客棧住著，可溫小娘子一個人，往後還要考慮獨自過活，平白將錢財浪費在客棧裡確實不大合算。

姜師傅尷尬的摸了摸鼻子，原本都答應張採買了，他也不想食言，可他當真沒想到溫小娘子竟生成這般俏生生的模樣！

今兒早上他還被虞祭酒叫去特意提點了一番，虞祭酒明著表示就是要尋個醜八怪，不能影響學生讀書，他便是把溫小娘子領回去，也是過不了虞祭酒那關的。

「不如先讓溫小娘子去大理寺，我會幫你留意著，待別的衙門有了空缺，再將她調過去。」一眼看張採買還是猶豫，姜師傅又道：「大理寺公廚雖是難捱了點，也不是沒有好處的。那地方常年缺人，聽聞分配給廚娘的院子都是空的。溫小娘子進去了，還能分得獨自一間的屋舍，少了同人合住惹出的麻煩事，也算是件好事吧！」

張採買沉默了下來。

溫明棠終於找到了插話的機會，「為何大家都將大理寺公廚當成洪水猛獸一般呢？」先時張採買聽到大理寺公廚時，那副連連搖頭的樣子就叫溫明棠疑惑了，眼下聽姜師傅說那去大理寺公廚上班的人還能分到單人宿舍。這般好的條件，又包吃住的，怎會常年缺人呢？

卻見自己才問完，對面的張採買和姜師傅便對視了一眼，而後兩人面上不約而同的露出了一言難盡的表情。

這表情……看得溫明棠更詫異了，這是怎麼了？

見溫明棠一無所知的樣子，姜師傅轉頭問張採買，「她不知道？」不應該啊！這長安城不說人人皆知，至少廚子或廚娘當是聽說過的才對。

張採買斜了他一眼，「她雖不是外地來的，卻關在宮裡，哪能知曉那些？」

一句話說得姜師傅恍然，「難怪啊！」原來是不知情才對進大理寺公廚這般淡然呢！

張採買開口和溫明棠解釋起來，「去歲年關的時候，一張不知什麼人做的記錄了京城各部衙門公廚人員變動的文書流了出來，大理寺衙門公廚以半年換了十二個廚子的成績排在了首位，自此大理寺衙門公廚一戰成名，成了全京城廚子的噩夢。」

半年換了十二個的成績確實有些厲害了，就連溫明棠聽得心裡都忍不住顫了顫，更叫她心顫的還在後頭。

「聽說這十二個裡頭，有一個是在逃多年的殺人凶手，叫大理寺官員發現，親自抓了，不到一個月就砍了頭。還有兩個原本進去是去做廚子的，跟著那凶手一道做菜相處久了，竟是生出了幾分情誼，幫著凶手埋屍，被判了流放。」

溫明棠不得不承認，「這地方……有些凶啊！」

沒想到姜師傅跟著道：「去歲的時候，長安城發生了一樁專殺廚子的連環凶殺案，前後總共死了五個廚子，大理寺公廚就佔了三個。」

十二個廚子裡，有一半不是被流放，就是被殺！

溫明棠聽到這裡，卻是忍不住好奇，「那剩餘的六個呢？」

「這個倒是不知道，不過京城各部衙門裡，大理寺官員是出了名的事多，囉嗦又挑剌，實在是難伺候。」說到這裡，張採買瞥向姜師傅，「姜師傅，這麼個地方，你讓溫小娘子去，於心何忍啊？」

姜師傅摸了摸鼻子，乾笑道：「我這也是沒辦法嘛！」說罷，連忙又拍胸脯保證，「放心，這京城各部衙門的公廚我都很熟，哪兒有空缺了，定然頭一個想到溫小娘子，但眼下溫小娘子就先去大理寺吧！」

張採買瞪了他一眼，轉向溫明棠，「溫小娘子覺得呢？」

溫明棠回頭看了眼一片狼藉的趙記，略略猶豫之後便答應了，「這大理寺公廚雖說人員變動確實，呃……頻繁了些，可又不是只我一個廚娘，興許待久了會發現這地方也不錯呢！」

這話一出，不等張採買回話，姜師傅當即大手一揮，「那溫小娘子這就隨我過去吧！」

「現在就能過去嗎？」溫明棠忍不住驚訝，「不用考校一番？」

「那大理寺公廚原本的主廚就是那個在逃多年的嫌犯，眼下已被抓砍了頭，估摸著沒法來考校妳了。若非如此，這大理寺公廚招人的活也不會落我頭上。」姜師傅說著，催促了起來，「走吧，我帶妳過去！」

溫明棠沒有再推辭，轉身回屋拿了自己的包袱。

趙蓮紅著臉將她送到門口，「溫姐姐，對不住。」

「無妨，妳沒有對不住我。」

這趙記食肆是趙司膳的，要說對不住，也是對不住趙司膳。有自有趙司膳自己來收拾趙大郎與劉氏。左右在趙記食肆住的這一日遇到的事，她都一五一十的告訴張採買了，他定會轉告趙司膳的。

契書什麼的都是趙司膳的名字，劉氏若真想胡攪蠻纏，那今兒的二十棍才只是個開始，趙司膳那等從萬千宮人中殺出來的女官可是個狠角色。

不過臨去之前，得先尋個地方吃晚膳。

說起晚膳來，張採買便有些遺憾，「溫小娘子做的吃食是真好吃，原本以為你要考校溫小娘子一番，我還能蹭頓她做的吃食來著。」

姜師傅笑呵呵道：「丁採買同我提過溫小娘子的廚藝了，不過眼下趙記這個樣子，借廚房便不要想了。來日方長，往後總有機會吃到溫小娘子做的吃食。」

話雖如此，姜師傅卻是不以為然，他自己便是國子監公廚的主廚，菜燒得不錯的。更何況御廚做的吃食也是嚐過的，一個小娘子的廚藝再好能好到哪裡去？

於他而言，且先將手頭這件事辦完要緊。至於晚膳，姜師傅帶著溫明棠同張採買去了明德坊的一間賣鍋貼的小食鋪裡解決。

「這裡的鍋貼做得很是不錯，我偶然發現的，是韭菜豬肉餡的。」姜師傅將兩人帶去最裡頭的位子坐下來。

小食鋪的老闆娘顯然認出了姜師傅這個常客，笑著同他打了個招呼，「還是照舊加蛋？」

姜師傅點頭，看向張採買同溫明棠，「你們呢？」

兩人搖頭表示不用加蛋了。

閒聊了沒幾句，三盤鍋貼就端上來了，張採買同溫明棠的便是普通的鍋貼，姜師傅的卻是鍋貼上頭倒了一勺炒蛋。

溫明棠的目光落到那盤加了蛋的鍋貼上，微微頓了頓。

察覺到她的目光，姜師傅隨口問了一句，「溫小娘子也想加蛋了？」

溫明棠搖頭，對上姜師傅望來的眼神，解釋道：「老闆娘加蛋的做法，與我想的倒是有些不同。」

她原本以為所謂的加蛋是做成抱蛋鍋貼的樣子，沒承想鍋貼是鍋貼，雞蛋是雞蛋，是分開來的兩樣東西。

姜師傅笑了笑，不以為意道：「那下回可以嚐嚐溫小娘子說的做法。」說罷，便低頭吃了起來。

這點小事懶得放在心上，溫明棠也未再多說，低頭吃起鍋貼來。

能叫姜師傅刁鑽的舌頭誇讚的鍋貼當然不錯，韭菜香，豬肉鮮，味道調得恰到好處，確實好吃。小小的店面裡，食客絡繹不絕，老闆娘忙都忙不過來。

好吃與否，食客是會用行動來表示的，趙記那門面比這鍋貼鋪子大了一倍不止，客人卻連人家的零頭都沒有。

吃完鍋貼，姜師傅帶著兩人出了食鋪，向大理寺衙門走去。

路上姜師傅同她將大理寺公廚衙門的待遇說了一番，「京城各部衙門公廚的待遇都是一樣的，每月工錢五百文，月休兩日，吃住皆在衙內。」

溫明棠知曉趙司膳替自己打點的差事定然不會差，卻沒想到竟這般好。要知道尋常百姓一家三口每月所有花銷也不過八百文，她月薪五百文，還包吃包住。況且這也算公職了，除非遇上改朝換代了，不然是全然不用擔心什麼東家跑路、苛扣工錢這等事的。

真算是穩定的鐵飯碗了！當然，考慮到這是大理寺衙門公廚，「穩定」二字要另說。

一行人邊走邊聊，待走到大理寺衙門時已過暮時了。

暮時之後，長安城各部衙門的官員應該都下值了。不過似大理寺這等衙門，因案子什麼時候會發生誰也無法掌控，按時下值之事也委實不好說。

溫明棠等人到大理寺時，官員辦公的堂內依舊燈火通明，宛如白晝。

「估摸著又有什麼案子發生了！」姜師傅看了隨口道了一句，便領著溫明棠去了後衙的公廚。

公廚裡的晚膳已然撤下，這個時辰自然沒有什麼吃飯的大理寺官員，只有幾個雜役圍在一張桌子邊嗑瓜子邊閒聊。

見姜師傅突然領了個小娘子進來，幾個雜役嚇了一跳，忙不迭地站起來，口中參差不齊的喚著「姜師傅」。

雖然是隔壁國子監公廚的主廚，可好歹也是個「暫代掌管」的，算半個做主的，自然不能怠慢。

姜師傅朝他們笑著點了點頭，問道：「紀採買呢？」

一個十二、三歲的小丫頭脆生生的回道：「在房裡，我這便去叫。」說罷，便跑了出去，不多時就領了一個四十上下，皮膚微黑的男子過來了。

那人一見姜師傅便同他打了聲招呼，「姜師傅。」

姜師傅朝他點了點頭，指著身邊的溫明棠介紹道：「這是老夫替你們大理寺新招的廚娘，才從宮裡頭出來，手藝很是不錯，御膳房的司膳都誇讚呢！」

聽到這是姜師傅招來的新廚娘時，紀採買愣了一愣，待到仔細打量過溫明棠後，臉色頓時變得微妙起來。

溫明棠察覺到了紀採買臉色的變化，便知道事情不大妙。

果不其然，下一刻便聽紀採買冷笑道：「先時那周廚娘還是鴻運樓主廚的關門弟子，結果不止菜做得平平，聽聞還鬧出事端來了。先時要不是林少卿將她調走，家裡人找上門來鬧的就不是國子監而是我們大理寺了！」

一席話聽得溫明棠忍不住苦笑，沒想到前頭那個周廚娘竟是個攪事精。有這麼個「珠玉」在前，怕是任誰都對差不多年歲的廚娘避之不及了。

這話說的著實不客氣了，不過姜師傅一把年紀了，也不是什麼臉薄的，聞言立時笑著打起了圓場，「老紀啊，我們國子監那些學生不過十三、四歲，說到底還是半大的孩子，做不了主也就罷了，可你們這大理寺的官員便是最年輕的也弱冠了，哪至於叫家裡人找上門來？況且你們這大理寺公廚……嘖嘖，論事多，哪個比得上你們大理寺？」

言外之意，你這大理寺公廚是個什麼地方心裡沒數嗎？

「這公廚廚子的位子空缺大半年了，好不容易替你們招到一個，就不要挑了啊！」姜師傅說著伸手拍了拍紀採買的肩膀，指著溫明棠，「溫小娘子若是叫你不滿意，又沒有入內務衙門的冊子，你再換了便是。左右你們不管是換十二個還是十三個，都是排在首位，換得這般勤快，旁的衙門想追都追不上啊！」

紀採買一噎，姜師傅這一席話委實叫人無法辯駁。更何況，大理寺公廚確實缺人。

再者，沒有入內務衙門冊子的廚娘，做菜若是不好，辭退便是了。紀採買想了想，終究還是點頭暫且留下了溫明棠。

不過雖是留下了，他卻沒問溫明棠擅長做什麼菜式，而是直接對溫明棠道：「眼下我們公廚的午膳同晚膳都有師傅在做了，缺個做早膳的，溫小娘子可做得早膳？」

一日三食分早膳、午膳同晚膳，其中午膳和晚膳於大多數廚子而言屬於「正食」，最能做出花樣來，而早膳便不行了，花樣就那幾種，所以早膳師傅一向極難出頭且最容易被忽略。

紀採買一開口便將人安排至早膳師傅的位子上，要說沒有為難溫明棠的意思，誰信？這些齟齬溫明棠能察覺到，姜師傅這等人精又怎會察覺不到？

眼下見紀採買這般直接給了溫明棠一個下馬威，姜師傅連忙開口試圖阻止，「溫小娘子一手青梅排骨做得極佳，不如安排她到午膳或者晚膳位子上，也好叫她發揮所長。」

丁採買同他說的時候特意提過溫小娘子一手青梅排骨做得絕了，想是她的拿手菜。

新廚上任，直接祭出個拿手菜，也好叫她快些在這裡站穩腳跟，不至於過個十天半個月的便被人尋藉口辭了。

再者，雖說同張採買提過旁的衙門公廚若是有了空缺便將溫小娘子調出大理寺，可衙門公廚什麼時候有空缺還當真說不準。若是要等個一年半載呢？站穩腳跟，免得叫那些「事多」的大理寺官員挑刺總是好的。

熟料姜師傅不幫忙還好，這一幫忙反而激起了紀採買的幾分不喜，他似笑非笑的看向一旁的溫明棠，「姜師傅此言差矣，這京城哪個衙門的公廚還能挑三食位子的？忙起來，三食都要做的，溫小娘子若是做不了早膳，不如去外頭酒樓尋尋看，有的酒樓還當真會招只做午膳或晚膳的大廚呢！」

一句話堵得姜師傅啞口無言，紀採買這話雖然有些挑刺，卻也是實情。這公廚裡的廚子可是三食都要做的，溫明棠若當真只做午膳或者晚膳還真有些說不過去了。

可這早膳……確實難以做得出彩啊！

姜師傅猶豫了片刻，轉頭看向溫明棠，「溫小娘子，妳這早膳可能做得？」

比起他的猶豫，溫明棠倒是爽快，朝他一笑，點頭道：「做得。」

這爽快的應聲倒是讓挑刺的紀採買有些意外，不過想到之前的周廚娘，原本有些鬆動的臉色再次沉了下來。

那周廚娘剛來時也是這般爽利、勤快的樣子，不還是……反正，他是不敢隨便信這等瞧著便是繡花枕頭樣的小娘子了。

第四章 從油潑麵開始

眼見溫明棠都應下了，姜師傅自也不再說什麼了，目光掃向面前的一眾雜役，落到其中一個十二、三歲，相貌有些清秀的雜役少年身上，「阿丙，你同……」姜師傅說著手指方才跑去叫紀採買的女孩子，「她一道跟著溫小娘子做事吧！」

大榮所有衙門公廚的廚子都是要配兩個雜役打下手的，既是幫忙，也有學一學技藝的心思。

阿丙聞言立時應了，「是，姜叔。」

能喚姜師傅一聲「姜叔」，可見這個叫阿丙的少年同姜師傅是認識的。

大抵是覺得委實有些坑了溫明棠，姜師傅這才特意點了阿丙幫她，免得在雜役助手這事上再攤上兩個惹事的懶漢。

紀採買自然不會不清楚其中的門道，卻沒有阻止。他也沒準備在這些事上坑這個新來的廚娘，只是「要求」高些，不想再招些亂七八糟的，如先前周廚娘那等起歪心思的人罷了。

點了阿丙同那個小丫頭做溫明棠的幫手之後，姜師傅朝紀採買打了個招呼，轉身走了。

當然，臨走前還不忘對溫明棠客氣一聲，「溫小娘子若是有什麼要幫忙的，儘管來找老夫便是了。」

這等客氣話當然聽聽便好，溫明棠也不是不知禮數的人，聞言點頭朝他道了聲謝。

張採買不方便多言，眼下見姜師傅要走了，也不好多留，只是臨行前對她道：「有什麼事就到老地方尋我便是了。」

比起姜師傅的客氣，張採買這句話倒是真心的。離月柔出宮還有一年，他得好好照看著這個月柔拜託他照看的「姪女」。

待到姜師傅和張採買走後，紀採買才瞥了溫明棠一眼，「那明日的早膳就由溫小娘子做可好？」

溫明棠再次應了下來。

紀採買拿出一大把鑰匙，轉身向外走去，「隨我來庫房，挑好明日早膳妳要用的食材。」

大理寺公廚的庫房就在食堂的後頭，上頭掛了把大銅鎖，銅鎖的鑰匙就在紀採買的身上，由他分配公廚廚子每日所需的食材。

溫明棠帶著兩個小跟班跟在紀採買的身後進了庫房，一抬眼便看到了庫房裡收拾的整整齊齊的食材。

主食部分就放在地上的大木桶裡，木桶外貼了字條，標明了木桶裡存放的東西。

溫明棠一眼掃去，大米、小米、麵粉、紅豆、綠豆等品類齊全、數目眾多，而蔬菜同肉類則放在了下頭的地窖裡，方便保存。

溫明棠看了眼庫房裡的主食部分，正要同紀採買去下頭的地窖裡看蔬菜和肉類，紀採買卻只站在地窖口，指了指裡頭琳琅滿目的蔬菜同肉類，讓她看了一眼，而後開口道：「溫小娘子來的不巧，我大理寺公廚十日一採買，每回採買的蔬菜同肉類都是有定量的，由做菜的師傅列出單子分類採買。上回採買是兩日前，距離下回採買還有八日。」

溫明棠在聽到紀採買說「溫小娘子來的不巧」時就知道刁難要來了，果然紀採買說到「距離下回採買還有八日」時，便停了下來，睨著她道：「先時的早膳是由公廚的王師傅同孫師傅輪流做的，他二位在早膳的菜單表上未開什麼菜同肉，所以……」

溫明棠聽明白了，「所以這蔬菜同肉我暫且不能動，我若要需得等到八日後的那次採買才能列單子請紀採買採買？」

紀採買點頭，心裡也知曉自己確實給她出了難題，看著溫明棠若有所思的表情，紀採買想起這小娘子從開始到現在都未抱怨過一句，雖是有驅逐的心思，但到底還是有些心軟了，於是道：「肉怕是有些難，不過菜和蛋這等物品每日早上都有人會從莊子上送些過來的，只是送的什麼菜要等到當天才知曉。溫小娘子，妳看這樣可以嗎？」

平心而論，今日這一齣確實是為難人了，可這還當真不是他故意的。大理寺官員來吃早膳的極少，很多時候都是無人過來的。沒有人來吃，便也懶得費心思了。王師傅和孫師傅輪流做早膳的時候不是白麵饅頭就是麵條，要不就是熬些粥，配上臨時送來的菜和蛋，隨便炒炒湊合一下。左右吃的人少，也就圖個飽，極少有人會在意這些，真正會老老實實吃這些早膳的另有其人。

他同溫明棠說了實話，「大理寺公廚官員吃早膳的不多，也就大牢裡那些抓起來的犯人，便是單調些也不會有人說閒話的。」

這早膳幾乎等同是為大牢裡的犯人專門備的了，哪個進了大理寺大牢的犯人還能對吃食有要求的？都進大牢了，甚至有些還上了刑，連話都說不出來，還能對早膳有什麼意見，只要不吃死人就行了。

所以大理寺公廚的早膳師傅這好處與壞處都明顯得很，壞處是叫廚子沒有什麼施展廚藝之處，容易被人尋到藉口辭出去。好處是吃飯的人不挑的，隨她怎麼做都不會有食客出來抗議。

溫明棠當然明白自己被安排在這位子，就要做好隨時被辭退的準備了，卻沒有同紀採買磨嘴皮子，只點頭低聲道好，心裡卻不由感慨，果然古往今來，尋個安生穩定的工作都不是一件易事啊！

她此時唯一能做的，便是做好當下之事，其餘的且走且看了。

眼見著紀採買離開了，跟在溫明棠身後的阿丙立時對溫明棠道：「紀採買這不是存心刁難人嗎？什麼食材都沒有，除了白麵饅頭、白水煮麵同白粥之外還能做什麼早膳？」

「是啊！這早膳也就那幾樣，王師傅同孫師傅從來都是隨便糊弄就過去的。」那個十二、三歲的小丫頭跟著嘆了口氣，憂心忡忡道：「做不出花樣來，怕是不多久溫師傅就會被辭退了。」

大榮的早膳種類確實不多，這一點今兒早上逛了回早膳鋪子的溫明棠深有體會。不過於她而言這倒是不懼的，後世的早膳花樣不要太多啊！哪怕這幾日只有主食，她也能變出無數花樣來。

正這般想著，兩個差役模樣的人過來了，他們在庫房外敲了敲門框。

庫房內的三人聞聲望去，卻聽兩個差役問道：「哪個是新來的早膳師傅？」

「是我。」溫明棠上前一步。

兩個差役看了她一眼，似是有些意外，嘀咕了一句，「怎麼年紀這般小？」不等溫明棠說話，他們便道明了來意，「明日牢裡有一批犯人要被轉去刑部大牢，一早怕是有的折騰了。到了刑部還不一定能吃得上午膳，所以明日的早膳公廚便當早午兩食做，記得要做耐飽些的吃食。莫之後影響審訊死了人什麼的，把由頭推脫到我們這裡。」

待得差役傳完話離開之後，阿丙同那個小丫頭對視了一眼，臉都垮了，「這下好了，連白粥都不能做，怕是只能白水煮麵配饅頭了。」

什麼東西都沒有，也只這些主食能動用一番，偏各種要求還層出不窮，嘖嘖，溫師傅這頭一遭上任還當真是連番遇到難題了。

對比兩人的不住搖頭，溫明棠反應倒是平靜，聞言只笑了笑，「無妨，明兒看看再說，若是那莊子上的蔬菜送來的早些……」

話未說完，便被阿丙出聲打斷了，「來不及的，溫師傅，每日莊子送蔬菜來的時辰都過巳時了，本就是專為午膳、晚膳準備的。方才那差役大哥說了明早要將一批犯人送去刑部，一般轉送犯人時，差役們都是早上一來就動身的，那時候也就是辰時前後。所以溫師傅最晚辰時之前就要將早膳送去給大牢裡的犯人了，哪還來得及等那莊子上送來的蔬菜？」

所以要到後日，溫明棠才能用到那些莊子送過來的蔬菜和蛋。

「既如此，那便做麵吧！」

既然準備做麵，領些麵粉同蔥、蒜等配料出去便成。

「阿丙，這衙門每日吃早膳的人數是多少？」

「溫師傅只要將牢裡的犯人算進去便是了，那些大人一般是不來吃早膳的，牢裡的差役也不怎麼來。」

「那你們呢？」言外之意衙門裡的雜役要不要算上？

阿丙伸手指向外頭，「出了衙門不遠處就是坊市，一大早支起的鋪子不少，早膳又不似午膳同晚膳一般，花不了幾個錢的，大家都去外面買來吃的。」

溫明棠了然，「那除了犯人的之外，便再多做五、六份備著好了。」

一旁的小丫頭聞言卻嘀咕道：「其實不備也成，每日早膳多備的都是倒去泔水桶裡餵牲口。」

這話倒是大實話，不過作為公廚師傅，總不能叫人來了白跑一趟，這該備的還是得備下。

心中有數之後，溫明棠領著麵粉和調味之物出了庫房，過來鎖門的紀採買掃了眼她所領之物微微搖了搖頭，巧婦難為無米之炊，便是個經驗老道的老師傅對此情形怕是都變不出什麼花樣來，更遑論這個還不到及笄之齡的小姑娘了。

宮裡御膳房出來的又怎麼樣？早膳花樣也就那幾種了。他好歹算是給姜師傅面子留人了，待過段時日便打發小姑娘回家去，趁著花一般的年歲嫁個好夫君，總好過在這裡討生活。

真不知溫小娘子家裡人是怎麼想的？心中嘀咕了一番，紀採買面上卻是神色不顯，畢竟旁人家事同他無關，又叮囑幾句從庫房拿東西記得及時上報之類的話後，他便離開了。

溫明棠等人將領來之物搬去了公廚而後鎖了門便各自回去了，溫明棠去的自然是雜役的宿舍，粗略打掃一番，便鋪床和衣入睡了。

做早膳的要早起，自是晚睡不得。不知是不是今兒一整天委實走得有些累了，還是有了暫時的落腳處，溫明棠心中稍安，頭一沾枕便沉沉睡去了。

翌日，天色還昏暗著，整個大理寺衙門之內一片寂靜，唯有衙門公廚那裡三道人影已然忙活了起來。

過了一夜，將廚房灶面清洗擦拭了一遍，又將碗筷都用滾燙的熱水燙過一遍後，溫明棠才開始動手。

這般講究的樣子，看得小丫頭同阿丙連連點頭，不管溫師傅這手藝如何，但做出來的東西想是乾淨的，至少吃了不會拉肚子。

做麵首先便是和麵、揉麵了。

「阿丙、湯圓，你二人試試吧？」溫明棠做到醒麵這一步停了下來。

阿丙姓姜，名小丙，真算起來，姜師傅可說是阿丙的遠房二堂叔了。

至於小丫頭，姓袁，單名一個肖字，她爹袁大頭是大理寺衙門的車夫，在那些大人面前偶爾也能說上兩句話。因著袁肖與元宵同音，衙門裡的人便又喚小丫頭為湯圓。

姜師傅雖然坑了她不少，可在替她選幫手上還當真不含糊，兩人皆是勤快又伶俐的。和麵、揉麵這一步於自小在公廚衙門內打雜的阿丙同湯圓來說自不算什麼難事，麵粉加水攪和揉成團放在一旁醒發了起來。

待麵醒好之後，就要開始做麵了。

眼看著溫明棠將麵團擀扁，而後一下一下向兩邊拉扯，待下鍋前又自中間撕了開來。兩人看得皆是一愣，忍不住詫異道：「溫師傅，妳這做的是什麼麵？」怎麼同王師傅和孫師傅他們做的不一樣呢？

王師傅和孫師傅他們做麵多是擀出麵皮之後用刀切的，哪像溫師傅這般麻煩。

「這是扯麵。」溫明棠看著鍋裡浮起來的扯麵，差不多了便用笊籬撈了上來。

阿丙和湯圓看到這裡連忙背過身去，他們年紀雖不大，可怎麼說在公廚也待了兩年了，知道規矩。

這些師傅做吃食時對「祕方」看得極重，是不准偷看的。先時便有不懂事的雜役在王師傅和孫師傅做飯時多嘴問了一句「要不要多放些油」惹得兩位師傅大為惱火，而後將那雜役驅逐出了公廚。

「轉身做什麼？」溫明棠看到兩人的動作時，卻是不由笑了，她讓兩人轉過身來，「你們跟著我做飯，自是要學的，不然怎麼幫我？」

一席話說得兩人頓時激動不已，溫師傅這意思是願意教他們？這可是一門手藝，真學會了走到哪兒都餓不死的，可比只會打雜做些雜活的雜役好多了。

說話的工夫，溫明棠已經將鹽、醬油、醋、花生、蒜末、蔥末以及辣椒粉等香料一一加了上去，最後又澆上了一勺熱油。

熱油同扯麵、各種香料撞上，大量的油泡頓時冒了出來，伴隨著滋滋聲響，油香、麵香及各式香料的香味一下子激發了出來。

一旁的阿丙同湯圓看得當即嚥了口唾沫，巴巴的望向面前這一碗做好的麵，兩人忍不住驚呼，「這也太香了！」

溫明棠將麵拌勻，油香與料香裹滿麵身，光看顏色已叫人食指大動了，更別提那香味還直往鼻子裡竄。

將拌勻的麵推至阿丙同湯圓兩人面前，兩人不約而同的伸出了手。

看著比他小上幾歲，還是女子的湯圓，阿丙的手往後縮了縮，「妳先吧！」

湯圓看著不住嚥口水的阿丙猶豫了一下，推了推麵碗，「還是你先。」

「一碗麵有什麼禮讓的？」溫明棠又將煮好的麵撈入碗中，放入各式調料，澆上熱油遞給阿丙，「趁熱吃吧！」

學著溫明棠的樣子將麵拌勻之後，忍不住的兩人便連忙將麵往嘴裡送，甫一入口便齊齊發出一聲驚嘆，「好吃！」

第一筷麵好歹帶了幾分試探還能吃得文雅些，待到第二筷，阿丙同湯圓早已忍不住，大口嗦了起來。

這麵爽滑勁道，混合著入口的醬汁，大口嗦起來更是爽快。

如此吃法真豪爽，看得溫明棠也莫名覺得碗裡的麵條更香了。

一碗麵下肚，雖說還有些意猶未盡，可看看微露魚肚白的天色，阿丙同湯圓也知道要開始做活了。

牢裡犯人那裡要做幾十碗的麵，晚了怕是來不及的。

學著溫明棠的樣子扯麵撕麵，雖說一開始做得不是很好，忙活到最後卻也有幾分像樣了。

至於最重要的調料之物，溫明棠也未瞞著兩人，叮囑兩人記好每樣調料的量，待到麵碗上一一擺好各式調料之後，溫明棠將燒熱的油用油壺裝了起來，同兩人一道向大理寺衙門大牢走去。

他們到時，幾個值夜的差役正一人手裡拿了塊餅，配著蛋同白粥在吃早膳，看那灌粥的竹筒同油紙包著的餅子還冒著熱氣，想是才從坊市上買來的。

看到幾人過來，差役同他們打了招呼，其中一個熱情的指著放在一邊的餅，「吃早膳了嗎？早上坊市買的燒餅，要不要吃？」

阿丙搖了搖頭，抿了抿嘴裡還未散去的麵味，忍不住對幾個差役道：「差大哥，溫師傅做的早膳好吃著呢！」

「哦，是嗎？」幾個差役吃著手裡的餅笑了笑，口中客氣的回了一句，「做的什麼早膳呢？」

「麵。」湯圓看幾個差役的樣子，也知他們沒當回事，便幫著溫明棠將麵碗從木板車裡拿出來，一一排在一旁的高腳檯面上，「幾位差大哥要吃嗎？」

正吃早膳的差役瞥了眼那放了辣椒粉、蒜末同蔥末的麵，搖頭道：「那倒不用了。」

那一碗麵沒菜沒肉的，想也知味道會是如何寡淡了。

湯圓同阿丙聞言有些失望，總覺得溫師傅的早膳做得這般好吃，只叫牢裡犯人吃了有些可惜，卻又不能勉強，只能道：「那便不為差大哥準備了。」

「行！」一碗麵罷了，幾人都不以為意。

一個「行」字剛落下，下一刻伴隨著滋滋的油泡聲，各式香料的味道瞬間被激發開來。幾個差役吃早膳的動作不約而同的一頓，向擺在高腳檯面上的麵望了過去，只覺方才還不過爾爾的麵因著這潑上去的油莫名變得誘人了起來。

「這……這是什麼麵啊？」有差役忍不住放下手裡的餅子，走到高腳檯面旁好奇的問了起來，「怎麼同尋常見到的不大一樣呢？」

「這個喚作油潑麵。」溫明棠說著，往最後一碗麵上澆了熱油便同阿丙和湯圓送早膳去了。

即便每間牢房外頭都掛著鎖鏈阻隔了外界，可那熱油澆下去的香味卻不是鎖鏈能隔得了的。

香味湧入牢房，叫牢房裡那些犯了事的犯人忍不住起身走至牢門前向外望來。

今日過來送早膳的年齡都小了些，遠遠瞧去似是幾個孩子一般，將麵碗隔著牢籠遞進來時，還叮囑道：「拌勻了吃。」

聽著一句一句的叮囑聲漸漸走遠，一個差役忽地摸了摸肚子，「突然好想嚐嚐這個叫油潑麵的早膳，怎麼那般香呢？」

尤其是聞了那股熱油香味之後，再嚼手裡的餅子，總覺得有些難以下嚥了。

「我也想嚐嚐！」另外兩個差役不約而同的附和，而後看著空空如也的高腳檯面忍不住懊惱，「唉，方才應該叫他們留兩碗嚐嚐的。」

這話一出，最先開口的差役想了想，「其實也無妨，最裡間那位正鬧絕食的，怕是不肯吃的，分完這一圈之後當會剩下，不如……」

幾個差役惦記剩下的油潑麵的工夫，溫明棠一行人也帶著最後剩下的兩碗麵走到最裡間的牢房前了。

蹲下身將兩碗麵從下頭的送飯口遞進去之後，溫明棠起身，道：「拌勻了吃。」

話音剛落，還不待離開，一道暴躁的聲音便自牢房內傳了出來。

「不吃，拿走！」聲音帶著少年變聲時特有的音色，想是個十五、六歲的少年，「告訴林斐，小爺沒殺人，開口便問小爺怎麼殺人的，他娘的有他這麼查案的嗎？」

少年的質問聲後，牢裡另一道聲音緊跟著響了起來，「主子，您一天沒吃東西了，今兒這早膳您不吃嗎？」

一句話聽得溫明棠有些意外，犯人坐牢還能帶小廝的嗎？

裡頭一陣窸窸窣窣的聲音傳來，似是小廝在用筷子拌麵，緊接著嗦麵聲跟著響了起來。

回過神來的溫明棠搖了搖頭，再次蹲下手伸向送飯口，吃不吃的她自不逼迫，可浪費就不成了。這帶著小廝坐牢的犯人既然不吃，她便拿走好了。

只是手才伸入，一隻手便「啪」的一下打在她的手上，而後迅速端走了那碗麵。

緊接著，那暴躁少年的聲音自裡頭傳來，「我這牢房裡住了兩個人，自是要分兩碗的，妳拿走一碗做什麼？」

「說的不錯，兩人是當分得兩碗的。只是米糧收成不易，還請莫要浪費。」溫明棠起身，也不等裡頭傳來答話聲，便帶著阿丙同湯圓走了。

他們一行人走得俐落，所以也未看到待他們走後，那小小的送飯口前突然出現了一張臉，趴在地上的小廝確認幾人走了，才爬起來對身後穿著一身織緞錦衣的少年道：「主子，人走了。」

板著一張臉立在麵碗前的少年聞言連忙將麵碗端了起來，而後夾起麵條就往嘴裡送，邊吃邊不住點頭，「這才像是人吃的，昨兒那些飯菜根本是餵豬的！」

一旁的小廝哭笑不得，「昨兒小的吃了那飯菜呢！」

這大理寺公廚的飯菜做得委實叫人難以下嚥，真不知道廚子是怎麼將葷菜同素菜都做成一個味道的？

「那你今天繼續吃。」少年吃得一張臉都快埋進麵碗裡了，餓了一天沒吃東西，此時哪還管那些用食的規矩。

狼吞虎嚥的吃完自己那碗之後，他又一把奪過小廝還沒吃幾口的那碗麵，對小廝道：「午膳和晚膳的飯菜都給你吃，這早膳就讓給小爺了。」

「主子，這碗麵雙喜吃過了呢！」

「吃過就吃過唄！」一碗麵下肚，稍稍墊了墊肚子的少年抱著麵碗慢悠悠的走到牢床前坐了下來，「爺不嫌棄你！」

雙喜欲哭無淚，這是嫌棄的事嗎？他才吃了兩口，此時還餓著呢！

風捲殘雲般吃完一碗麵的少年此時倒是開始發表起評價來了，他一邊慢條斯理的吃著雙喜那半碗麵一邊道：「瞧著這沒肉、沒菜也沒蛋的麵，味道竟也還可以！」

一邊說著「可以」，一邊忙不迭地又吃了一口，「這麵裡好似還有拍碎的炸花生，酥脆的口感、鹹甜的味道同醬汁混合在了一起，再加上辣油的香味，倒是挺新奇的做法！」

小廝雙喜聽到這裡，忍不住幽怨的看向自家主子，吃就吃，還要說出來，覺得更餓了！不過品著口中殘存的香味，雙喜覺得主子說的一點不假，這麵是真的好吃！唉，也不知這麵叫什麼？待出去之後也好叫廚子做來吃。

送了一趟麵，待回到大理寺公廚時，天已大亮了。回來的路上甚至還看到有大理寺的官員來衙門上值了。

日頭初升，整個衙門顯得朝氣四溢，只是這朝氣到大理寺公廚門前便散了。

大理寺公廚食堂內空空蕩蕩的，一個人都沒有。

這般情況阿丙和湯圓早習慣了，可今日見著這無人問津的食堂，不知為什麼，竟莫名的有些委屈和不甘。

「溫師傅莫氣，回頭我同我爹說去，我爹雖是衙門裡的車夫，每日都要載那些大人出行辦案的，單獨載寺卿大人的次數也不少，我讓我爹多提提，定要告訴大家溫師傅的手藝是真的好！」

阿丙也點頭附和，「我回去同我二堂叔說去，叫他也幫忙說道說道。」

看著為她打抱不平的阿丙和湯圓，溫明棠卻搖了搖頭道：「無妨，慢慢來便是了。」與其強硬賣著人情將人拖來，倒不如等著，總有人會來的。畢竟吃食同酒是一樣的，酒香不怕巷子深，味美不怕無人問！況且看紀採買的反應，這大理寺公廚她也不知道能待多久，不如趁著這時候多養刁幾個「食客」的嘴，往後萬一待不住了，也好借著手藝開個小食鋪什麼的。

三人抓了把瓜子邊磕邊聊，待到早膳時辰結束，三人起身開始收拾檯面。

看著那蓋在布下，不曾做完的五團麵團，阿丙忍不住道：「溫師傅，可讓我帶三碗油潑麵回去叫我家裡人嚐嚐嗎？」

一旁的湯圓也道：「那剩餘的兩碗讓我帶回去，我同我爹一人一碗。」

如此多備的麵團倒也不算浪費了，溫明棠剛想答應，便見幾個差役氣喘吁吁的跑了進來，「可算趕上了，溫師傅，給我們一人來一碗那什麼油潑麵。」

因著早上的嘴硬，那油潑麵的香味叫他們惦記到現在了。

原本以為鬧絕食的那位會同昨日一樣不吃不喝的，哪知去收碗筷時，他們看到的可是兩只乾淨的連碗裡的醬汁都舔得一乾二淨的碗。

幾人當即便決定要過來嚐嚐這油潑麵了，畢竟那位什麼好吃的沒吃過？能叫他將碗舔得那般乾淨的，想來這油潑麵定然是好吃的。

只是因著一大早要幫著送犯人，走了趟刑部，這才耽擱了不少工夫。待到好不容易送完犯人，眼看還來得及，幾人便緊趕慢趕的過來了。

如此原本還能帶回去的油潑麵是帶不回去了，湯圓同阿丙雖說有些失望，卻是高興更多些。能叫更多人嚐到溫師傅的手藝，對溫師傅而言可是一件好事呢！

在差役巴巴的眼神中，阿丙同湯圓麻利的將煮好的油潑麵端到了幾個差役的面前。

這幾碗現做的比起提前做好提去大牢的味道自然更好，果不其然，麵才入口，便收穫了一眾差役的好一番稱讚。

「好吃！」因吃得太快，其中一個差役險些咬到自己的舌頭，卻仍忍不住邊嗦邊問，「溫師傅，明兒的早膳是什麼？還有這油潑麵嗎？」

溫明棠聞言笑吟吟道：「這要看今兒莊子上送些什麼食材來了。」

今日這油潑麵雖然當了早膳，可尋常時候，還是當午膳同晚膳這等正食更多些的。若非昨兒差役特意來叮囑，她今兒也不會做油潑麵當早膳。

溫明棠的意思幾個差役聽出來了，咂摸著嘴裡的味道，頗有幾分意猶未盡。老實說，這碗油潑麵他們還能連著吃上好幾頓都不膩，不過想到明兒又能自溫明棠這裡吃到新的早膳，倒是多了幾分期待。

這明日若能早些到來便好了！

第五章 鹹豆漿加油條

溫明棠倒是惦記了一天莊子上送來的蔬菜，可輪到她領時，新鮮的蔬菜早已被領光了，只剩下兩包乾海貨同一小罈醃好的菜頭。

乾海貨一包裡頭是乾的紫菜，另一包則是乾的蝦米。至於那一小罈醃好的菜頭，聽聞還是王師傅和孫師傅特意打了「招呼」，給早膳師傅留下的。

阿丙和湯圓待看到溫明棠領到的那一小罈醃好的菜頭同兩包乾海貨時，氣憤不已。湯圓氣呼呼的道：「這王師傅同孫師傅是故意的吧！就他們那手藝，哪次午膳同晚膳不是剩下許多？用得著領那麼多的蔬菜嗎？這不是白白浪費是什麼？」

「就是，王師傅同孫師傅一貫是混日子的，魏師傅在時就……」話未說完，猛然察覺到自己失言的阿丙立時噤聲，忙轉了話題，「總之，那兩位的手藝不怎麼樣，小心思卻是最多的，溫師傅往後需得小心些！」

眼下溫師傅的早膳還不曾引來旁人注意，可阿丙覺得以溫師傅的手藝，讓大家都來公廚吃早膳是遲早的事。到時候叫那手藝不怎麼樣，心眼卻特多的王、孫兩位師傅知曉了，指不定還會折騰出什麼么蛾子來呢！

溫明棠對此倒是並不意外，宮裡頭隨便換個地方當值，沒有職務爭奪之分還會引來口角，更遑論這公廚的主廚位子還空著，眼下雖然叫隔壁國子監的姜師傅暫代，卻也不是長久之計，大理寺公廚遲早會有自己的主廚。這新來一個廚子，便多個人爭搶飯碗，自是想辦法把人排擠出去再說。

哦，對了……溫明棠看著正同湯圓使眼色的阿丙，好奇的問道：「阿丙，你方才說的魏師傅是指……」

一句話問得阿丙同湯圓兩人臉色頓時一僵，對上溫明棠詢問的眼神，猶豫了好一會兒阿丙才道：「就是之前的主廚，被林少卿發現是逃犯且親手抓了的那個。」

溫明棠恍然。

「魏師傅的廚藝比起王師傅同孫師傅確實要好些，不過同溫師傅還是沒法比的！」

自從吃了那碗油潑麵，阿丙對溫明棠的廚藝就頗為信服。能將無菜、無肉、無蛋的麵做得那般好吃，這廚藝豈是一般人能比的！

溫明棠笑了笑，沒有再說什麼，只是掀開了那罈醃菜頭，夾了一塊出來嚐了味道，「這醃菜頭做的鹹鮮適中，不錯！」

「莊子上的醃菜確實做的還成，用來配粥吃不錯。」

只是王師傅同孫師傅特意留罈醃菜給溫師傅是做什麼？是要溫師傅同他們一樣煮白粥做早膳嗎？

倒不是嫌棄白粥，其實偶爾吃吃白粥還是不錯的。只是之前王師傅同孫師傅三天兩頭煮白粥，早讓人吃得膩味了，眼下還未從那膩味中緩回來，若繼續煮粥，定會令人不喜的。

正對王師傅同孫師傅的小動作鄙夷著，做晚膳的王師傅來公廚了，一進門便笑呵呵道：「溫師傅，紀採買叫妳去領食材。」

晚膳過後，是三食廚子領食材的時間。

領著溫明棠進了公廚的庫房，王師傅卻並沒有走，而是站在庫房外同紀採買有一搭沒一搭的閒聊起來。

跟著溫明棠走進庫房的阿丙和湯圓見了，小聲提醒溫明棠，「這王師傅最是小心眼了，定是不知打哪裡打聽到妳早膳的油潑麵做得好吃，心裡不高興了，想著給妳使絆子呢！」

溫明棠回頭瞥了眼王師傅，看著庫房地面上的食材，想了想，領了些黃豆同麵粉走了出去。

看到溫明棠手裡的黃豆，王師傅立刻「熱情」的問道：「溫師傅明日早膳難不成想做豆漿？」

溫明棠點頭笑道：「是啊，打算做糖餅搭配豆漿。」

「倒是不錯，溫師傅果然心靈手巧啊！」

兩人明明是笑著說的，可跟在溫明棠身後的阿丙同湯圓聽了卻是莫名的覺得怪怪的，總覺得這談笑的氛圍有些微妙。

紀採買則半闔著眼，仿若聽不到一般在一旁打哈欠，直到溫明棠先一步開口結束了這番同僚寒暄，「如此我便先回去了，做早膳需得早起，夜間自也要早些睡的。」

紀採買這才朝她點了點頭，「去吧！」

一番客套的寒暄，生生說出了幾分刀光劍影的感覺。

待溫明棠領著阿丙同湯圓走後，紀採買才轉頭看向王師傅，「再如何想趕人，底線不得觸碰。若是觸了底線，在吃食裡加了什麼不該加的東西，吃出了問題，可別怪我翻臉！」

王師傅同孫師傅的水準他心知肚明，為爭公廚主廚的位子明爭暗鬥，排擠新來廚子的事沒少做過。他皆睜一隻眼閉一隻眼，沒有鬧得太過，便隨他們去了。

今日莊子送蔬菜一事他知曉這兩人給溫明棠留了罈醃菜頭同兩包全然用不到早膳上的乾海貨，這才特意敲打了一番。

王師傅聽得心中一跳，忙點頭應是。

待到紀採買收了鑰匙走後，王師傅才冷哼一聲，逕自去找孫師傅。

「她領了黃豆和麵粉，說是明日準備做豆漿同糖餅。」王師傅說著朝孫師傅使了個眼色，「這新來的好似有些本事！」

那幾個差役對她做的油潑麵讚不絕口，還道明日定要去吃早膳來著。沒想到這看著年紀不大的廚娘會的花樣倒是不少，連豆漿都會做！

「紀採買讓我們鬥歸鬥，別鬧大，吃出問題來他怕是頭一個饒不了咱們，你看該怎麼辦？」

孫師傅聞言，意味深長的挑了下眉，「我明日要做幾個加糖的甜菜，先將糖領了也不算違了規矩。」

這宮裡頭御膳房出來的確實有幾分本事，可不管這豆漿還是糖餅，哪一個都要糖，他提前領走了糖，倒要看看這個「巧婦」如何來「為無米之炊」？

翌日，天色尚未露白。

溫明棠同阿丙、湯圓三人便已到公廚開始備早膳了。

同昨日一樣燙完食具，待到溫明棠將洗淨泡發好的黃豆放入石磨開始指導阿丙磨豆漿時，在一邊幫忙佈置食具的湯圓檢查到調味罐頭時卻是忍不住驚呼了起來。

「溫師傅，昨晚走時我還特意看了糖罐，裡頭分明還有大半罐的，眼下卻只剩個底了！」

湯圓是個細心的丫頭，做事很有條理。頭一日跟溫明棠時，就知曉離開時再檢查一遍所需用料、食材什麼的，做好記號，這般細緻的習慣讓溫明棠很是滿意。

「昨兒我看時還到這裡，怎麼眼下只剩下這些呢？」似是怕溫明棠同阿丙不相信自己，湯圓急得都哭了，抱著糖罐比劃著。

看著鼻子、眼睛都哭紅了的湯圓，溫明棠伸手拍了拍她的肩膀安撫道：「莫哭，我信妳。」

一旁的阿丙也摸出自己身上的帕子遞給湯圓，「我也信妳，溫師傅昨日說了要做豆漿和糖餅，這兩物都要用到糖，不用想也知道是王師傅聽了故意使壞！」

若不然，就算那兩人也要用糖，為何不早說？偏要等湯圓檢查完了糖罐再做小動作！

「可是紀採買不住在衙門裡，一般都要到午時過後才過來，待他過來，莫說早膳了，午膳都結束了，哪還拿得到糖？」

湯圓的一席話說得阿丙實在有些氣不過了，「不行，我要回去告訴二堂叔！」

溫明棠卻伸手攔住了就要跑去告狀的阿丙，低頭看向磨出來的豆漿，「其實豆漿不止甜的好吃，鹹的亦是好吃的！」

湯圓一怔，「豆漿還能做鹹的嗎？」

她也是吃過外頭買的那些豆漿的，都是加了糖，入口甜津津的。這鹹的豆漿……呃，老實說，還不曾聽聞。

溫明棠笑著點頭，「當然了，且味道還相當不錯呢！」

竟能如此嗎？湯圓剛想笑，只是笑容才綻開便又再次垮了，「可是糖餅……」

「那就不做糖餅，做油條。」

油條？那是何物？阿丙同湯圓兩人聽了皆是一頭霧水。

不過很快，他二人便知曉油條是何物了。

拉長的麵片被放入滾燙的油鍋中，待到慢慢浮上來時，表皮也微微發黃，隨著溫明棠手中的木筷不斷撥弄翻面，麵片也由原先細長的一條逐漸膨脹起，表皮漸漸轉為焦黃。

「做油條不算難，難的是要注意油炸的火候，要不住的翻滾它。」溫明棠說著將手裡的筷子交到湯圓手中，「妳來！」

湯圓做事細心且有條理，這等事最適合叫她來做了。

油鍋中長長的油條一字排開，炸好的油條被湯圓從一側撈起來，溫明棠便自另一側將一根根細長的麵片放入油鍋之中。

一個放一個撈，待到一根一根油條依次被撈起，阿丙的豆漿也在溫明棠的提點下煮好了。

舀起一勺，看著勺中色澤如白玉的漿液，阿丙嗅著那彌漫開來的豆香，興奮道：「溫師傅，妳瞧瞧是不是這樣的？」

溫明棠過來看了一眼，點頭誇了一句，「煮的不錯！」拿了碗，隨手舀了一勺入碗裡，而後又自只剩個底的糖罐中舀了些糖出來放入碗中攪了攪，做了一碗簡單的甜豆漿遞給阿丙，「你嚐嚐！」

阿丙拿起勺子，看著面前冒著醇厚豆香的豆漿，舀起一勺對著略略吹了吹便送入口中。入口的豆漿竟全然沒有素日裡嚐到的豆腥氣，濃醇絲滑的黃豆香氣帶著輕微的甘甜席捲了整個口腔。

阿丙忍不住睜大了眼睛，這也太好喝了吧！

看著阿丙的反應，溫明棠很是滿意，豆漿的做法比起油條更簡單些，關鍵在於細處，尤其是豆腥氣要處理乾淨。

避免豆腥氣最重要的是煮的時候要加冷水以及注意煮豆漿的火候，需慢慢煮開一次，煮出氣泡來，而後關火，待得氣泡散去再慢煮兩三次方可。

說到底不過麻煩些，做起來還真不難。

眼看阿丙嚐起了豆漿，湯圓抓起一根不怎麼燙手的油條咬了下去，而後眼睛一下子直了！

這油條外表酥脆，內裡蓬鬆，入口之後，又帶著一股略帶濕意的韌勁，需上下牙一咬才能撕扯開來。酥脆與柔軟兩種截然不同的口感就這般混在一起，那滋味著實特別，卻又叫人欲罷不能。

好吃！湯圓將手頭那根油條吃罷，舔了舔手指，正要去拿第二根時，卻聽溫明棠道：「且留些肚子，這油條還有別的吃法。」

說罷，溫明棠拿起一根油條將它揪成一小段一小段的模樣，丟入空碗中，而後又麻利的在碗中放入一小撮乾發的紫菜同蝦米，最後加入切成丁的醃菜頭，一切準備就緒之後，溫明棠舀起一勺豆漿澆了上去。

揪成小段的油條同紫菜、蝦米等物隨著豆漿的湧入浮至了暖玉色澤的漿面之上，溫明棠又淋上了一圈醬油、醋與辣油。

暖玉般的豆漿裹挾著滿滿當當的小料被推至了湯圓同阿丙面前，溫明棠含笑看向兩人，

「鹹豆漿，嚐嚐吧！」

鹹的豆漿嗎？阿丙和湯圓看著面前一大碗滿滿當當的豆漿，有些遲疑，眼前這一碗所謂的豆漿著實超出他們的認知了。

阿丙下意識的低頭看了眼自己才喝光的甜豆漿，倒是頭一回知道豆漿還能這麼做。這豆漿鹹香混著醇厚的黃豆香氣湧入鼻間，勾得人食指大動。

湯圓是吃過油條的，自是清楚油條原本的口感。看著面前的鹹豆漿，湯圓手裡的勺子頓了頓，還是舀向了豆漿裡泡軟的油條。

沒了之前外脆內軟的口感，卻因自身蓬鬆的孔洞吸附了大量的豆漿汁液，一口咬上去，鹹鮮的豆漿汁液湧了出來，別有一番妙不可言的滋味。

鹹味的豆漿並沒有想像中的古怪同獵奇，反而混著豆漿醇厚絲滑的口感層層遞進，帶起漿液中的各式海貨，叫人越吃越是胃口大開，待回過神來時，一碗豆漿便已見底了。

湯圓下意識的看了眼一旁的阿丙，他碗裡的鹹豆漿也已半點不剩了。

阿丙感慨道：「甜的豆漿我喜歡，鹹的亦是，一時竟不知該如何抉擇了！」

旁人卻是不用如他一般猶豫了，這見了底的糖罐頂多只能做三碗的甜豆漿，送去大牢的是溫明棠做好的鹹豆漿。

推著送飯的食車至大牢時，那幾個差役立時走了出來，笑著問道：「溫師傅，今兒早膳吃什麼？」

「豆漿油條。」

一碗鹹豆漿配一根油條的早膳讓幾個差役看得興致滿滿，沒有了昨日的客氣，立時道：「給我們一人來上一份！」

早有準備的溫明棠將鹹豆漿同油條分給他們之後，便同阿丙、湯圓去送早膳了。

差役們甫將鹹豆漿送入口中，眼睛便頓時一亮，因著溫明棠三人已去牢房送早膳了，來不及寒暄，幾人瞥向關在大牢裡的犯人，忍不住感慨，「倒叫他們嚐了鮮！」

犯事坐牢是為罰，可不是來享受的。可公廚的那些齟齬他們也不好插手，決定回頭尋機會同紀採買說一聲，溫師傅的手藝便宜了犯人委實可惜了。

只是於關押在最後一間牢房裡的「特殊犯人」而言，卻是全然沒有來受罰之感的。

昨日早上那一碗半的油潑麵吊起了他的胃口，竟讓他也難得的期待了一番送來的午膳同晚膳，結果……唉，那種感覺真如同才上人間轉頭又跌入阿鼻地獄沒什麼兩樣了。

「等小爺出去了，要做的頭一件事就是把這大理寺公廚做午膳同晚膳的兩個廚子弄走！給狗尾巴上綁把勺子叫牠搖尾巴炒菜，沒準兒都比這兩個廚子炒的菜要好些！」

昨日好不容易飽了一頓，又餓了兩頓。待捱到今日早膳的時候，少年早已餓得前胸貼後背了。

進來關了兩天，此時自全然顧不得往日那些個規矩禮儀什麼的了，少年聞到傳來的早膳香味時，就蹲在送飯口邊等著送過來的早膳了。

「主……主子！」不遠處，小廝苦著臉看著蹲在送飯口前的自家小郡王，摸著肚子，有些委屈。

主子說了，昨日還叫他吃了半碗麵，今日是一點早膳都不要想了。送進來的兩份早膳都是主子一個人的。至於他，午膳和晚膳隨他吃去。

午膳和晚膳……想到那夾生的米飯、腥氣十足的紅燒魚塊，上頭還有未刮乾淨的魚鱗，以及軟爛鹹得發苦的青菜，雙喜的臉都綠了。

守在送飯口總算等到了送進來的東西，看著原本期待的油潑麵變成一碗裡料滿滿的湯漿，以及一根長長的棍子似的油炸饊子時，少年的眉頭忍不住皺了起來，「饊子油膩得很，怎麼會做這種東西？」

外頭傳來的還是昨日那廚娘的聲音，「今日早膳是鹹豆漿配油條，請莫浪費。」聲音未完全落下，腳步聲便遠去了。

什麼油條不油條的，聽這名字就油膩得很，少年將配的兩根油條扔給了雙喜，「賞你吃吧！」

雙喜欲哭無淚，舉著油條嘀咕，「小的也不怎麼喜歡這油炸的饊子。」

「讓你吃便吃！」少年回頭惡狠狠的瞪了他一眼，依樣畫葫蘆的警告一句，「莫要浪費！」

行吧！雙喜無奈的抓起一根油條，心一橫一口咬了下去，而後……眼睛頓時亮了，這油條比起尋常的饊子來不僅不算油膩，反而因著內裡蓬鬆韌勁的口感，吃起來別有一番風味！

總之，只這一口，他便喜歡上了，待要咬第二口時，手中的油條卻被少年一把奪去了。

「瞧你張嘴的樣子，這油條應當也不錯，我嚐嚐！」

少年這一口之後，雙喜再也沒吃到第二口。

單吃油條同泡入鹹豆漿中的油條真是兩種截然不同的滋味，卻是一樣的叫人欲罷不能。

一個人痛快的吃完了兩份早膳，少年愜意的仰面躺在牢床上，揉著肚子發出感慨，「豆漿煮的好，沒半點豆腥氣，看來有點本事，比家裡廚子厲害些！原先以為豆漿只能吃甜的，沒想到鹹的也這般好吃！還有那些乾海貨可以叫家裡的廚子學起來，往後就放豆漿裡。最絕的是油條，我往後還是不吃饊子這類東西的，不過油條除外！誒，雙喜，這新來的廚娘有些本事，不如等出去之後將她弄到家裡……」

這一番吃飽喝足的飯後感慨還未發表完，便聽外頭一道清冽的聲音響了起來。

「小郡王不如先想想如何認罪，再行惦記弄走廚娘之事吧！」

「林斐！」少年一聽這聲音，立時從牢床上坐了起來，怒目瞪向從牢門口走進來的緋衣官員，開口罵道：「你這個尸位素餐的奸臣，有你這麼辦案的嗎？小爺若要殺人何須自己動手，讓雙喜去幹就行了！是吧，雙喜？」

戰戰兢兢的雙喜看向朝自己望來的林斐，嚇得一個哆嗦，苦著臉不敢說話。這話叫他怎麼應？難道要在這位大理寺少卿面前應下要去殺人？

對於少年的叫囂，林斐恍若未聞，只是淡淡的瞥了他一眼，「平西郡王原本還特意將關係說到我祖父那裡，道小郡王挑嘴，怕小郡王絕食撐不住。如今看小郡王油光滿面，我回去便同祖父說一聲，大理寺的伙食甚合小郡王胃口，好叫平西郡王安心。」

一句話聽得少年七竅生煙，當即忍不住怒道：「合個屁胃口！你這大理寺的午膳同晚膳那是人吃的嗎？也就早膳像點樣，小爺我一日總共吃那麼點早膳，哪裡油光滿面了？」

一旁的雙喜看向少年，連忙朝他做了個擦嘴的動作。

後知後覺反應過來的少年擦了一把嘴，待看到袖子上的油汙時才記起來，油條雖說好吃，可終究是油炸之物，自己眼下這模樣確實是滿嘴油光！

一想到這裡，少年立時質問林斐，「你是不是同那廚娘串通好的？她前腳送完什麼豆漿油條，你後腳就過來了！」

林斐瞥了他一眼，沒有理會。

這反應看在少年的眼裡卻是默認了，氣急之下，脫口而出，「我便知道是這樣！關進來那日我便瞧見了，你這大理寺外頭院子裡走動的那些個母的，沒一個不是上了年歲的婆子。瞧著正經得很，可送早膳的那個廚娘，聽聲音分明是個小娘子。你們這些狀元、探花什麼的都是如此，表面瞧著人模人樣，背地裡卻……」

話還未說完，便被林斐出聲打斷了，「小郡王，無憑無據毀人聲譽，便是你平西郡王府的家教？」雖是口中怒斥，思及李源牽連其中的命案，目光微閃，並未就勢去探李源的口風。

訓斥的聲音中帶著一股瘮人的涼意，少年驀地打了個哆嗦，卻依舊強著回嘴道：「要說毀人聲譽，也是我同那廚娘的事，與你何干？」

「女子的聲譽重要，男子的聲譽便不重要了？」林斐淡淡的瞟了他一眼，「本官今日過來不過是要告訴你一聲，不管你是否絕食，案子沒結前，都莫要想著能提前出去！」說罷不等他回答，便轉身出了牢房。

一旁的差役則眼疾手快，在李源衝出來之前，及時關了牢門落了鎖，而後才小心翼翼的看向林斐。

林少卿今日一大早突然過來，可叫他們嚇了一大跳。不過事情既然問完了，林少卿應當要走了吧？他們也好繼續回去吃沒吃完的油條。

可此時，往日裡話少事也少的林少卿卻並沒有問完話就走，而是站在原地看著差役二人。

這一看，直將兩人嚇了一跳，誰受得了上峰這般注視呀？

「你二人臉上怎麼也同裡面那個一個樣？」

一門之隔的牢內咒罵聲中斷了一瞬，隨即怒吼聲更響亮了，頗有要衝破牢門殺出來的架勢，「什麼叫裡面那個？小爺我沒有名字嗎？林斐，你給我說清楚！」

林斐沒有理會裡面氣急敗壞的少年，只看著面前兩個差役，顯然是在等他二人的回答。

兩個差役對視了一眼，資歷較深的忙回道：「大人，是公廚送來的早膳豆漿和油條。」

豆漿他知道，「油條是何物？」

「就是像饊子般，長長的一根，外頭酥脆，裡頭鬆軟，卻又不是尋常的鬆軟，帶了些濕意，一口咬下去，有些嚼勁……」

一番描述之後，林斐朝他們點了點頭，表示知曉了，而後便大步離開了牢房。

而送完早膳，溫明棠同阿丙和湯圓三人回到公廚食堂，照舊空蕩蕩的，無人問津。

坐在檯面後，湯圓掏了把自家炒的南瓜子出來同大家邊磕邊閒聊。

待一把瓜子磕完，阿丙看了看天，對溫明棠道：「溫師傅，快到辰時了，這豆漿和油條不如讓我同湯圓帶回……」最後一個「去」字還未落下，一個拎著食盒的大理寺官差便出現在了食堂內。

他似是一路跑過來的，氣喘吁吁的一邊拭汗一邊快步走近，「今兒那叫豆漿油條的早膳來兩份。」

待看到檯面上擺的東西時，官差也是一愣，盯著油條看了好一會兒，「這還真沒見過，原本以為是個噱頭呢！」

溫明棠從檯面後擦了擦手，站起來問官差，「豆漿要鹹的，還是甜的？」

這話一出，那官差便是一愣，「豆漿還有鹹的？」

溫明棠點頭，指著檯面上擺開的小料，「裡頭加撕開的油條、紫菜、蝦米以及切丁的醃菜頭，最後再淋上醬油、醋同辣油便是了。」

短短一句話彷彿直接將那鹹豆漿的樣子擺在面前了，官差本能的嚥了口口水，問道：「好吃嗎？」

阿丙同湯圓兩人齊刷刷的點頭，「當然好吃，可好吃了！」

如此……官差想了想，「那就來兩份鹹的，兩份甜的，再各配油條。」

正點頭點得歡快的阿丙同湯圓點頭的動作一下子頓住了，看著那檯面上做好的四碗豆漿同四根油條時，忍不住嘆氣，今兒想打包帶回家去又帶不成了！

待到官差離開後，溫明棠才安撫阿丙同湯圓，「無妨，下次總有機會的，眼下先收拾，將廚房讓出來給午膳師傅吧！」

待收拾完，從公廚出來時，正好碰上過來做午膳的孫師傅。

看著溫明棠三人，孫師傅似笑非笑的道：「午膳來食堂吃飯的要比早膳多些，今兒午膳我要做幾道甜口的菜，昨兒便提前拿了些糖，一時忙忘了說，沒給溫師傅添亂吧？」

溫明棠看著面前的孫師傅，笑容淡了幾分，「沒有，還好。」一旁的卻是什麼都未說。

沒有，還好？待得溫明棠一行人走後，孫師傅冷冷一笑，「倒是嘴硬，沒有糖的豆漿能吃？」

待王軍山去牢房探了情況，他倒要看看今兒的早膳是如何個「沒有，還好」法。

被「寄予厚望」的王師傅此時已提著酒壺進了大牢。

王師傅笑著朝裡頭正在做事的幾個差役打了聲招呼，「幾位在忙啊？」

正檢查牢房的差役瞥了他一眼，隨口應道：「是啊，怎麼了？」

王師傅將酒壺放在几案上，笑著道：「聽聞早上孫定人那廝將糖盡數拿走了，結果叫新來的廚娘沒糖用。她早上做了豆漿，這沒糖也不知給你們添亂了……」

話未說完，便被差役打斷了，「難怪溫師傅給了鹹豆漿，原來竟是這個緣故啊！」

另一個差役咂了咂嘴，遺憾道：「那豆漿煮得醇厚絲滑，沒有一點豆腥氣，我方才吃時便在想甜的定然也好吃，原來竟是叫那姓孫的使了絆子！」

正豎耳聽著的王師傅臉色微僵，忍不住問差役，「溫師傅早上的豆漿給了鹹的？」這鹹的豆漿怎麼吃啊？

「是啊！」差役說著，瞥了王師傅一眼，「人家溫師傅的廚藝是真好，王師傅，你同孫師傅二人也需精進一二了啊！」

這「精進一二」其實說的都客氣了，若是原本三頓飯食都是一樣的難吃倒也忍了，眼下有了溫師傅的廚藝做比較，這孫、王兩位師傅做的飯食簡直同豬糠似的，真不知道是怎麼做出來的？

不等還在怔忪的王師傅有所反應，差役便揮手趕人了，「走吧走吧，我等還要做事呢！」

王師傅乾笑兩聲，打著哈哈出了大牢，眉頭頓時擰了起來，「這鹹的豆漿怎麼吃？放點鹽巴嗎？」

那能好吃？要不，去外頭買些豆漿來試試？

這想法一出，王師傅便覺得可以一試。不過在出去前，還是先去了趟公廚。一進公廚便對孫師傅說道：「孫定人，你的如意算盤落空了，那新來的丫頭不知打哪兒尋來個方子，沒有糖，拿鹽巴做了鹹的豆漿，叫那群差役讚不絕口呢！」

正在煮菜的孫師傅聽得臉色頓時僵住了，「你說什麼!?」

「她做了鹹的豆漿，你吃過嗎？」

「我怎麼可能吃過那玩意兒？」孫師傅做菜的手一抖，一大勺糖進菜裡了，「不如你去街上買碗豆漿來，放點鹽巴試一試。」

「我本也有這個意思，你且在這裡等著，我去去便來。」

孫師傅嗯了一聲，低頭看了眼正在煮的菜，拿勺子的手怔了下，問王師傅，「我方才放過糖了嗎？」

說話的工夫，放沒放糖倒是忘了。

王師傅目光閃了閃，「沒有吧！」

孫師傅「哦」了一聲，又加了勺糖進去。

王師傅見狀，忙轉身出了公廚，待到一腳踏出公廚時，他忍不住冷笑一聲，他不喜歡新廚娘可不代表他喜歡孫定人這老貨，若是一個兩個的都出了岔子，這主廚的位置不就是他的了嗎？

午時的鐘聲敲響，到吃午膳的時候了，官員同差役們拖著疲憊的腳步進了食堂。

檯面上的菜還是老樣子，蔫不唧的，這王師傅同孫師傅兩位的廚藝水準真是一如既往的穩定啊！

沒有半點期待的要了今日份的午膳走到桌邊坐下，一個實在餓狠了的差役拿了筷子就吃，菜一入口立時發出一聲驚呼。

這每日來食堂吃午膳如同上法場一般叫人生怯，提不起半點興致。吞入口中的每口午膳都味同嚼蠟，以至於吃飯時人人皆是無精打采的。此時聽到有人發出驚呼，才準備動筷的眾人便不約而同的朝發出驚呼聲的那人望了過去。

卻見一個差役將口中的菜一口吐了出來，而後便忙不迭地四顧尋水喝，口中跟著嚷道：

「這什麼東西啊!?」

這往日的豬糠都吃得，怎麼竟還一口吐出來了？難道發揮一向穩定的孫師傅今兒還能發揮失常不成？

在差役發出驚呼的瞬間，孫師傅臉色便是一白，忙夾了一筷子菜送入口中，同樣立時吐了，臉上青灰一片，難看至極。天殺的王軍山，果然老奸巨猾，一面說好了一致對外的針對新來的廚娘，一面暗地裡不忘給他使絆子！

不過此時不等他咒罵王軍山，拿筷子沾菜嚐了味道的官員同差役們皆不約而同的面露嫌棄表情，起身離開了食堂。

有幾個走時還不忘冷笑一聲，對他道：「回頭得同老紀說多招個廚子了，你們二位做的菜真是難以下嚥！」

眾人都不曾來吃過早膳，所以此時還不知道公廚已新來了位廚娘。公廚的菜實在不能吃，便只好餓著肚子回去做事，另又差人去外頭小食肆裡買些吃的回來。

才放下筆，正要起身去食堂吃午膳的劉元還不待起身便被白諸同魏服兩人叫住了，「劉元，今日孫師傅做的午膳閉著眼睛都不能吃了！」

「怎麼回事？」劉元聽得一頭霧水。

「那姓孫的怕是將糖罐整個都扣在菜裡頭了，患有消渴症的怕是當場便要去請大夫了！」

「真浪費啊！」多少蔬菜同肉食怕是又要倒去泔水桶裡了。

不過管這等事的不是他，劉元沒有多管，眼下要解決的是自己這一頓午膳。

白諸用胳膊肘捅了下劉元，指向最裡間的屋子，「上回林少卿請咱們吃午膳，今兒該請回去了。」

雖說上回那趙記食肆的午膳吃得……似是除了林少卿外，所有人都吃得不大盡興，可上峰既請了一頓，自然要回請回去了。

「你去問一下林少卿，要不要同我們一道出去吃？」

話剛說完，便聽一道聲音響了起來，「不必了，大人有午膳吃了，幾位自去吃吧！」

眾人向出聲之人望去，是自裡間屋子出來的差役趙由。

大人有午膳吃倒是不奇怪，侯夫人愛子心切，過來送趟午膳什麼的也不奇怪。

劉元等人沒有在意這個，而是看著趙由嘴上的油光，以及靠近他時一股若有似無的油炸香味，忍不住問了一句，「趙由，你方才吃了什麼？」

「豆漿同油條。」趙由說著，打了個飽嗝，不給幾人發問的機會，快步往外走，「我出去辦事了。」

說話的工夫三步兩步跑遠了，徒留劉元等人留在原地詫異，這豆漿大家都知道，油條又是何物？雖是詫異，腹中卻是「咕嚕」一聲，提醒他們還是先填飽肚子再說吧！

待劉元等人走後，裡間屋子的門便開了，林斐走出來喚住一個路過的差役，吩咐了幾句。

第六章 香氣四溢蔥油拌麵

去外頭買了豆漿回來的王師傅特意悄悄繞過了公廚，待到一腳踏進自己院子時，斜刺裡一棍子便突地打了上來。

「好你個王軍山，竟敢陷害我！」

王師傅嚇了一跳，抱著豆漿慌忙躲避，那棍子卻緊追不放一陣亂打。慌忙躲避之中，滾燙的豆漿灑了出來，濺了兩人一身，兩人痛得忍不住大聲哀嚎了起來。

只是這哀嚎聲才響起，便被外頭傳來的聲音打斷了。

「還好意思鬧！」紀採買冷著臉從外頭走了進來，手裡拿著一碗公廚的飯菜對著孫師傅便砸了過去。

原本待要躲避的孫師傅看到紀採買的冷臉時，要跑的腿硬生生的頓住了，低頭生生受了那劈頭蓋臉砸來的飯菜。

看著被飯菜砸了一身，莫名滑稽的孫師傅，紀採買冷笑，「你們素日裡那些個腌臢心思我睜一隻眼閉一隻眼不計較了，今兒這是怎麼回事？」

他忙於採買之事，事務繁多，哪來那麼多的工夫管這些閒事？所以素日裡只要不鬧大，他都不管。

畢竟哪個地方都有勾心鬥角，公廚這巴掌大的地方自然也免不了。連應付公廚幾個廚子間勾心鬥角的本事都沒有，那還當什麼廚子？不如回家種地好了。

事事都要他來主持公道是很累的，可今日這一事已經連累到他了。

紀採買臉色難看至極，叫住一旁動了動腳想要溜走的王師傅，「王軍山，你溜什麼溜？明知溫師傅昨日拿了黃豆要做豆漿，卻慫恿孫定人將糖拿了個精光的不是你嗎？」

王師傅本能的開口狡辯道：「我只是閒聊間提到溫師傅要做豆漿……」

「還狡辯？」紀採買忍不住上前給了他一腳，「怎麼，是要林少卿親自來審你不成？」

原本還欲爭辯兩句的王師傅同孫師傅聽到「林少卿」三個字時臉色頓時變了，公廚這點小事又怎會驚動林少卿？

「就你們那點腌臢心思，誰看不出來？還想不想幹了？」

王師傅和孫師傅臉上青灰一片，周廚娘的事他們還記憶猶新，這些吃飯的官員素日裡是不大同他們多廢話的，可若真追究起來，被辭出去也就是一句話的事。

「從今往後，莊子上送來的東西，溫師傅先挑，你二人挑人家剩下的！」

王師傅和孫師傅臉色微變，可不等他二人說什麼，紀採買已轉身走了。

被敲打了一通的王師傅和孫師傅這個下午沒再出什麼么蛾子，待溫明棠被喚過去挑菜，看到籮筐裡綠油油的新鮮蔬菜同雞蛋時，忍不住愣了一愣。

紀採買在一旁笑著解釋，「昨日叫他們先挑了，聽聞兩人搶得比誰都快，就留了些用不著的乾海貨給妳，今兒就讓妳先挑了。」

真是如此嗎？溫明棠想了想，到底忍不住，試探著問道：「可是兩位師傅出什麼岔子了？」

紀採買這等睜一隻眼閉一隻眼的人精會主動來照顧她，溫明棠是不大相信的，多半是那兩位師傅出問題了。

紀採買倒也不避諱，「昨日那糖的事情叫林少卿知曉了，特意讓人來同我說一聲。那兩人如此做法實在是腌臢得很，所以往後這莊子上送來的東西都由妳先挑。」

溫明棠聽明白了，原來不是為了照看她，是少卿大人的面子夠大罷了！想起今兒早上去牢裡送早膳遇到林斐時，林斐看著那鹹豆漿探究的目光。她心中一動，隨即又搖了搖頭，靖雲侯府的廚子廚藝必是不錯的，那位林少卿又怎會……思索片刻，溫明棠卻又覺得也不好說，畢竟舌頭喜好的事情說不準的，同出身關係並不大。

正看著蔬菜，紀採買又道：「對了，莊子上的人說了，明兒要出去一趟，莊門不開，妳照兩日份的量挑便是了。」

溫明棠低頭細看了籮筐裡的蔬菜，雖說是兩日份，但實際上分量並沒有增加，便當著紀採買的面只拿了兩樣東西，一大把鮮嫩的青蔥同幾顆南瓜。

只拿這些東西？紀採買忍不住多問一句，「溫師傅只要這些？」

溫明棠點了點頭，「既是兩日的分量，那便多留些給午膳同晚膳的師傅用吧！」

原本一日的量生生要用做兩日，她若是不客氣的當真挑了兩日的分量，紀採買怕是面上不會說什麼，可背地裡當埋怨她不懂規矩了。

紀採買點了點頭，對她的識趣顯然很是滿意。吃早膳的人不多，多拿了也是浪費，如此最好。

待到溫明棠領了青蔥同南瓜踏進公廚，坐在桌子邊閒聊的阿丙同湯圓起身迎了上來，一邊接過她手裡的食材，一邊問道：「溫師傅，明兒早膳做什麼？南瓜同蔥做成一道吃食嗎？」

「不是。」溫明棠搖了搖頭，「蔥是蔥，南瓜是南瓜，這是兩日的份！」

哈？兩日就這點東西？兩人愣住了。

溫明棠伸手撥了撥那鮮嫩的青蔥，「明兒先吃蔥，綠葉子的蔬菜放不久，後日再吃南瓜。」

雖然不知道溫明棠要南瓜做什麼，倒是尚且能想像一二，但是這蔥能怎麼吃？

「餅上灑蔥？」阿丙想著家裡做的吃食，忍不住猜測了起來。

「不是，有些想蔥油的味道了，明兒便做個蔥油拌麵吧！」

蔥油拌麵？那是何物？阿丙和湯圓皆是一頭霧水。

溫明棠只笑了笑，「明早就知道了。」

翌日一大早，報曉鼓聲才響，溫明棠同阿丙和湯圓三人就將昨日領的麵粉同青蔥拿出來查驗了。

孫師傅和王師傅實在陰險，三人著實怕他們背地裡又耍些下三爛的手段。

確認沒問題之後，溫明棠將洗淨的青蔥放在檯面上，留了一小把做點綴用之後，將剩餘的青蔥去根後切成蔥段，而後開始著手準備熬製蔥油。

阿丙和湯圓都在一旁好奇的看著，實在是想不到這蔥熬成油會是什麼滋味？

直到那蔥段倒入燒熱的油中，一股濃郁的蔥香四散開來。

這香味……阿丙和湯圓嗅著濃郁的蔥油香味，不由驚呆了，這日常佐料所用的蔥熬成油竟如此之香！

溫明棠用筷子不住撥拉著鍋中的蔥段，直到蔥段漸漸由青轉為淡淡的焦褐色，這才將其撈了出來。

院中正在打掃的雜役們早忍不住放下手裡的苕帚，跑進來問了，「早膳做的什麼？竟這般香！」

阿丙同湯圓回他，「蔥油啊！」

「蔥油是何物？」

兩人搖了搖頭，眼睛眨也不眨的盯著那鍋燒熱的蔥油，看著溫明棠倒入醬油、鹽、糖、醋等調味料一邊攪拌一邊熬，直至最後收汁，一鍋蔥油醬汁便熬成了。

將蔥油醬汁舀出來放一邊晾涼之後，溫明棠又將點綴用的蔥切成細末，將方才撈出來的焦褐色蔥段放至一旁備用，便開始準備麵條了。

熬個蔥油也不費什麼功夫，只那蔥油委實太香了，阿丙和湯圓盯著那香氣撲鼻的蔥油不住的吞嚥口水了，待記起自己是助手時，忙上前問溫明棠，「溫師傅，可是要做上回那種扯麵？」

溫明棠搖頭，「這個用扯麵不大合適，做普通的細面就成了。」

所謂的普通細麵便是指擀出的麵皮直接用刀切成的細麵條。

備完醬汁與麵條便可以開始做早膳了，這也太省事了！比起前兩日的油潑麵同鹹豆漿簡直可以用「糊弄」來形容，阿丙同湯圓見狀忍不住多嘴問了一句，「這就好了？」

溫明棠點頭，說話的工夫鍋中的水已然煮開了，抓了一把麵條下鍋，鍋中原本沸騰的白水立時被這一把麵條壓了下去，可不多時白水便再次翻滾開來，溫明棠手執筷子時不時的撈撈攪攪鍋中的麵條，待到八分熟後便迅速撈起盛入碗中，舀一勺蔥油醬汁淋上，夾一筷子焦褐色的蔥段置於麵上，最後撒上蔥花，推到了阿丙同湯圓面前，「拌勻了吃。」

兩人看著眼前的麵，明明用料再是普通不過了，可就是這般簡單的麵，不知是不是因為香味太過誘人的緣故，竟顯出了幾分精緻感。

嚐過之前的油潑麵同豆漿油條之後，不用想也知道定然是好吃的，兩人迫不及待的翻拌起來，待醬汁裹滿碗中每一根麵條，才夾了一筷子送入口中。

入口的瞬間，兩人便含著麵條朝溫明棠不住點頭。那裹著醬汁的麵條帶著濃郁的蔥香，入口爽滑分明，那混於麵中被炸過的焦褐色蔥段雖是點綴所用，細嚼起來竟也有股獨特的香味。

阿丙吞著麵條，含糊不清的說道：「我從未吃過比這更好吃的早膳了！哦不，油潑麵同豆漿油條也好吃，只是這蔥油拌麵實在是太香了！」

一旁的湯圓口中塞著麵條「嗚嗚」了兩聲表示附和，是啊，真是頭一回知道蔥炸過之後竟可以變得這般好吃的！溫師傅這一碗麵算是徹底治好了她不吃蔥的毛病。

打掃的雜役們看阿丙同湯圓這反應哪還忍得住，忙道：「給我們也來一碗蔥油拌麵吧！」掃地什麼的還是吃過早膳之後再做吧！

公廚新來一位早膳師傅的事他們早聽聞了，不過先時卻並沒有想來嚐一嚐的想法。畢竟早膳花樣就那幾樣，再加上有孫、王兩位師傅從中作梗，這新來的廚子難道還能做出什麼花來不成？

可溫師傅今兒做的這早膳實在是太香了，著實引人想嚐上一嚐。

端起麵碗，才夾了一筷麵入口，雜役們的眼睛便都亮了，而後連連驚呼，「這名喚蔥油拌麵的吃食這般美味，以往怎麼竟是從未聽聞？」

一句話聽得溫明棠笑了，她沒有回答，雜役們也只感慨一番並沒有刨根究底的想法，只低頭自顧自的嗦麵。

嗅著空氣中濃郁的蔥油香味，又看著埋頭吃麵未再說話的眾人，溫明棠為自己做了一碗，走到一旁慢慢吃了起來。

吃完早膳他們便要去牢房送早膳了，因著去的路上會耽擱一番，未免麵坨了，溫明棠特意將麵過了涼水，而後才澆上了蔥油醬汁。

待到推著送早膳的板車到牢門前時，裡頭的差役便立時走了出來，一邊嗅著那蓋子也蓋不住的香味，一邊問他們，「今兒早膳做的是什麼？這也太香了！」

「蔥油拌麵。」阿丙說著，將麵從板車上拿下來，學著溫明棠的樣子提醒差役，「拌勻了吃。」

差役伸手接了過去，嚐過先時兩日的早膳之後，他們對每日送來的早膳都有些期待了。

今日這蔥油拌麵甫一入口，幾人便不住點頭，因著口中塞了麵，話自是說不了的，只能不住點頭表示早膳美味，頗對自己胃口。

看來大榮百姓對新吃食的接受程度很是不錯，往後倒是可以再多試些新菜式，若是哪一日被辭了，也好做個出去開食肆謀生的打算，溫明棠這般想著，轉身帶著阿丙同湯圓去送食了。

一路送至最後一間牢房時，溫明棠才將麵碗送進去，還不待抽手，便被被人抓住了。

「好啊，總算叫我抓到妳了！」是前兩日聽過的那少年的聲音，他在裡頭叫嚷道：「把林斐叫來，不然我便⋯⋯誒，怎麼溜走了？」

怎麼溜走了？那是因為手上沾了油，自然滑不嘰溜唄！溫明棠毫不費力的收回手。

正感慨這牢房裡關的也不知是哪家無法無天的主時，裡頭少年氣急敗壞的聲音便傳了出來，「好妳個廚娘！妳可知道我是什麼人？妳打了我……」

「莫要血口噴人，且不說我不曾打你，便說方才抓著我的那隻手。」隔著牢門，女子聲音清冷，語氣不卑不亢的打斷了他的話，「不論手指還是手掌皆十分粗糙，似閣下這般喊打喊殺的脾氣想也知是膏粱子弟，這般做粗活的手當不是你的。更何況，方才那隻手抓我之時，我摸到他的衣袍似是麻布，貴人怎麼可能穿這樣的衣服？」

牢房裡，李源瞥了眼一旁沒辦成事的雙喜，目光落在雙喜的衣袍上，哼道：「待爺出去了，給你買兩身衣裳，好歹也是爺身邊的人，免得帶出去丟臉！」

雙喜捂著發紅的手不敢說話，方才是主子要他動手的，理由是他自己是個男人，好男不跟女鬥。

這話說得好似他雙喜不是個男人了！可沒辦法，主子說了讓他抓，他就得抓。

結果不但廚娘沒抓住，那廚娘的手還特別敏捷，抹了油的手收回去時還順手打了他一下，那一下竟是除了挨打的他之外，誰也沒看到。

瞧著就是尋常小姑娘的手，打起人來卻忒疼了，比蒲扇大手打人還疼，不知怎麼打的。所以莫聽那廚娘聲音清泠泠的，那模樣定生得跟個夜叉似的。

外頭廚娘說完話便帶著人離開了，雙喜苦著臉看向自家主子，聞著那兩碗放在送飯口的麵，忍不住嚥了嚥口水，「爺，這麵……」

「當然要吃！」李源將那兩碗麵拿起，走到牢床旁坐下來，惡狠狠的道：「那廚娘如此可惡，不將這兩碗麵都盡數吞了簡直難抵我心頭之恨！」

還有這種道理的嗎？那廚娘做的早膳主子哪次不是一人吞了兩人份的？今兒竟還尋了這樣的藉口！

「那廚娘可惡是可惡了些，不過這早膳做得是真好吃！」李源起先動作還斯文些，而後便低頭猛嗦起來，「林斐莫要以為派出這廚娘，僅憑這點早膳便能叫我乖乖認命吧？待在這大牢裡，我還是會想辦法出去的！」

雙喜看著吃獨食的主子，委屈的蹲在一邊嚥口水。

這大牢是想出去就能出去的嗎？又不是家裡頭，主子，您還是莫要想多了！

溫明棠三人送完早膳回到公廚時，倒是頭一回看到有人已等在那裡了，是昨日那個領走四份早膳的官差。

一見溫明棠等人回來，趙由忙問道：「今兒早膳是什麼？」

「是蔥油拌麵。」

蔥油拌麵？趙由怔了怔，又是個不曾聽過的新吃食。

想起昨日的豆漿油條，趙由猶豫了一下，「那就……來三碗吧！」他說著笑呵呵的摸了摸肚子，解釋自己飯量較尋常人要大些。

看他半張著嘴，呆呆盯著檯面上吃食的舉動，溫明棠只覺這人舉手投足間竟有種說不出的憨厚。

趙由倒是不知道自己得了溫明棠這一評價，只看著溫明棠走到檯面後將麵條下入鍋中，而後撈起，澆上醬汁、夾上蔥段、灑上蔥花，最後才擺到了他的食盒裡，叮囑道：「拌勻了吃。」

趙由點頭，聞著濃郁的蔥油香味，強忍住當場就要開吃的衝動蓋上了盒蓋，眼角餘光瞥到了溫明棠發紅的手，便隨口問了一句，「師傅的手怎麼了？」廚子做事就靠一雙手，自然要緊。

「還不是牢房最裡頭那個帶小廝的少爺幹的！」說起這個來，湯圓還有些忿忿，「送個飯的工夫指使小廝抓溫師傅，嚷嚷著溫師傅同林少卿是一夥的，威脅不將他放出去就不放溫師傅，簡直將牢房當自家一般……」

湯圓的話還沒說完，趙由卻轉身走了，他生得人高馬大，腿也長得很，幾步就跨出門外不見了蹤影。

話說到一半的湯圓頓時愣了，問話的是他，還不等人說完便跑的也是他！

「算了！」溫明棠見狀搖了搖頭，將特意多熬製的蔥油裝在瓶裡交給阿丙同湯圓，「家裡做麵的時候澆上兩勺，能吃上幾天。」

「多謝溫師傅！」

這兩日的早膳都領了個精光，沒法帶回去了。更何況便是帶回去，坨了到底不如當場好吃，眼下有了這瓶蔥油，倒是能帶回去叫家裡人也嚐嚐溫師傅做的好吃早膳了。

卻說三步兩步就跑出公廚的趙由，提著食盒直接送去林斐那裡。

昨日那豆漿油條林少卿很是喜歡，這新招來的早膳師傅確實有些本事，就連他自己都惦記上了每日的早膳了。

「今日那廚娘做的是蔥油拌麵。」趙由才將食盒擺上几案，便忙不迭地打開蓋子，「瞧著簡單，偏味道著實香得過分了。」

說話的工夫，林斐已從食盒裡取了一碗出來，而後又自手邊拿了塊帕子，擦了擦筷子，待要吃麵，就聽到趙由又道：「林少卿，小郡王為難廚娘了。我今兒去拿早膳時，看見廚娘的手都紅了，聽聞是去送早膳時突然被小郡王身邊的小廝抓的。」

一旁的林斐慢條斯理的吃著麵，沒有理會他。

將所見所聞告知林少卿不過是往日查案養出的習慣罷了，所以趙由不過隨口一提，也不在意林斐理沒理會自己。

待到早膳吃完，趙由要提著食盒下去時，卻聽林斐突然出聲，「你去將劉元喚來，我有話要同他說。」

「是。」趙由應聲出了門，不多時，才進衙門還未坐下的劉元便被趙由帶過來了。

進門未及施禮，林斐的話便拋了過來，「小郡王的案子查得怎麼樣了？」

原來是要問那位平西小郡王的案子。

因著趙由來叫他根本沒提案子的事，劉元也未帶卷宗，此時聽林斐問起，便只能折回去，不多時又抱著一捲卷軸過來了。

這卷軸最外頭的皮上還被他用筆寫了兩個字——水鬼。

大理寺案子繁多，若真要將每個案子詳細的在卷軸外注明，哪裡寫得完，所以他們私下便為每個案子皆取了個通俗易懂的名字，平西小郡王的案子便被他們稱作水鬼案。

開春之後，長安城裡憋了一個冬日的貴人們自然又要開始踏春遊山玩水了。

渭水河畔弄艘船來垂釣、遊玩什麼的便頗受不少權貴子弟的青睞。

就在不久前，有一老叟在渭水河畔垂釣時，魚鉤被勾住了。原本以為釣到了大魚，老叟大喜，人同魚互相較勁，拉拉扯扯了大半天，總算將那大魚拉到了近處。待看清釣到的大魚原是一具半浮在水裡的屍體時，老叟被嚇了個半死，忙跑到長安府衙報官。

死者是個外地富商之子，原本這案子是由長安府衙接手的，還不至於上報至大理寺。

奈何，這只是一個開始。

沒過多久，渭水河中又相繼被人發現了兩具屍體，一具是長安當地富商之子，另一具則是長史家的次子。

至此，渭水河中已出現三具屍體了。

前幾日，又出現了第四具屍體。不過不同於前三具屍體是在河中發現的，這一具屍體直接出現在船上的浴桶之中。

船是私船，屬於御史中丞閻散，死在浴桶之中的便是閻散本人。

彼時閻散私船上所有的奴僕、侍婢都不在，只有昏死過去的平西小郡王李源同他的小廝雙喜。

眼看屍體一具接一具的出現，死的人身分也一次比一次驚人，到如今更是死了個御史中丞！長安府尹哪裡兜得住這樣的案子，立時將案子轉給大理寺，讓大理寺接手了。

接手這個案子的便是林斐，帶著人走了一圈閻散的私船之後，便將已回家歇著的平西小郡王李源同他小廝雙喜帶回大理寺關了起來。

閻散死在自己的私船上，船上除了李源同雙喜，什麼人都沒有。按尋常的辦案流程，這兩人自是最大的疑凶，當被立時關押起來的。

因李源身分特殊，長安府尹斟酌了一番，倒是沒有當面攔。畢竟權貴間齟齬頗多，一個處理不當，指不定仕途上被人針對。當然，長安府衙那裡也知曉事情輕重，雖是不能當面攔，卻也不能放，免得落人口實。

所以李源前腳剛走，後腳府尹便報到了大理寺，讓大理寺的人過去抓人了。

其實前三具屍體是出現在河中，而閻散是死在浴桶中，看起來關係似乎不大。況且前面三名死者的年紀尚輕，皆是十五、六歲的少年，閻散卻三十有五了，看著與前面三位更不似一路人。

不過長安府尹還是將幾個案子歸作一起，送來了大理寺。自送過來之後，大理寺也暫且未將案子分開。

「第一具屍體出現的前兩天，渭水河畔有百姓在祭河神，咱們長安這地方每年開春，都有這個的，是一些百姓自己舉辦的。」

因不是什麼大節，從未被朝廷承認過，很多長安當地人甚至都不知曉這習俗。

「今年祭河神時出了岔子，那負責將祀禮送入河中的送禮人竟溺水了。好在當時人多，合力將他拉了上來。」

被挑中將祀禮送入河中的送禮人可是通識水性的好手，這等人會溺水本就不尋常。

「將人拉上來後，見那人腳上纏了一圈打結的水草。我問過每年祭河神的百姓，他們說這是今年河神去龍王爺那裡坐客了，不在家。沒河神管著，水鬼便跑出來想找人做替死鬼了。這連著死了幾個人，那些住在渭水河畔的百姓就說是那水鬼作祟，我瞧著這名夠特別還好記，就拿來用了。」

當然，作為大理寺的官員，他們自是不信這是什麼水鬼找替死鬼之事的。殺人的是人，可不是什麼鬼。

林斐一直不曾打斷劉元的話，直到劉元說完，也未提水鬼之事，只是問劉元，「仵作那裡呢？」

「我將林少卿的話同仵作說了，果然有了發現。」他說著，將卷軸打開，指著仵作的記錄，「幾個死者的胃裡都發現了五味子這等補腎之功的藥。」

說到這裡，劉元一臉微妙之色，「真想不到閻中丞素日裡一臉斯文的樣子，竟也……還有那幾個十五、六歲的少年，才多大的年歲，怎麼年紀輕輕就……嘖嘖！」

真是在大理寺待得越久，越能發現這天底下的人和事背後著實精彩得很呢！

林斐聞言反應依舊平靜，淡淡的嗯了一聲，又問，「還有呢？」

劉元連忙收了感慨，繼續道：「除此之外，前三名死者的胃中未發現任何河中藻類，初步判斷，他們並非在河中溺死，而是在別處溺死後，被人丟進河裡的。」

「你將閻散泡的那含五味子的藥浴中所有藥材皆摘抄下來，尋個人去藥鋪問問，前三名死者的身邊人或者其本人可去買過這種藥浴藥包。」

「林少卿是說前頭那三人也同閻中丞一樣，是被人溺死在一樣的藥浴浴桶裡的？」若說原先只是猜測，有了仵作的發現，倒可以去證實一番了。

長安府尹雖是急於脫手，到底不是庸才，將幾人的死歸於一個案子，心裡自是有所猜測的。

閻散的死，確實極有可能同前面三明死者有關。

不過不同的是，前頭三具屍體被轉移至了渭水河中，而閻散顯然還未來得及轉移。至於為什麼會來不及轉移？想到那因撞船就氣勢洶洶的帶著雙喜殺到閻散船上去的李源。

這大抵就是理由，或者說理由之一了。

平西小郡王李源是平西郡王府的獨苗，整個平西郡王府對這根獨苗都是含在嘴裡怕化了，捧在手裡怕摔了的。如此成日被人哄著，性格自是難免驕縱。

欺男霸女這等事他倒是沒做過，不過似這等遊船被撞之事，以李源的性子自是當場便要殺過去理論的。

「李源同他的小廝殺上船沒多久就昏了過去，當是嗅到了灑在空氣中的迷藥。既用了迷藥，能把人溺死的便不一定是人高馬大的壯漢了，文弱些的男子、女子都能做到，莫要因著這一點而有所拘泥。」

劉元點頭應是，待要轉身離開，又聽林斐問他，「上回那個酸梅飲子料包呢？」

酸梅飲子料包？不是在說案子嗎？劉元怔了一怔，不過很快便反應過來，「林少卿說的可是之前那趙記食肆的小娘子送的料包？」

「她那日送來是道謝所用的。」

上峰的言外之意劉元自然是懂得，那日趙記食肆的事可不就是他同林少卿一同幫的忙，如此這道謝的飲子料包自然也有林少卿的份。

不過話說回來，他還是頭一回見到林少卿主動開口討要東西的，難不成是那雞蛋炒麵太得林少卿喜歡了？

一想到那道菜，劉元臉色便有些微妙。那雞蛋炒麵可是叫他同白諸、魏服三人直至現在對麵條這等吃食還有些心有餘悸。沒想到林少卿的口味竟如此清奇，以往怎麼沒發現林少卿的口味獨到呢？又或者林少卿那盤同他們的真是不同不成？

還在胡思亂想間，林斐已再次開口了，「你拿些過來。」

「是。」自己動手煮飲子實在太麻煩了，所以雖說興高采烈的拿了回來，卻是原封不動的放在几案上的木匣子裡。

跑了一趟，劉元乾脆將一整包酸梅飲子料包都拿過來給林斐了。

林斐看了一眼，沒有推辭，接了過去。

暮時過後，紀採買去開公廚庫房的門，溫明棠便帶著阿丙同湯圓去挑食材了。

大抵是她昨日挑蔬菜挑得實在太過「識趣」，紀採買對她印象不錯，竟含笑道：「裡頭的食材盡可挑選，待過些時日統一採買時，溫師傅列張單子，便無需如這幾日這般不便了。」

溫明棠笑著回道：「其實早膳也就這些花樣，用不了什麼食材，多謝紀採買照顧了。」

如此會說話更叫人滿意了，紀採買點了點頭，示意她可以進去了。

溫明棠領著阿丙同湯圓進了庫房，也未四顧挑選，似是一早便想好了一般，直接拿了幾樣食材便走了出來。

眼見溫明棠三人將食材搬上板車，紀採買忍不住好奇看了一眼，待看到板車上的食材時，目光不由頓了一頓。

紅糖、花生、芝麻、糯米粉，只這四樣？

「溫師傅這是要做餅嗎？」到底也是公廚的採買，看到這些食材，猜也猜得到溫明棠要做什麼。

「是要做餅。」溫明棠笑著點頭，不等紀採買開口，便主動問道：「紀採買可要嚐嚐？明日給您留兩個？」

紀採買本能的想要開口拒絕，畢竟餅這種東西誰沒嚐過？可鬼使神差的，想到昨兒去大牢問話時，那幾個差役對這幾日的早膳皆是讚不絕口，還說最裡頭關的那個也不鬧著要絕食了。

這麼一說到底讓紀採買好奇起來，於是點頭道：「成吧！妳給我留兩個，我明日早些過來。」

溫明棠笑著應下了。

翌日一大早，將白粥熬上之後，溫明棠便帶著阿丙和湯圓開始做早膳了。

將去皮的南瓜蒸熟搗成泥，和入糯米粉中。南瓜水潤，幾乎不用加水，溫明棠邊揉麵團邊同阿丙、湯圓有一搭沒一搭的聊著城內的各色小食。

待聊得差不多了，麵團也揉好了，原先素白的麵團此時已被揉成了淡淡的橙色，鮮亮的顏色看起來多了不少食慾，可見吃食於「色」這一字上確實是十分重要的。

揉好麵團，接下來便是調餡兒了，溫明棠準備了兩種餡，芝麻餡及紅糖花生餡。

芝麻餡倒是常見，不過這紅糖花生餡阿丙同湯圓卻還是頭一回見，不由有些期待了。

將調好的餡兒包入南瓜麵團之中，略略壓了壓，溫明棠又拿了根竹籤在上頭壓出了南瓜的紋路之後，一個南瓜餅就做好了。

看著那形似南瓜的小圓餅，阿丙和湯圓看得眼睛都不眨一下。

到底還是半大的孩子，對這等模樣有趣的吃食更為上心。

包餡壓形，溫明棠做得很快，阿丙和湯圓也學得不慢，很快便將那一大團南瓜麵團做成了滿檯面的南瓜餅。

接下來就是用油煎了，將小小圓圓的南瓜餅煎至兩面金黃撈出，為方便區分餡料，溫明棠還特意為芝麻餡的南瓜餅頂部撒了幾粒黑芝麻做點綴。

煎好的南瓜餅一出鍋便立時被阿丙同湯圓接了過去，略略吹了吹，兩人都迫不及待的一口咬了上去。南瓜餅外皮焦脆，內裡卻是糯米粉特有的軟糯。

比起尋常可見的芝麻餡，阿丙和湯圓皆先拿了紅糖花生餡的嚐鮮。隨著被咬開的豁口，露出了裡頭化為焦褐色的紅糖汁，卻又不單是紅糖汁，其內還包裹著大小不一的花生碎顆粒，隨著紅糖汁一道流入口中。

紅糖混著花生的香味，還有花生碎的脆感，兩人不住點頭，只覺如此食起來，比起盡數磨成粉末的餡料竟別有一番食之樂趣。他們敢保證，但凡嗜甜的，沒有人會不喜歡這南瓜餅。

溫明棠笑看著阿丙同湯圓兩人吃南瓜餅，挑了兩個賣相尤為出色的放至一邊，「吃完把餅都煎了。那兩個先別動，待到紀採買來之後再入鍋。」
前頭磨了幾日，也是時候開始同紀採買打好關係了。
採買的食材可是能直接影響到廚子做菜的，自是需要打點。

第七章 可愛的南瓜餅

聽到外頭板車聲響起時，牢裡幾個差役便起身紛紛走出來看今日的早膳了。

裝在木桶裡的是再尋常不過的白粥，煮得軟糯卻不黏稠，顯然沒打算用作早膳的主角，今日早膳的主角另有其物，只瞄了一眼，便將人的目光盡數吸引了過去。

看著那擺放在屜裡的一個個小小圓圓，形如南瓜的金黃色圓餅，差役自然忍不住好奇，問道：「這是什麼？」

湯圓脆生生的回道：「是今日的早膳，白粥同南瓜餅。」

南瓜餅？看著那一個個也不知是捏的還是做的，形如小南瓜的餅子，問話的差役點頭道：「這名字取的真貼切！」

瞧著這精細的樣子，想起昨兒同紀採買閒聊時，紀採買提過溫師傅是打宮中御膳房出來的，差役不由多信了幾分，心中感慨這宮中貴人所食之物便是講究啊！

「不止名字貼切，味道更甚呢！」阿丙將食具從車底的隔層裡拿出來，舔了舔唇，意猶未盡的說道：「溫師傅用南瓜泥和的麵團，香得很！」

差役腹裡那點饞蟲立時被勾了出來，忙催促道：「那快些搬下來！對了，這餅一人可分得幾個？」

「一人可領三個南瓜餅外加一碗白粥。」溫明棠一邊忙活著分食具，一邊道：「撒了芝麻粒的是芝麻餡的，沒有的是紅糖花生餡的。」

紅糖花生餡？又是個新鮮不曾聽聞的。這紀採買招了個御膳房出來的師傅還是有好處的，這幾日的新鮮早膳，也叫他們見了世面了。

差役們上前幫忙將粥同南瓜餅拿進去，而後端著自己的去几案邊吃了起來。

溫明棠等人照舊依次送食，待送至最後一間牢房時，溫明棠蹲下身來，看了片刻下頭空空如也的送飯口，這才將粥同南瓜餅推了進去。

穩穩的將食盤放下，溫明棠還未來得及起身，冷不防送飯口內突然竄出一張臉。

饒是溫明棠自詡自己也算是個沉穩的，卻也被這突然竄出的臉嚇了一跳。

身後的阿丙同湯圓以為裡頭的人又要鬧了，正要上前幫忙，溫明棠卻擺了擺手起身了。待到站穩，才拍著胸脯，對兩人解釋道：「突然探出一張臉，嚇我一跳！」

話音剛落，裡頭李源帶著氣憤與羞惱的聲音便響了起來，「妳這廚娘說的什麼渾話？小爺我這般玉樹臨風的，妳不誇我兩句，怎麼還嚇死妳了？」

玉樹臨風？溫明棠默然。少年生得什麼模樣，方才倉皇之下她只隱隱記得眉眼清朗，大抵生得是真的不錯吧！

雖說鐘鳴鼎食之家講究門當戶對，可人天性裡到底還是喜歡好看的。所以總有模樣尤其出挑的男子或女子借著過人的容色擠進那宅門之內，如此一代一代下去，傳到後世小輩那裡，模樣大多不會太差，溫明棠在宮裡看到的那些大族出身的娘娘們便個個容貌出眾。

這少年在大理寺大牢裡都敢這般叫囂，這家世定十分了得，再加上他自稱玉樹臨風，想來是如眾星捧月一般長大的，這性子還真是霸道！溫明棠感慨了一番，驀地想起那位冷面大理寺少卿，比起裡頭這位來，林少卿真是再「柔和」不過了。

「方才一時惶惶，倒是不曾留意。」溫明棠自是懶得招惹這等人的，「公廚事多，我等先告退了。」轉身便走了。

聽著外頭離去的腳步聲，牢內的李源忍不住轉頭問雙喜，「爺我生得好看嗎？」

雙喜連忙點頭，「少爺面如冠玉，整個大榮也找不出第二個來啊！廚娘不懂事，少爺無需同她一般見識。」

李源白了他一眼，將食盤裡的碗同餅拿了起來，回到牢床前坐下，用筷夾起那形如小南瓜的圓餅打量了片刻之後，哼道：「手還挺巧的。」說罷一口咬了上去，而後便忍不住瞇起了眼，默默地將餘下的南瓜餅盡數吞入腹中之後，又哼了一聲，「早膳做的確實不錯！」然後將兩碗白粥遞給雙喜，「前兩日爺吃的多了些，今日早膳分你一半，我吃餅，你將這粥喝了吧！」

雙喜深刻體會到什麼叫啞巴吃黃連了。

待溫明棠一行人回到公廚時，已有幾個人在公廚的桌子邊坐下候著了。

有昨日被蔥油拌麵引來的幾個打掃雜役，還有這幾日每日都提著食盒來帶早膳的那個官差。

互相打了聲招呼，溫明棠等人走到檯面後為幾人做起早膳來。打掃雜役就在公廚裡吃，那官差則照舊拎了個食盒過來，掃了眼食盒上精緻的雕漆花紋，想也知道是衙門裡哪位大人的。

「還是三人份嗎？」溫明棠接過食盒問他。

趙由嗯了一聲，已經忍不住用油紙抓起一塊南瓜餅吃了起來。雖隔了油紙，到底是才出鍋的，他一邊「嘶嘶」抽氣著喊燙，一邊囫圇吞嚥著南瓜餅，「溫師傅多給兩塊也吃得下的。」

溫明棠看了看剩餘的南瓜餅，確實還有不少，便多給了他兩塊。

待得雜役同官差走後，阿丙同湯圓看著餘下的南瓜餅嘆道：「溫師傅手藝這般好，偏外頭的人不知道，真是可惜。」

溫明棠聞言正要說話，卻忽聽一道乾咳聲自公廚門口傳來。

三人循聲望去，見昨日答應要過來吃早膳的紀採買不知什麼時候來了公廚。還差一刻的工夫，早膳的時辰就要過了。

紀採買顯然是掐著點過來的，才走進公廚，便看到了擺在檯面上煮得軟糯的白粥。他顯然對白粥不感興趣，只掃了一眼便將目光轉到了白粥旁的食盤之上，三個色澤橙黃，形如南瓜的小圓餅。

這餅倒是沒見過！紀採買饒有興致的走了過去。

溫明棠待他走近，才喚了一聲，「紀採買。」

紀採買擺了擺手，想起她自庫房領走的食材，頓時恍然，「此餅是用那南瓜做的？」

溫明棠點頭，「喚作南瓜餅。」

「是宮裡頭的花樣嗎？」紀採買看著那模樣小巧玲瓏的南瓜，想了想，「太過精細豈不廢功夫？」

「倒是還好，瞧著麻煩罷了。」

紀採買笑了笑，沒有說話，顯然是將她的話當作了客氣，而後便靠在檯面上看溫明棠拿筷子試油溫，下餅開始煎起來。

隨著「滋啦滋啦」的油溫冒泡聲，煎至兩面金黃的南瓜餅被夾起放入紀採買面前的食盤中。

油炸之物剛出鍋的時候最是美味，紀採買也未特意去桌子那裡坐下細品，而是拿起筷子，夾著南瓜餅打量了幾眼，便送至嘴邊，對著餅子略略吹了吹，張口咬了下去。

這一口咬下紀採買的眼睛便立時瞇了起來，待到吃完一個南瓜餅，他對溫明棠道：「我來時吃過早膳了，眼下有些撐，這餘下的兩個我便帶走吧！」

待紀採買走後，溫明棠臉上多了幾分笑意，看來紀採買對今日這早膳還是很滿意的。

溫明棠自己的舌頭早被後世的各式食物養刁了，昔時在宮中一步一言又皆須小心，所以即便私下開小灶，溫明棠做的吃食也只經過趙司膳一個人的舌頭。如今在公廚做早膳，也算試試大榮百姓的舌頭是不是同她差不多。若真是如此，哪日當真被辭了出去，也好支個攤子糊口。

倒不是她杞人憂天，到底是公廚衙門，這活計比城中大多數尋常百姓的營生可好太多了。若沒有趙司膳、張採買這關係，她如何進得來？雖自詡手藝不錯，可要在衙門這等地方長留，想起孫師傅、王師傅的動作頻頻，溫明棠其實是心頭打鼓的。畢竟在宮中見多了各種爾虞我詐，裙帶關係，還當真說不好哪一日會不會被人辭了。

阿丙同湯圓兩個半大的孩子不知道溫明棠的心思，正為紀採買帶走早膳的舉動高興著。

看著眼前稚氣未脫的兩個孩子，溫明棠心頭一動，其實眼下自己這具身體的年齡可不比兩人大，只是稚氣這種東西早與她無緣了。

若說羨慕……想起那一日在趙記食肆發生的事，那位林少卿離尋常人著實有些遠，倒是那位打抱不平的劉寺丞沒來由的叫她有些羨慕。那是一路走來頗為順遂，未被世道磋磨才有的年少氣盛，鬥志昂揚。

這兩個詞當然與溫明棠沒什麼關係，罪官之後便是男子也與科考無緣，只能做個白身，更別提她是個女子了。

那道將她捲入大榮的時光洪流早已為她做出了選擇，她只要在自己的那條道路上努力做好自己的事，活下去外加活得好便夠了！

對溫明棠是否做好公廚廚娘這件事，趙由是無比肯定的。

「林少卿，這新來的溫師傅早膳當真是做得好，我已有幾日未去外頭買早膳了。」

一旁的林斐秉持「食不言，寢不語」的禮儀規矩，慢條斯理的吃著口中的南瓜餅，未搭理他。

待到食畢，拿出帕子擦了嘴，又用茶水漱口之後，他才開了口，「去將劉元喚來。」不忘叮囑趙由這憨貨，「讓他帶上水鬼案的卷宗。」

劉元今兒因著起晚了未吃上早膳，特意去了那家總有人排隊的馬記包子鋪買了兩個招牌肉包，邊走邊吃的進了衙門。

才走了兩步，便撞上了迎面而來的趙由，不等他說話，趙由便先他一步道：「劉寺丞，林少卿喚你呢！」

劉元揚了揚手裡的包子，「且等等，今兒起得晚了些，且容我將早膳吃完再過去。」說罷又將油紙包中的另一個包子遞給趙由，「你也吃一個。」

可沒想到素日裡從不拒絕吃食的趙由卻搖頭道：「寺丞自吃吧，我吃過早膳了。」

喲，這位還有吃飽的時候啊！劉元心中腹誹，隨口問了句，「吃的什麼？我這可是馬記包子鋪排隊買來的包子。」

「吃的是公廚的早膳，白粥同南瓜餅。」

白粥他知道，南瓜餅又是何物？

劉元怔了一怔，本想繼續追問，那廂沒受吃食「賄賂」的趙由卻不再同他多說了，提醒了他一句，「莫要磨蹭，林少卿等著呢！」便轉身走了。

雖是記得莫要磨蹭，可路上遇上幾個同僚，免不了耽擱，待帶著卷宗去林斐那裡時，自家上峰已等候多時了。

不過好在上峰既沒有給下屬穿小鞋的習慣，也沒有擺官威的習慣，沒讓他解釋一番為何來晚云云的，只接過卷宗兀自打開看了起來，又比了個手勢讓他直接說正事。

劉元也不磨蹭，翻開借來的固合堂藥鋪的帳本，指向那特意被圈出來的幾條帳目，「大人猜的不錯，下官在城中固合堂那裡詢問後，發現閻散同那三人確實買過此藥。據固合堂掌櫃所言，這藥包就是藥浴所用的。下官還特意去閻夫人那裡拜訪了一番，起初閻夫人還有所顧慮，不願透露。後來便也直說了，她同閻散也就人前相敬如賓，私下裡其實十天半個月見不到一次，早各過各的了。」

直到出事之前，御史中丞閻散在同僚間的口碑一直不錯。

我同他也是父母之命，媒妁之言。成親前只遠遠瞧過他一眼，見他相貌端正，舉止有禮，想著往後夫婦間相處融洽應當不難。

劉元回憶起閻夫人說這話時哀怨的語氣，同林斐複述閻夫人當時的話時，忍不住嘆道：「我昔時以為尋常百姓夫妻想要一輩子過得好不易，沒承想閻夫人那等有父兄倚仗的官家女亦有這等煩惱。」

「兩人成親時，閻散才入仕途，閻夫人的父兄卻已入仕多年。閻散要走得順，少不得閻夫人父兄提攜鋪路，有這一層關係在，他對閻夫人也不會差。如今閻夫人父兄仍然在仕，雖不如閻散仕途順遂，卻也不曾跌過。所以當不是閻夫人家裡的原因鬧得不和，卻又是什麼原因令兩人致此？」

「據閻夫人所言，成親之後，她才知曉閻散其實是個好色的。」劉元解釋了起來，「最先遭殃的，是跟隨閻夫人多年的一個丫鬟，閻夫人說自己是拿那丫鬟當妹子的。那丫鬟同一個小廝青梅竹馬，感情很是不錯。兩家都說好了，待那丫鬟到了年歲，就請閻夫人做主，讓兩人成親。沒承想閻夫人不過是去廟裡上個香，便出了事。那丫鬟性情剛烈，羞憤之下撞柱身亡了。閻夫人大怒，同閻散發生了劇烈的爭執，兩人一度鬧到要和離的地步。」

林斐看著几案上的卷宗連頭都未抬一下，口中卻是接了劉元的話頭，「那他二人為何不和離？」

「是閻夫人的娘家說丟不起這個人，不准閻夫人和離。至於告官什麼的，告了自家夫君，自己成了罪官夫人，還要連累娘家，娘家便更不許了。」劉元咂了咂嘴，搖頭，「閻夫人的意思是她父兄覺得面子事大，如此的默許同縱容之下，叫閻散看明白了其中的關鍵，往後行事便也不再顧忌，越發猖狂起來。」

雖然不知道閻夫人所言真假，但其所言倒是令人頗為感慨。

「這世間人同人之間的關係多是如此，一味的容忍換來的往往不是欺凌之人的收斂同悔過，而是變本加厲的踐踏。」

劉元聽得心驚，卻是認同林斐所言的，莫說夫妻了，便是血脈相連的血親鬧將出來的事還少嗎？

「閻夫人一開始還曾同他爭執過，卻反而惹來他動手。自此心灰意冷，兩人只在人前做恩愛夫妻，人後便各過各的了。」劉元又繼續說起了案子的事，「不過他到底是官員，光明正大的同那些嫖客一道出去狎妓是不成的，所以私下裡會招一些暗娼來。後來，暗娼也不怎麼來了，可閻散那裡卻照常有人出沒。閻夫人不敢多管閻散的事，也曾懷疑過那些女子是不是正經人家的姑娘，被誆騙或者用什麼見不得光的手段弄去的。」

閻夫人口中的閻散是個什麼樣的人至此算是說明白了，至於案子裡那幾個年紀小些的……

「他們家裡人個個都說自家的孩子是乖覺、老實、文靜的，定是我們弄錯了。不過我等在那幾家『乖孩子』的屋中都翻出了不少淫穢不堪的冊子，那內容真是叫下官……大開眼界！」

好一群乖覺、老實、文靜的孩子啊！不過這喜好倒是同閻夫人口中的閻散對上了，算是幾人的共通之處了。

「閻夫人既說那些被閻散弄去的極有可能是正經人家的姑娘，我等便想或許可以試著自這幾人是否擄過或者騙過正經人家的姑娘，以致招來報復這一處查起，白諸同魏服已在調查了。」

林斐點頭，對幾人入手查案的方向算是做了肯定。待劉元走後，他便起身叫上趙由去了大牢。

這個案子裡除卻死去的幾個「嫖客」之外，還有兩個在現場被抓的活人。

「林斐，你個面白心黑的，速速放開小爺，否則小爺出去後，定尋人套麻袋揍你！」被結結實實的捆在木樁上受審的李源嘴裡依舊罵罵咧咧的。

沒有理會李源的怒罵威脅，林斐轉向一旁臉都嚇白了的雙喜，「當日你同李源二人為何會踏上閻散的私船？」

這冰冷的目光看得雙喜一個哆嗦，他只是個小廝，自然不敢如李源一般胡亂叫囂，當即老老實實的回道：「小的同我家主子當日正在河上垂釣，那閻散的私船突然撞過來，一連撞了我等好幾下，顯然是故意挑釁，主子氣性起了便帶著小的登船準備同船主理論一番。」

「登船之後呢？你二人被發現時躺在船艙之中，是什麼時候昏厥過去的？上了閻散的私船之後可有見到什麼人？」

雙喜搖頭，「我二人上船便進了船艙，卻什麼人也未見到。正四處尋人時，那船猛的一顛，想是又同旁的船撞上了。我二人一個不防之下，頭撞到艙壁上暈了過去，再醒來便看到府衙的人了。」

「你二人不是被迷藥迷暈的？」

「不是，我二人是撞了腦袋磕暈的。」

磕暈？倒也不是解釋不通。若這兩人不是凶手的話，還能活著見到府衙的人，應當沒同凶手直接接觸過。

可李源這般態度……林斐皺了皺眉，雖聽聞這小郡王從小就被家裡人慣得橫行霸道，可不知為什麼，他總覺得李源不配合的反應有些過了。

以往牽連上案子的，不是沒有那等混帳之徒，可哪個似李源這般不配合的？大牢又不是什麼好地方，尤其對李源這等人而言，好生配合著早日離開這裡才是正經，他又為什麼是這般全然不想出去的態度？

奇怪的不止李源，還有那幾個死者，他們的口鼻以及腹中都未發現迷藥殘留。若是沒用迷藥直接將人溺亡在浴桶裡，這幾人身上為何沒有絲毫掙扎過的痕跡？

林斐思索著案子，一旁的李源也未歇著，口中依舊罵罵咧咧的，可林斐硬是一聲未搭理他。

如此他終是罵累了，停下來發出了一聲冷哼。

林斐這才又有了反應，將目光轉到了李源的身上。

即便素日裡也是囂張跋扈慣了的，可不知道為什麼，被林斐那雙清冷的眼睛盯著看的時候，李源莫名有些不自在，總覺得那雙眼睛彷彿能看穿人心一般，讓人莫名的有些抵觸和狼狽。

只是輸人不輸陣，李源仰起脖子，同他對視，「看什麼看？小爺英俊著呢！」

林斐沒有多言，開始繞著他看了起來，待繞到第二圈至李源身後時，他驀地停下，伸出手指朝李源背後用力一按。

正叫囂著的李源突然「啊」的慘叫一聲，大罵道：「林斐，你這混蛋，痛死爺了！」

「你有暗傷，什麼時候的事？」身後傳來的聲音平靜無波，顯然不是質問，而是在陳述一件事實。

正呼痛的李源怔了一怔，似是突地意識到了什麼一般，冒出一頭的冷汗。不過對著林斐，他仍然不肯服軟，叫囂道：「胡說八道什麼？小爺哪裡來的暗傷，明明是你暗算我！」

林斐沒有理會他，轉頭看向一旁的雙喜。

雙喜一個激靈，想也沒想，便全都招了，「那日回去之後，主子後背便有些不舒服，不過因著撞到艙壁，小的也落枕了，便當主子的傷亦是落枕所致。之後，我二人又進了大牢，這牢床硬邦邦的，著實睡不好，便只當落枕一直未好。」

沒承想，主子身上竟有暗傷！雙喜有些懊惱，「若是早些知曉便喚大夫來看看了。」

林斐沒有理會雙喜的懊惱，轉頭吩咐一旁的趙由，「扒下來，我看看！」

趙由應聲上前去扒李源的衣裳。

被綁在木樁上的李源氣得再次大罵，奈何綁得委實太過結實，怎麼掙扎都是徒勞的。

待到衣裳被徹底扒下，露出少年的後背時，牢房裡鴉雀無聲，所有人都露出了驚愕之色，就連林斐都下意識的挑了下眉。

原本以為這位出身尊貴的平西小郡王露出的後背定同一般權貴子弟無二，細皮嫩肉的，身上莫說疤痕了，連個蚊蟲叮咬的痕跡都不會有。可待看到少年後背上那些觸目驚心，縱橫交錯的傷疤時，所有人都愣住了。有人更是下意識的擦了擦眼，以為自己看錯了。

這位平西小郡王的後背怎會有……到底是什麼人竟敢打他？

一旁的雙喜想到什麼一般，哆嗦著身子，紅了眼，喃喃道：「別……別看了！」

縱橫交錯的傷疤當是陳年舊傷了，不同的是傷疤之上的一處瘀青已然泛紫了，方才林斐按壓的就是這處。

眼下這處瘀青盡數袒露在人前，呈明顯的圓環狀，顯然不是撞到艙壁撞出來的。

「有人用棍棒之物擊打過你。」林斐瞥了眼一旁的雙喜，卻見雙喜滿臉震驚，似是對此事並不知情。

李源紅著眼，大聲道：「沒有，爺我自己撞的，你莫要胡說！」

這話當然沒人會信，林斐也未與他爭執，只讓趙由幫李源穿上衣服，送他回牢房了。

待到李源同雙喜被送回去之後，一旁執筆記錄的文吏忍不住奇道：「小郡王身上怎會有那麼多傷疤？」

「聽聞他年幼時被拐子拐走過，吃了不少苦頭才被平西郡王府的人尋回來。那個名喚雙喜的小廝就是同他一道被拐的幼童之一，兩人一道挨過不少打，待得小郡王被救回來之後，雙喜因找不回家裡人，便留在他身邊了。」林斐顯然是對李源的過往查過一番的。

所以對於李源這等人前天不怕地不怕的小霸王來說，怕被別人揭開陳年傷疤，所以方才才會有那麼大的反應？

不對！如此解釋實在是牽強。

那為何明明自己挨了旁人一棍子卻不說？這位小郡王是不是看到了什麼？又或者是知道了什麼？

「大人，我等是否要想辦法從小郡王口中套話？」

林斐搖了搖頭，「不必在鋸嘴葫蘆身上浪費時間，待你將人帶至他跟前，他自會開口的。能讓李源行此舉動的人，應當不多。」

案子查得還算順利，劉元心情自然不錯，自林斐處出來，抬頭看著頭頂越來越毒的日頭，想了想，他特意繞去了紀採買那裡，準備提醒紀採買一聲備些酸梅飲子這等入夏之物以解暑。

待行至紀採買屋門口，卻見屋門虛掩，紀採買正坐在几案旁，手中拿著一個形似小南瓜一般的圓餅，下嘴咬了一口。

劉元待要調侃紀採買兩句吃東西吃得這般斯文時，便見圓餅裡焦褐色的紅糖汁混著花生碎粒流了出來。

那廂似是在吃獨食的紀採買一見內餡流出來，連忙張嘴吮住流出的內餡，一點都捨不得浪費，一邊吃，一邊還不住嘖嘖稱讚，愜意的眼睛都眯了起來。

這般光是看，就已讓劉元口舌生津了，按捺不住，當即推門而入，「紀採買吃的什麼呢？那麼香！」

下一瞬，屋裡響起了一陣驚天動地的咳嗽聲。

被混著花生碎粒的紅糖汁嗆住喉嚨的紀採買咳得撕心裂肺，一邊咳嗽一邊轉頭憤怒的向劉元看去，「咳咳……劉寺丞……咳咳，你……你……尋老夫做什麼？」

劉元隨手替紀採買拍了拍後背，敷衍的安撫了幾下，目光則落在案上僅剩的那一個形似南瓜的小圓餅上，「這是何物？紀採買自何處買的？」

紀採買瞪著他吹起了鬍子，正要發作兩句「好生無禮」云云的，劉元卻不待他發作便伸手將小圓餅拿了起來，「紀採買，這餅子給我吃吧，回頭我買十個還你。」說罷不等紀採買回他便一口咬了下去，而後眼睛一下子亮了。

唔！他算是知道紀採買為何要關起門來偷吃了，這餅子外脆裡糯，不止形似南瓜，吃起來更有股濃濃的南瓜香味，內餡淌著紅糖汁，卻又不止是紅糖汁，甜汁中還夾雜著不少花生碎粒，口感頗為奇妙。

劉元將南瓜餅吃完，吮了吮手指，對上一臉憤懣的紀採買，意猶未盡的問道：「紀採買自哪兒買的？我倒是不知咱們長安城還有小食鋪賣這等餅子的。」

紀採買指著他，手指顫得都快說不出話來了。

「買？哪裡也買不到，是公廚溫師傅做的！」紀採買惱道：「我一共只得了三個，只剩這一個還叫你吃了，我……我……你……」

看紀採買氣得語無倫次的模樣，劉元怔住了，「我若是沒記錯的話，林少卿將那周廚娘轟走之後，咱們公廚只剩兩個師傅了。一個姓孫，一個姓王，幾時又來了個姓溫的師傅了？」

「來幾天了。」紀採買沒好氣的白了他一眼。

劉元聞言更是詫異，「那午膳和晚膳怎麼還是那副老樣子，檯面後的也還是那兩張老臉？」

「我將人安排在早膳檔口了。」紀採買說著，臉上神情有些複雜，對上正欲繼續追問的劉元，說了實話，「那溫師傅生得比周廚娘還俏，那樣子哪像個公廚忙活的人，若不是姜師傳出面，我都不想將人留下。怕惹事，便將人安排在人少的早膳檔口了。」

早膳檔口除了牢裡的犯人們，鮮少會有人來吃的，自也出不了什麼大岔子。紀採買想必就是這麼想的，才安排那溫師傅去做了早膳。

咂摸著嘴回味著方才那餅子的香味，劉元嚥了嚥口水，問紀採買，「這溫師傅除了做過這餅還做過旁的什麼嗎？」

紀採買掀起眼皮看了他一眼，神情似是也有些懊惱，「我也只吃過這南瓜餅了，聽那些獄卒說，還有什麼油潑麵、鹹豆漿及油條，哦，對了，那蔥油拌麵亦是香的很。」

劉元聽了只覺口水都要流下來了，忍不住埋怨紀採買，「怎麼不早說？」

「我也是今日才知道的，誰能想到那早膳竟還能做出這麼多花樣來？就算她是宮裡出來的，宮裡的早膳也沒那麼多花樣的。」

「這倒是！」劉元點頭，「這些早膳的名頭聽都不曾聽過，我敢打包票，整個長安城裡頭都是沒有的。」

紀採買白了他一眼，沒忘記方才那筆帳，「我那餅還叫你給吃了！」

這話堵得劉元一噎，乾笑道：「這也無妨啊！左右溫師傅人在這裡，莫說早膳了，這午膳同晚膳我瞧著也可以讓溫師傅來做嘛！」

「便是貪嘴也要按規矩辦事，那兩個是記了冊的，內務衙門那裡有些關係，要弄走可不容易！」

一席話聽得劉元頗感無奈，卻也明白這是紀採買掏心窩的話。小小的公廚、內務衙門裡頭的門道可不比他們這些官員少上幾分。

想到不知還需吃多久孫師傅同王師傅做的飯菜，劉元就覺得一陣頭疼，臨離開時，劉元才記起自己的來意，提醒紀採買，「天熱起來了，公廚要熬些酸梅飲子送過來了！」

「好，我一會兒過去同孫定人說一聲。」

一聽「孫定人」三個字，劉元額頭的青筋都要鼓起來了，不過想著酸梅飲子這等東西再怎麼弄，好喝不到哪裡去，也難喝不到哪裡去便也沒再管了。

帶著官差出大理寺時，劉元還是這般想的，可待到暮時，他辦完事回到大理寺，拿起公廚送來的酸梅飲子喝了一口之後，臉都青了，這到底是個什麼玩意兒？又酸又澀，味道簡直難以形容，彷彿在喝一碗加了醋同糖的藥一般。

劉元猛灌了好幾杯茶水下肚才稍稍去了口中的酸澀，想起白日裡吃到的那南瓜餅的味道，總覺得溫師傅只做早膳有些可惜了。

看來他明日要來早些，去公廚吃早膳了。

只是也不知道明日的早膳，溫師傅會做什麼？聽聞溫師傅這幾日做的早膳花樣就沒重複過。

被劉元惦記手藝的溫明棠打了個噴嚏，帶著阿丙同湯圓去尋紀採買領食材了。

幾人過去的時候，紀採買正在訓斥王師傅，「你同孫定人兩個到底在做什麼？當我買糖同糯米不要錢啊？」

溫明棠看著紀採買身旁一大桶泡在水裡的糯米恍然，繼孫師傅前日做了頓甜過頭的午膳之後，這位王師傅又浪費糯米了。

王師傅耷拉著腦袋，小聲辯解著，「我忘了已淘過糯米的事了。」

「這麼大的事能忘？公廚的米是叫你這麼浪費的不成？」紀採買罵著，眼風一掃，看到過來的溫明棠時，臉上慍怒稍減，朝她點了點頭，「溫師傅來了。」

溫明棠喚了一聲「紀採買」正要說話，紀採買便主動開口道：「今日王師傅晚膳所用的肉餘了不少，未免浪費，溫師傅拿去用便是。」

放糯米的木桶旁吊了幾塊肉，皆是半點肥膘也無的瘦豬肉，一看便是集市上最上等的那等貨色。

「莊子上的蔬菜還沒送來，妳過會兒再來庫房挑早膳所需食材，屆時連著蔬菜一塊兒領了。」一說罷這話，紀採買便狠狠的剜了眼一旁探頭探腦的王師傅，顯然訓斥王師傅這件事他還沒訓夠，還要繼續敲打。

溫明棠便應了，沒有留下來圍觀王師傅挨訓，而是拿了瘦肉帶著阿丙同湯圓回了公廚。

第八章 雙重口味粢飯糰

待回到公廚，阿丙便迫不及待的激動出聲了，「果真給紀採買留幾個南瓜餅還是有些用處的，今兒居然叫王師傅吐了肉出來！」

雖說這早膳有沒有肉皆可，可有總比沒有好啊！更何況，溫師傅尋常的早膳都做得那般好吃，這肉想來到了溫師傅手裡，花樣更多了吧！

溫明棠低頭看著手裡的肉，「這肉來得巧，明兒的早膳倒是可以一用。」

一提到明兒的早膳，阿丙同湯圓的口水都快流下來了，忙問溫明棠明兒的早膳是什麼？

溫明棠卻賣了個關子，只道要先將這肉處理了。說罷將肉洗淨切丁，入鍋煮了起來。

這煮肉的做法簡直再尋常不過了，阿丙同湯圓看了一會兒，恰逢湯圓她爹的馬車進大理寺大門時車軸卡住了門框，兩人便過去幫忙了。

幫忙拉個馬車的工夫，待再回到公廚時，兩人卻傻眼了。只見方才那一鍋煮的肉此時都被套進了白布袋裡，溫明棠手裡正舉著一根擀麵棍隔著布袋敲打著。

這做法還當真從未見過！兩人立時圍了過來，阿丙忍不住問道：「溫師傅這是做什麼呢？」

「肉鬆。」

肉鬆的做法說難也不難，不過是費些力氣和功夫罷了，待到隔著布袋，將熟肉順著肌理敲碎後，再放入鍋中，加入鹽、糖、醬油等調好的醬汁，來回烘炒。

這是一個極其考驗耐心同力氣的工作，溫明棠將鏟子交到阿丙手裡，看著鍋中的肉絲水分被漸漸烘炒出去，逐漸收縮成了金燦燦的顏色，外形更成了棉花一般的絮狀，這才將鍋從灶臺上挪開，撒了熟芝麻同金黃色肉鬆混在一起略略一炒之後，盛了出來。

一旁早已等候多時的阿丙和湯圓連忙巴巴的望向溫明棠，溫明棠卻道：「等等再說，先送一些去給紀採買。」說罷便取來油紙，包了一包肉鬆，帶著阿丙和湯圓去找紀採買。

做個肉鬆的工夫，王師傅已不在那裡了，大抵是被訓斥完走了，紀採買則坐在庫房門口，看著身邊木桶裡的糯米，一臉愁色。

「紀採買。」溫明棠走過去，將油紙包遞過去，「方才的肉做了肉鬆，拿來給您嚐嚐。」

紀採買原本倒是沒什麼想吃小食的心思，只是這名喚「肉鬆」的東西他從未吃過，倒是忍不住好奇了。

即便這叫「肉鬆」的吃食包在了油紙包裡，可隔著油紙包就已經能聞到那香味了。豬肉的鮮香中似乎還夾雜著濃郁的芝麻香。

此物名喚「肉」，可他從來沒見過分量這麼輕，觸手感覺也那般奇怪的肉。

紀採買終究沒忍住打開來看了一眼，這一看更是怔住了，這金黃燦燦如棉絮一般的，就叫肉鬆？

沒了油紙的阻隔，其香味更是撲鼻而來，看著夾雜著一粒粒芝麻，香氣濃郁的肉鬆，紀採買實在沒忍住，用手撚了一小撮放入口中。

入口的瞬間，紀採買臉上的神情頓時一亮，雖然外表看著不像肉了，可入口之後確實是豬肉無疑了。似是將一大塊肉所有的精粹之處都凝聚起來了一般，鹹香鮮甜的豬肉夾雜著芝麻的香味湧入舌尖，口感同一般的大塊豬肉更是不同，酥中帶著略微韌勁的口感，紀採買敢保證便是宮中御膳房裡也未見過。

肉這一物本當是做主食所用的，可眼下這名喚「肉鬆」的，分明用做小食也是極佳的。

即便顧念著臉面不好偏頗哪個廚子，可紀採買還是忍不住多撚了一撮入口中，而後一邊回味著舌尖的鹹甜滋味，一邊道：「莊子裡送了些蔬菜同雞蛋過來，那雞蛋很不錯，個大芯黃，早膳或許用得著。」

溫明棠自是看到了那擺在小簸箕裡的雞蛋，確實如紀採買所言的很是不錯。她看完雞蛋，目光又落在醃菜罈上，「今日莊子上送來的醃菜是何物？還是上回的菜頭嗎？」

先前用來做鹹豆漿的醃菜頭味道溫明棠很滿意，這次又見一罈，自是忍不住問了問。

「同上回鹹的不一樣，這次是酸的，是酸中帶辣的豇豆。」

「那我明日的早膳就將這一罈豇豆同雞蛋拿走了。」

紀採買點頭正要應下，卻見溫明棠又在看他身旁那一桶糯米，「怎麼了？是要用到糯米嗎？明兒早膳做糯米粥？」

溫師傅做粥的水準他今兒已看到了，做得不錯。可粥做得不錯的大有人在，他老娘就做得很好。

原本惦記溫師傅的早膳便是圖個新鮮，眼下猜溫明棠要做司空見慣的糯米粥時，紀採買的興致頓時大減，如此明兒倒是不用特意早起過來吃早膳了。

正這般想著，卻聽溫明棠的聲音響了起來，「倒不是想做糯米粥，但這糯米倒了實在可惜，紀採買不如給我吧！我明兒用來做粢飯糰好了。」

一句話說的原本沒了興致的紀採買興致再起，「飯糰我知道，這粢飯糰又是何物？」

「一時半會兒也難以說清，紀採買不如明日來吃早膳。我同今日一樣，給紀採買留一份，可好？」

口中肉鬆的鹹甜酥味還未散去，紀採買想到了早上那流著紅糖汁的南瓜餅，強忍著不住點頭的衝動，略帶矜持的嗯了一聲。

✣ ✣ ✣

每日惦記溫師傅的早膳似乎日子過得也挺快的，躺在床上不過眼一閉一睜的工夫，就能吃到明日的早膳了。

如此想的人不在少數，譬如阿丙、湯圓、牢裡的犯人、差役、趙由、紀採買等等。

被人惦記著早膳的溫明棠照例早早入睡，待到天剛濛濛亮，報曉鼓還未響起時起了床。

洗漱一番趕到公廚時，便看到早早等在那裡的阿丙同湯圓了。昨兒聽溫師傅說了要做叫粢飯糰的早膳之後，兩人便惦記上了。

粢飯糰的做法同飯糰的做法大同小異，主要是裡頭配菜的問題。

溫明棠在宮中御膳房吃的飯糰大多是將剩飯捏成一個團，為了解決剩飯所用的，好不好吃便全看運氣了。

不過既是用來做早膳的粢飯糰，這用料便不能馬虎了。

前兩日教過的油條直接交由阿丙負責做，溫明棠則準備其他用料。

雞蛋打散攤成薄薄的蛋餅切成絲，領到的那罈酸豇豆也被拿出來撥到了碗裡，再加上昨日製好的肉鬆同阿丙炸好的油條便是粢飯糰大半的配菜了。

另一邊，湯圓拿石臼舂搗的黑芝麻也已經搗碎了，溫明棠將碎芝麻倒入糖中攪和勻了，放在一旁。

待到阿丙那裡的油條炸好，糯米也蒸熟了。

一切準備就緒，便開始包粢飯糰了。

指著擺放在檯面上的一眾配菜，溫明棠問阿丙同湯圓，「可有不要的東西？有什麼忌口？」

兩人望著檯面上的配菜齊齊搖頭，「沒有忌口，不挑嘴，什麼都吃！」

溫明棠攤開一塊濕布在檯面上，用勺子舀了一勺糯米出來，均勻的鋪平壓實之後便開始鋪料了，取來一根油條置於正中，又依次圍繞油條放上肉鬆、蛋絲、酸豇豆，而後用濕布將整個飯糰包起來用力一擰，一顆粢飯糰便做好了。

溫明棠攤開濕布，露出粢飯糰，從外表看，這粢飯糰倒是平平無奇，同一般的飯糰相比除了大些也別無二致。

她取了把刀來，直接用刀將其從正中切開，待到粢飯糰的切面露出來時，阿丙同湯圓齊齊發出了一聲驚呼。

最外頭一圈是乳白色的糯米，包裹住了其內層層的內餡，從糯米到肉鬆、蛋絲、酸豇豆直至最正中的油條，瞧著便無比豐富。

溫明棠將切成兩半的粢飯糰分別放在了兩人的食盤裡，又做了一個，不過不同於方才的內餡層層包裹，這粢飯糰裡頭只鋪了一勺混了芝麻的糖，而後照舊是一包一擰，從正中切開。

甜口的切面雖不比方才的內餡豐富，可芝麻的黑混著乳白色的糯米，摻雜著細碎如晶的糖粒，只看一眼，便能讓人想起端午甜粽的味道，只是比起那蘸糖白粽的味道少了粽葉香，卻又多了黑芝麻的香味。

看著一半甜口，一半鹹口的粢飯糰，阿丙同湯圓興奮不已。

原本看到這粢飯糰還在擔憂這糯米做的飯糰怕是個易飽的，一個吃下去哪還吃得了其他？可若是只嚐甜口或者只嚐鹹口，沒嚐到另一種味道總叫人覺得可惜。眼下溫師傅倒是省去大家的選擇了，乾脆兩種都有。

兩人吃得大呼過癮，只覺得彷彿再次陷入了那日甜、鹹豆漿哪個更好吃的困境之中。爭什麼爭？當然是兩種味道都要嚐上一嚐了。

同樣覺得難以抉擇哪個更好吃的還有大牢裡的獄卒，叫他們惦記了一夜的早膳還當真沒讓他們失望。

這次名喚粢飯糰的東西同樣叫人大開眼界，似飯糰，卻又同一般的飯糰一點都不一樣。

獄卒吃得一臉饜足，眼看溫明棠他們把飯糰拿出來，正要去給牢裡的犯人送早膳時，忙著吃瓷飯糰的獄卒連忙喊了一聲「等等」，三人停下手裡的動作，就見那獄卒邊吃邊道：「林少卿說了，往後這送早膳的差事就由我們來做，免得溫師傅遇到不服管教的犯人傷了手什麼的。」

送了幾日的早膳，這不服管教的也只有一個，林斐指的是誰不言而喻。

不必同那帶小廝的犯人打交道，溫明棠自然沒什麼意見，同獄卒打了聲招呼便離開了。

待到溫明棠一行人走後，吃完粢飯糰的獄卒才開始挨個牢房送早膳。

雖說有些好奇今日怎麼是獄卒自己送的早膳，可多數犯人也只是好奇並未多問。

直至送到最後一間，獄卒才將粢飯糰放下，裡頭的李源便質問了起來，「怎麼今日是你們來送早膳，那廚娘呢？」

「林少卿吩咐了，往後這早膳由我等來送……」

話未說完，便聽得裡頭傳來了一陣摔盤子的聲音，「這姓林的是什麼意思？告訴林斐，讓那廚娘來給我送早膳，不然小爺我便不吃了！」

這位小郡王的脾氣還真是蠻橫，怕是因為先時審訊的事故意鬧事呢！

「林少卿的吩咐我等不敢不從，小郡王若是有此想法，不如待得下回見了林少卿，自同他說去。」

牢房內李源的叫罵聲不依不饒，「你們現在去喚林斐來，我要問問他這是什麼意思？快去，不然我便絕食！」

又來了！獄卒沒轍，只得道：「我等且去看看林少卿來了沒有？」

大理寺官員來衙門的時辰沒這麼早，原本也不過是為了走一趟好對牢裡鬧事的小郡王有個交待，不承想今日林斐竟來早了！

聽罷獄卒的帶話，林斐只回了一句「知道了」，便喚來趙由，指著一旁的食盒，「去公廚領早膳。」

早等著的趙由立時興奮道：「成，就等著呢！也不知今兒溫師傅做了什麼早膳？」

已經吃過的獄卒立刻為他解惑，「溫師傅做了粢飯糰，一個鹹口，一個甜口，很是好吃呢！」

一席話說得趙由轉身飛奔而去。

待趕到公廚門口時，正撞上了眼皮耷拉似是沒睡好的劉元同探頭探腦的紀採買。喲，領早膳碰到熟人了！趙由立時過去同兩人打了招呼，「都來吃溫師傅的早膳啊！」

這聲音聽得劉元一個激靈，睏意全消，轉頭瞪了趙由一眼，「溫師傅的早膳做得好吃，你怎麼不早說？」害他白白浪費了好幾日的早膳銀錢。

趙由不解道：「這還用說嗎？吃早膳不來公廚又去哪兒吃？」

一句話堵得劉元同紀採買啞口無言，這大理寺公廚確實是為眾人準備膳食的地方，可這公廚早叫那孫、王兩位師傅做的飯食給嚇退了，有的選哪個人還會來公廚吃早膳？

午膳同晚膳是沒辦法，一頓午膳或者晚膳所需花費的銀錢太多了，可早膳一般家裡解決或者路過早膳鋪子便能順便解決了，自然不必來公廚受罪。

更遑論，溫師傅沒來前，哪個知曉早膳還能有這麼多花樣的？

眼看劉元同紀採買站在原地不動，趙由伸手將兩人掃到一旁，「若是站著不動，我便要進去領早膳了，林少卿那份還要我帶呢！」

一句話倒是提醒了紀採買，「難怪前兩日林少卿會特意提醒我孫定人同王軍山的下作手段，原來林少卿也早知曉溫師傅的早膳做得好吃了！」

劉元不解的看向紀採買，紀採買便將前兩日孫師傅搶糖之事說了一遍。

這話聽得劉元直翻白眼，忍不住道：「本事沒多少，小人行徑倒是一等一的厲害！」

說話的工夫，趙由早已跑到檯面前了，看著檯面上堆疊的配菜，他口水都快流下來了，連忙伸出一隻手，「我要領五份！」

才抬腳踏入公廚的劉元同紀採買腳下不由一頓，五份？

「若是午膳、晚膳都吃這個，以他的胃口怎麼可能吃不掉？」回過神來的劉元同紀採買對視了一眼，搖了搖頭，走了過去。

還未走近，便聽劉元驚訝的「咦」了一聲。

紀採買問他，「怎麼了？」

劉元看著正在檯面後忙活的少女，「我認得她。」

一句話惹來紀採買的斜眼，「你怎會認得溫師傅？她才自宮中放出來沒幾日，莫看人家小姑娘生得俏就說認得，我記得你有個青梅竹馬的未婚妻還在老家待著沒過來，你若胡亂認妹妹什麼的，小心你那群同僚回頭告訴你老家的未婚妻去！」

劉元被這話嚇了一跳，忙擺手道：「紀採買，你將我劉元想成什麼腌臢人了！我說的認得是真認得，而不是胡亂認的認得。」

說罷拉著紀採買在他耳畔說了幾句，將那日趙記食肆的事情說了一遍之後，他忍不住摩挲了一下下巴，感慨道：「看來那惡婦到底是容不下她，不過好在她手藝不錯，進了咱們公廚……誒，不對啊！若是如此，那盤雞蛋炒麵……」

想起昨兒吃的那南瓜餅，再記起最早聞到的那香味，以及趙記食肆那日，林少卿那份同他們食材一樣，卻渾似兩種吃食的雞蛋炒麵，劉元抽了抽嘴角。

一切的一切，都能串聯起來說通了。不是上峰口味清奇，是他吃的同他們吃的根本不是同一樣吃食而已。

一想到這裡，劉元更懊惱了，早知新來的公廚早膳師傅是這位溫師傅，他早來了，何苦多花那些冤枉錢？

正想著，在少女一包一擰中，並排放好的甜口同鹹口的粢飯糰已做好放入趙由帶來的食盒中了。

看著滿滿一食盒的粢飯糰，饒是溫明棠也忍不住多看了眼高興的趙由，「粢飯糰耐飽，三個人怕是吃不下的……」

話未說完便聽一陣大笑聲自趙由身後傳來，溫明棠抬頭望去，卻見從趙由身後探出一張熟臉，「不是三個人，是兩個人！這夯貨的胃口一個抵好幾個人，溫師傅放心就是了。」

溫明棠忙朝劉元欠身施了一禮，「上回之事還要多謝劉寺丞出手相助了。」

上回同劉氏起爭執，若是沒有劉元，怕是要平白多添不少麻煩。

劉元連忙擺手道：「無妨，且不說話本子上說的那種路見不平，拔刀相助了。便說路遇冤假錯案，本就是身為大理寺丞應當做的。」

說話的工夫，趙由已拎著食盒跑了，紀採買則在一旁饒有興致的看著每個碗裡的配菜，問溫明棠，「這就是那個粢飯糰？」

溫明棠點頭，「備了兩種，鹹口的同甜口的都有。」

「那就各來一份。」紀採買看著那滿滿當當的配菜，「沒什麼忌口。」

一旁的劉元也跟著點頭，「我也各來一份，沒有忌口。」

溫明棠點頭應下，攤開濕布，將油條、肉鬆、蛋絲、酸豇豆依次放於攤開鋪平的糯米飯上，滿滿的配菜看得兩人都不由替她捏了一把汗，唯恐包不進去。不過好在身後墊了塊濕布，且糯米的黏度也不錯，竟將所有配菜盡數包了起來。

待到撤開濕布，一刀切下，露出滿滿配菜的切面時，兩人當即忍不住一人拿走半個吃了起來。

一口咬下的瞬間，劉元便忍不住發出了一聲饜足的嘆息聲。

最外層的糯米軟糯、黏度適中，接下來是鹹鮮酥香的肉鬆，混合著白芝麻的香味叫人胃口大開，那叫油條的饊子他們二人今日總算是吃到了，外頭焦脆，裡頭帶著濕意韌勁的口感，包裹在糯米之中竟半點尋常饊子的油膩之感也無，反而別有一番風味，再往下則是酸辣的豇豆，一口咬下，溢出的汁水濺到了嫩黃的蛋絲裡，為蛋絲增添了幾分酸辣口感。

層層的配菜盡數包在了一起，每種味道都涇渭分明，卻偏偏不衝突，反而互相融合在了一起，口感豐富絕妙，難以言喻。

兩人一口接一口的吃了下去，待到溫明棠將甜口的半個粢飯糰遞過來時，手裡鹹口的粢飯糰剛好吃完了，兩人迫不及待的將那半個甜口的粢飯糰接了過來。

混著芝麻香濃甜膩的糯米粢飯糰雖沒有鹹口的那般豐富，卻自有一番不同的風味。畢竟糯米同白糖的搭配是哪個嗜甜的都不會拒絕的，更遑論裡頭還加了香濃的芝麻碎。

待兩人吃罷粢飯糰走到公廚外時，相視一眼，露出了心滿意足的笑容。

劉元打了個飽嗝，瞥了眼公廚內開始收拾檯面的溫明棠等人，朝紀採買擠眼，「老紀啊，溫師傅的早膳做得好吃，你那食材得給她多備些，好方便她發揮。左右給那姓孫的同姓王的也是浪費，再好的食材到那兩人手裡都做成豬糠了。」

「還用你說！」紀採買斜了他一眼，「粢飯糰裡的肉鬆，就是我從王軍山嘴裡奪下來的肉做成的。放心吧，就衝著這早膳，我心裡也有數的！」

一聽他說「有數」，劉元頓時鬆了口氣，看了看漸漸往頭頂正中爬升的日頭，忍不住嘆道：「若是午膳同晚膳也讓溫師傅來做，該多好啊！」

紀採買心頭一動，「腌臢小人手段是弄不走那兩人的，不如再讓林少卿來公廚一展神威？」

聽紀採買道「一展神威」，劉元忍不住抽了抽嘴角，「我們林少卿的神威確實厲害，可實在是厲害過頭了！去年那一展神威，展得公廚只剩孫定人同王軍山兩個貨色，眼下都叫大家吃了大半年的豬糠了！」

「這也不怪林少卿，誰知道咱們大理寺裡頭居然藏了個潛逃多年的凶犯！不止自個兒是個凶犯，竟還將咱們這裡原本清清白白的兩個幫廚給帶著一同做了幫凶！」

那一波大展神威不止直接將公廚裡做菜還過得去的廚子一鍋端了，連帶餘波還轟走了好幾個新來的廚子，以至於竟叫他們大理寺公廚一年換了十二個廚子，自此一戰成名。

想起那一波餘威，兩人還有些心有餘悸。劉元想了想，嘆了口氣，「那算了，若再來一波，傷到溫師傅就不好了，眼下好歹還有早膳吃呢！」

「我會緊盯孫定人同王軍山那兩個貨色，若是揪到什麼大的錯處，便將那兩人立時轟走！」

這話聽得劉元想拍手叫好，可轉念一想卻又覺得不太好，「紀採買這般做會不會叫人詬病不講規矩什麼的？」

「詬病？」紀採買翻了翻眼皮，冷笑道：「正經講規矩的話，那兩人的廚藝哪裡能進公廚當廚子？更遑論還能在內務衙門那裡入了冊，想也知曉沒少往裡頭塞銀子。」

劉元恍然，臨離開前忍不住感慨，「倒也是，那兩人能出現在公廚裡就是最大的錯處了，哪裡還用糾錯？」

感慨歸感慨，內務衙門的事可不是他一個小小寺丞能插手的。

吃完早膳，略略整理了一番昨日查案所得，劉元便去找林斐了，才進門，一眼便看到了林斐案角擺著的雕花竹筒，那竹筒的蓋開著，露出裡頭褐紅色的酸梅飲子，飲子上面還灑了幾朵金黃色的乾桂花，看起來頗為雅致。

劉元也直到這個時候才想起溫明棠送作謝禮的那一包酸梅飲子料包他嫌麻煩，盡數送給林斐了。

思及此，劉元後悔了，也不知能否將東西討要回來？

當然，這事也只想想而已，還不待他同林斐說起新來的廚娘就是上回趙記食肆他們幫忙的那個小娘子，林斐便開口問起了正事，「查得如何了？」

「白諸同魏服在查幾個死者過往的風流事，因為麻煩些，所以尚未有進展。倒是大人讓下官重查李源當年被拐之事，有些發現。」

昨日林斐去了一趟大牢後，就讓他重查舊案，他便跑了一趟自家衙門同長安府衙的庫房，查了查當年之事。

「當年被拐賣的不止李源一人，一同被拐賣的還有不少同他年歲相近的孩童。孩童被救回之後，除了雙喜，其餘幾個孩童皆被送還回去，其父母也被平西郡王府敲打了一番，令他們不得聲張。那些孩童除了雙喜之外，有兩個也是長安人氏。平西郡王府這些年也一直盯著那兩家人，那兩家人也識趣，此事徹底爛在了肚子裡，多年也不曾同李源有過交集。」

多年無交集，看似同此事沒什麼關係。

「可下官去查了一下當年那兩個孩童，倒是有了意外的發現。大人可還記得百姓祭河神之事？那個下水被水草纏了腳的送禮人，就是當年那兩個孩童之一。」

林斐抬眼向他看了過來，「還有一個呢？」

「死了。」

聞言，林斐突然眉頭一蹙，「送禮那個是男子，那死的那個呢？」

劉元說了這麼多，卻直至此時還未來得及提那兩個孩童是男是女。

聽林斐突然問及男女，他腦中一個激靈，彷彿有什麼瞬間閃過，雖還未抓住腦中閃過的靈光，卻還是本能的回答林斐，「送禮人是男子，死的那個是女子。若是沒死的話，比李源同雙喜他們大兩歲，今年當有十七了。不過兩年前，她及笄那年就死了。」

「怎麼死的？」

劉元臉色微變，下意識的看了眼手裡的水鬼案卷宗，「還未來得及查。」

林斐看了他一眼，劉元忙道：「下官這就去查。」一轉身便帶著官差直奔渭水河畔。

如此奔走問詢了一整日，待到暮時回到大理寺，劉元便直奔林斐那裡。

林斐看了眼奔得一身是汗的劉元，遞了碗黝黑似湯藥一般的酸梅飲子過去，「公廚發下來的，先解渴，再說案子。」

劉元看著手裡抱著雕花竹筒的林斐，嘴角抽抽，「下官不渴，還是先說案子吧！」

林少卿這般盛情倒是大可不必，若是拿溫師傅那酸梅飲子料包煮的酸梅飲子給他那倒還好些。

定了定神，劉元說起了正事，「下官查到了，那女子是溺死的。」

「那死去的女子水性如何？」

「常挎著籃子，在渭水河畔那些船上賣些小東西。有家裡種的桃子、李子、杏子這等果子，過節時也會賣些時令東西。出事時，她挎著一籃粽子上船叫賣，聽聞是夜裡跨船時腳下一空，帶著那一籃子的粽子摔進河裡溺死了……」

話未說完，便得了林斐掃來的一記眼風。

劉元忙道：「是聽聞，下官當然是不信的。」

時常挎著籃子在河畔船上叫賣東西的，有幾個水性差的？便是手頭挎著的那籃粽子重了些，可粽子挎在胳膊上，又不是什麼纏在身上的石頭。手一鬆便分開了，哪裡那麼容易帶著一個水性好的姑娘溺死在河裡？

「這案子是長安府尹接的？」林斐聽到這裡，忍不住皺眉，「我在大理寺沒看到過這個案子。」

這死的只是一個普通小娘子，沒牽連出什麼連環大案，怎麼可能報到大理寺來？不過，這案子要怪到長安府尹頭上，還當真是冤枉他了。

對上林斐望來的眼神，劉元解釋道：「長安府衙也沒接這個案子，因為此事根本就沒人報官。」

一句話聽得林斐的眉頭皺得更緊了，「死了人的案子怎麼不報官？這般不合常理之事他家中人就這麼算了？」

「下官也覺得不對勁，打聽了許久，才從一個嘴碎的街坊鄰居身上打聽到了一些事，那小娘子被發現時衣冠不整。」劉元說起這事來，臉色還有些難看，「她家裡人覺得丟人，匆匆遮掩了一番便下葬了。」

林斐沉默了下來。

劉元看著抿唇不語的上峰，不知為什麼，總覺得從那平靜的表情中品出了幾分風雨欲來的味道。

當然，這風雨不是衝他來的。

第九章 久違的宵夜燒烤

林斐沉默了良久之後，再次開口，「那小娘子出事前可有同什麼人走得近的？及笄年歲的小娘子可有什麼心上人？同那個年幼一同被拐賣的送祀禮的送禮人關係如何？」

劉元想起自己打聽到的事，對林斐這兩句問到細處的發問頗為敬佩，「大人如此問來倒確實是猜對了，聽聞兩家自那件被拐之事後，便熟識了，小娘子同那個叫魯青的送禮人倒是有幾分青梅竹馬的情誼。不過她家裡人嫌魯青家窮，開口要了好大一筆彩禮，比當地慣例多了數倍，魯青拿不出來，她家裡人便不同意這門親事。哦，對了！她跨籃子賣東西聽聞也是為了同魯青一道湊足彩禮錢，沒想到居然出了事！」

「那個叫魯青的呢？那小娘子出事之後怎麼說？」

「當年她家裡人不報官，魯青還鬧過，奈何被自家父母拖回去了，說人家爹娘都不想多事，他一個外人管什麼閒事？」說到這裡，劉元想起那位自稱挨了閻散毒打的閻夫人，同出事的小娘子，心頭有些發堵，忍不住嘆道：「面子就這般重要嗎？」

小娘子是尋常百姓人家，出了這事被草草下葬，家人明知情形不對勁，卻還是咬著牙認了下來。閻夫人那等出身的女子，也算是權貴之後了，可父兄明明有能力處置閻散，卻偏偏為了面子置若罔聞。旁人要插手，還要被罵多管閒事，只因這是人家的家事。

林斐沒有理會劉元的感嘆，比起人情味滿滿的下屬，他這個做上峰的看起來頗為冷靜，「那小娘子的家人還住在原來的地方嗎？若搬了地方，比起原先如何？若是沒搬地方，可曾修繕過屋舍？」

這話問得劉元有些發懵，本能的回道：「倒是不曾搬地方，卻新修繕了一番，看著比街坊鄰居的宅子都要氣派……」說到一半，他突然臉色變了，下意識的看向林斐，「難不成……」

「去查查，當年那小娘子出事後，她家裡人是不是突然闊綽了起來？」

這話聽得劉元臉色更是難看，「這也太過分了！」閣夫人家中不缺錢，是為了面子不聲張，那小娘子家中竟是為了錢！

「這一家人不是什麼好面子不聲張之人，彩禮遠遠高於當地慣例，必會被街坊鄰居說道。他們卻渾不在意，顯然好的不是面子。」

至於好的是什麼，氣派起來的宅子就說明了一切，劉元忍不住恨恨的罵了一聲，「混帳！」

「若是一切如我們猜測的那樣，這個叫魯青的，就要拿回來問責了。」

劉元點頭，想了想又道：「所以小郡王不肯說，會不會是看到了魯青，認出了當年被拐賣的同伴，知曉內情之後幫忙遮掩？」

這說法看起來還挺合情合理的。

林斐卻擰了擰眉，不置可否，「先去查，若是一切屬實，將魯青帶回來再說。」

劉元應了，轉頭看到外頭快下山的日頭時，忍不住回頭問林斐，「大人，今兒是不是不能按時下值了？」

林斐嗯了一聲，「記得同自家人打聲招呼，若是將魯青拿回來，本官要連夜審問。」

劉元嘆了口氣，有些無奈，但也沒有異議，大理寺這等衙門便是如此，沒案子的時候自是閒得慌，一有案子幾個日夜不睡覺跟著查案追凶也是有可能的。

畢竟凶手可不會專程盯著你當值的時候犯事，多的是半夜三更，偷偷摸摸作惡之人。

從林斐屋中出來，走到外間大堂同白諸他們說了一聲之後，幾人都苦笑了起來。

年紀稍長些的魏服忍不住嘆道：「原本還準備回去吃晚膳，家中燒了肉，是內子的拿手菜，眼下卻……」

一想到王師傅那「驚人」的廚藝，眾人便大倒胃口。

白諸想了想，提議道：「不如去外頭吃。」

「別去了。」劉元晃著手裡標著「水鬼」二字的卷宗，「一旦查證屬實，林少卿要我等立刻捉拿魯青連夜審問呢！」

上峰的脾氣，經過這些時日的相處，也算是摸得差不多了。素日裡是挺好說話的，可一旦涉及案子，便半分情面也不留了。

幾人唉聲嘆氣了一番，只得去了公廚，對上王師傅那張連看都不想看的老臉，匆匆吃了幾口難以下嚥的晚膳，不至於餓得慌，便帶著卷宗同幾個官差出了大理寺。

自從孫師傅和王師傅進了公廚，倒是不必再擔憂身上長膘的問題了，還不到一年的工夫，大理寺上下大小官員，幾乎人人皆瘦了一圈。

晚膳時出的大理寺，待到戌時過半，幾人便帶著一個黝黑的高瘦青年連同一家子鬧騰不已的人回來了。

林斐只看了那高瘦青年一眼，便皺眉道：「魯青？」

劉元點頭，忍不住再次幽幽嘆了口氣。

一切如他們猜測的那般，可不知道為什麼，竟叫人心裡莫名的有些不是滋味。

只是再如何不是滋味，案子的事還得如實稟報，「那溺水小娘子的家人也交待了，兩年前小娘子出事後，就是閻散他們私下給了一大筆銀錢，他們便將人匆匆下葬了。」

雖說被嚇了一番，說出了實情，可那小娘子的家人顯然不覺得有什麼問題，還在說這是他們的家事，死的是他們家的人，同外人無關。

「我等也懶得同他們廢話，直接將人拿了一同帶回來了。」白諸指了指被拖進大牢裡時還在喊冤的那一家人，「知情不報，隱藏欺瞞，按律也當判個兩年，待這案子了了，將人一同關進去。」

林斐點了點頭，看向那個頹然耷拉著腦袋，被綁在木樁上的青年。

不等林斐開口，魯青便開口了，「我沒有殺人。」

他聲音沙啞，黝黑的臉上滿是疲憊之色。明明不過十七的年歲，還未弱冠，整個人卻死氣沉沉，耷拉的眉眼抬起，目中滿是漠然之色。

這辯解太過蒼白與無力，殺人還是沒有殺人，可不是一句簡單的辯解就能解釋得通的。

林斐看向劉元。

劉元了然出列，開口問了起來，「何小娘子死了兩年，你才開始動手，當是最近才發現閻散等人是當年害死她的凶手，你是什麼時候發現的？」

魯青正要開口，便聽一旁的林斐突然說道：「可是那次送祀禮入河時發現的？」出事的何小娘子是溺死的，若是有什麼證據，也極有可能落在了河底，祭河神送祀禮的時候是要潛入河底的。

是什麼讓一個通識水性的好手險些溺水而亡？當是看到了什麼難以置信的東西。

魯青垂眸沉默了半晌，終是低低嘆了一聲，道：「我在河底泥沙中看到了她的荷包，荷包的繡工我死都不會認錯，那荷包裡有一塊玉佩。」

玉佩做工精良，顯然不是何小娘子，也不是何家人的東西，他被人救起來之後，便開始尋找那塊玉佩的主人了。

「我問了好多玉器首飾鋪子，才知道那是御史中丞閻散的東西。我一開始不信，還特意偷偷看過閻散好幾回，他看起來斯文有禮，夫人又出身名門，端莊大方，不大像那種人。」

可假的真不了，裝又能裝多久？跟久了，他便發現斯文有禮的閻散的另外一面了。

「他不喜歡狎妓，覺得沒意思，而是偏好出身貧苦的良家女。」魯青苦笑了一聲，「每一個都是專程挑選出來的。」

想起何小娘子的遭遇以及何家人之後的反應，劉元等人恍然。

若是專挑何小娘子這等身分的女子下手，一來對閻散那等人來說這樣的女子身子清白乾淨，二來便是當真出了事，叫她們家人知曉了，也不會聲張。好面子的會埋怨女子受辱是給家人丟臉，好錢財的則花些銀錢便能打發了。

「出事的還有不少，有些人家更是乾脆拿了銀子，將那些女子賣給閻散做了婢女。」當然，這婢女可不是尋常的做活婢女了，便是出了什麼事，連家裡人都不管，還有什麼人會管？

雖然同情魯青，覺得閻散等人實在可惡，可身為大理寺官員，該問的還得繼續問下去。

「劉小郎他們也是你跟蹤閻散時發現的嗎？」

魯青卻搖了搖頭，「我不知道劉小郎他們。」

怎麼可能？劉元聽得眉頭一皺，正要繼續追問他怎麼可能不知道，便聽林斐出聲道：「你透過玉佩只找到閻散一人？」

魯青點頭。

「閻散出事當天，你去過閻散的私船？」

「去過。」

「而後殺了閻散，將他溺死在浴桶中？」

魯青聞言卻是激動了起來，連連搖頭，「我沒有溺死他，我進去時他便已經死了！」

怎麼可能？劉元、白諸等人聽到這裡，忍不住皺眉。

林斐卻沒有反駁魯青的話，而是繼續問他，「平西小郡王李源身上那一棍子是你打的？」

正激動的魯青卻是一個激靈，突然沉默了下來，半晌之後才道：「是我。」

「為什麼打他？」

魯青面上浮現出了一絲愧色，「我當日確實是準備上船殺了閻散的，可才上船，便看到死在浴桶中的閻散。還不待反應過來，閻散的船又撞上旁邊的私船。聽到艙內傳來聲響時，我嚇了一跳，才知曉船上還有別人。待要跳船而逃，便看到了跑過來的李源。他一眼就認出了我，看到裡頭的閻散時，嚇了一跳，問我怎麼會在這船上，我就將何小娘子被閻散害死之事說了一遍。他聽聞之後，便讓我打他一棍子，把他留在船上，好拖上十天半個月的，要我趕緊逃離京城。」

當然，最後的結果是魯青沒有逃。

「她……她就被埋在這裡，我又能去哪裡？」魯青紅了眼睛，「我試著離開過，可走了一日一夜，卻……到底是放不下她，又回來了。」

劉元等人互相對視了一番，眉頭深深的擰了起來。

看魯青的樣子，不似說謊。可大理寺官員辦案可不能憑意氣用事，不能瞧著像好人，便當真把人當成好人了，證據才是關鍵。

照魯青所言，他根本沒有殺人，李源留下則是為了混淆視線，助魯青逃命，那殺閻散的當另有其人。

可證據呢？誰知道這是不是魯青的推脫之語？

林斐沉吟了半晌之後，問魯青，「你當日幾時登的船？」

「未時。」

「可有人證？」

魯青愣了一愣，似是不解他為什麼會突然這麼問，卻還是說道：「我送祀禮時溺了水，管河神祭祀的里正擔心下回再出這樣的岔子，便特意挑了幾個同樣熟悉水性的出來同我一道練習。我們一直練過了午時，到未時才被放了回來。若要人證，他們就是人證。」

可即便證明他是未時登船也沒什麼用啊！白諸下意識的低頭翻了翻卷宗，仵作給出的閻散死亡時辰是定在午時到未時半刻之間。

便是有人證，也不能證明魯青沒有殺人，半刻的工夫足夠將人溺死了。

林斐卻沒有多言，只是看了他一眼，出了牢房。

劉元等人連忙跟了上去，待走出大理寺大牢，林斐才道：「去查一查魯青所言是否屬實，若是屬實，凶手就不是他了。」

一句話聽得劉元等人登時一愣，「這是為何？」

林斐轉頭看了他們一眼，淡淡的說了兩個字，「迷藥。」

迷藥？幾人聽得一怔，待記起雙喜交待過的話，重新梳理了一番事情經過，頓時恍然。從那幾位的屍體上看，沒有半點被強迫按壓溺水的跡象，極有可能是中了迷藥而後溺水。

大理寺的仵作並未從閻散等人的胃內及口鼻處查到迷藥的痕跡，如此一來，那迷藥就不當是混入茶水、吃食進入其中的，極有可能是撒在空氣中的。撒在空氣中的迷藥，若是沒有散盡的話，只要進入艙內便有可能中招。

可據雙喜交待，他們進入艙內並未中招，所以彼時迷藥當已經散乾淨了。雙喜等人登船時有旁人為證，為未時半刻，若彼時迷藥已散乾淨，那閻散的死亡時辰自然要再往前推一推，定在未時之前，午時之內了。

而午時之內，魯青若是有人證的話，便能證明他並非殺害閻散的真正凶手了。

案子又有了新的追查方向，望了望日晷上的時辰，眼下還未過戌時。

今日這連夜審問比他們預想的結束的還早些，回去洗個澡便能睡了。

整理好手頭的卷宗，幾人正要同上峰說一聲準備回去，一股莫名的，勾得人口舌生津的香味卻在此時不知從什麼地方飄了過來。

劉元等人順著香味來源的方向看去，被牆擋了，不過當是從公廚的方向飄過來的。

「是什麼東西？」白諸嗅著那股香味，忍不住奇道：「從未聞過這等味道，有炭火的味道，還有肉菜的味道，好香啊！」

一旁的魏服也忍不住插話，「不止，其中似是還夾雜了西域胡人那些香料，這些味道糅雜在一起，有些肖似胡人的烤羊肉，卻又不同，不是羊肉什麼的。」

說話的工夫，又一陣味道飄了過來，香味更濃了！

劉元忍不住吞了口口水，摸著咕嚕直叫的肚子，提議道：「我們過去看看吧！」

至於過午不食什麼的，就別管了！王師傅的晚膳叫人難以下嚥，實在是逼不得已，才勉為其難的吃了幾口，一場審訊下來早叫人餓得前胸貼後背了。

偏這個時候飄來這樣的味道，誰能忍得住？

哦，不對，林少卿似乎忍得住的。

瞥了他們一眼，林斐淡淡道：「將今日的卷宗整理一下，你們便可走了。」

這個「走了」，言外之意就是可以隨他們做什麼去了。

幾人連忙應一聲是，而後直奔大堂而去。

趕緊將手頭這水鬼案的卷宗整理了，便去看看公廚做了什麼吃食。

被眾人「惦記」的溫明棠放下手裡的烤串，走到一旁打了個噴嚏，淨手之後便拿了帕子綁在臉上遮住了口鼻。

孜然、胡椒這等粉末被風一吹便嗆鼻得很，再加上燃起的炭煙，還是捂住口鼻的好。

看溫明棠用帕子蒙了口鼻，阿丙、湯圓，連同戌時還未回去的紀採買也如法炮製，然後繼續翻動手裡串在竹籤上的肉同菜。

至於為什麼大晚上的吃這些東西，還要從溫明棠帶著阿丙同湯圓去領食材說起。

自從溫明棠的早膳令獄卒們讚不絕口後，王、孫兩位師傅就擔憂不已，眼下又聽聞紀採買連著來公廚吃了兩日的早膳，兩人更是急得嘴角生了燎泡。

可奈何紀採買吃人嘴軟，開始盯緊兩人，他們找不到什麼下手的機會，做菜便愈發做得心不在焉的，以至於繼昨日多淘了一桶糯米之後，今兒又在炒菜時落了一盆洗淨的菜同肉都未用。

紀採買看得大為光火，指著兩人的鼻子罵了好一通才將兩人轟了回去。

待到轟走了孫、王兩人之後，紀採買便喚來溫明棠，原本是準備將菜同肉給溫明棠，讓她明日的早膳看著辦，莫浪費來著。

沒想到溫明棠看了看盆裡洗淨的菜同肉之後，便道：「不如來個燒烤好了。」

紀採買沒聽過燒烤這等東西，忍不住好奇，順口問了句，「何為燒烤？」

溫明棠介紹了一番之後，紀採買聽得興致大起，當即拍板定下就來個燒烤當消夜好了。

專業的燒烤架溫明棠便是現畫了，讓紀採買找人訂做也要費上不少功夫，只好先拿冬日取暖的炭盆來一用，正巧去歲冬日還留了不少炭，紀採買當即就去地窖將東西拿了出來。

紀採買去拿東西的空檔，溫明棠便指揮阿丙和湯圓處理菜同肉了。

肉切成小塊，用鹽、糖、醬油、胡椒粉、辣椒粉以及做早膳剩下的雞蛋清略略醃製一番放在一旁。至於菜，王師傅同孫師傅剩下來的菜多是切好的，只是因著刀工有些糊弄，溫明棠便特意再切了切。

待到一切備好，便開始串食材了。

溫明棠將紀採買拿來的長竹籤扔進水裡浸泡起來，只是此舉看得阿丙和湯圓很是不解，「竹籤為何要泡水？」

「因為讓水滲入竹籤裡，一會兒烤起來便不易烤乾和折斷了。」

阿丙和湯圓聽罷還來不及感慨「溫師傅好生厲害」，便見紀採買點頭道：「是這麼個理，林少卿也這麼說過。」

林少卿？阿丙和湯圓聽得卻更是詫異了，「林少卿也會做這燒烤吃？」

觀那林少卿素日裡的樣子，還真想像不出來啊！

紀採買斜了兩人一眼，「怎麼可能？你們當靖國公是窮得連孫子都養不起了，還是靖雲侯養不起兒子了？是去歲偵破一個用竹籤刺死人的案子時，林少卿說的。這些竹籤就是林少卿那時候弄來……」

話未說完，便見面前溫明棠三人臉色頓變。

紀採買這才意識到了自己話語中的歧義，忙道：「這竹籤不是殺人的，是林少卿弄來試手的，這一把是剩下來的，新的，沒用過！」

眼看三人臉色稍霽，他又沒好氣的道了一句，「怎麼說也是我自己要入口之物，怎會拿殺過人的竹籤來做吃食？」

這三人可以不相信他的人品，可他自己也要入口之物又怎會胡來？

第一盤燒烤是溫明棠動的手，蘸了油的刷子刷上籤子上的蔬菜同肉，伴隨著「滋啦滋啦」的油聲，間或有一兩滴墜入炭火之中，濺起一小撮火焰，讓整個燒烤的過程變得更為生動，叫人忍不住想上手試上一試。

待到孜然香、胡椒香、肉香、蔬菜香伴隨著炭火的濃郁香味彌漫開來時，第一盤燒烤便烤好了。

早已候在一旁的紀採買等人忙將手伸了過去，卻還不待觸碰到那一盤燒烤之物，便聽一道熟悉的聲音響了起來。

「溫師傅做消夜了？」趙由從屋頂上跳了下來。

高高大大的一個人落地竟連點聲音都沒有，看到那一盤燒烤時，他的眼睛頓時直了，肉眼可見的吞了一口口水，「我要……」

「要什麼要？」紀採買毫不客氣的打斷了他的話，伸手強硬的攔住了上前來的趙由，「公廚只供三食，消夜不在其中。」

是這樣嗎？趙由看著那隻強硬攔人的手，撇了撇嘴，「是林少卿讓我來領的。」

那隻強硬攔人的手一下子縮了回來，紀採買臉色僵了一僵，狐疑的看了眼趙由，「當真？」

「這還能有假？」趙由說著取出懷裡的腰牌給眾人看，尤其特意舉到紀採買面前，「看到了嗎？我們林少卿要吃的。」

紀採買看著得意的趙由忍不住抽了抽嘴角，無奈的揮了揮手，「罷了，你拿走吧！」

等了許久，第一盤燒烤竟連一串都沒吃到，只能等第二盤了。

有了溫明棠方才的示範，幾人也看會了，便乾脆自己親自上手，一同圍著炭盆烤了起來。

不知是這燒烤本就好吃，還是自己動手烤的東西就是香，待得手頭那一把烤串入了盤，紀採買隨手挑了一串肥瘦相間的五花豬肉吃了起來。肥肉的油脂經由炙烤，外皮焦脆，內裡薄薄的一層肥豬肉擠出的油汁同瘦肉一同入口，孜然、胡椒等香料混合著炙烤過的豬肉，激得人口舌生津，欲罷不能，還是頭一回發現這五花豬肉烤過之後竟這般好吃的！

吃完五花豬肉，紀採買又挑了一串烤過的韭菜。

原本以紀採買的經驗，這等炙烤過的蔬菜被烤去了水分，定然乾得很，如土豆、藕片那等刷油烤乾之後，外脆裡嫩，混合著燒烤的香料當是好吃的，這不難想像。可韭菜這等葉菜烤去了水分之後會如何？紀採買實在好奇。

於是張口一咬，將數撮並排串聯在籤子上的韭菜帶入口中之後，紀採買的眼睛頓時一亮，烤去些水分的韭菜竟絲毫不比重油炒出的遜色，烤過的韭菜香味徹底被激發出來，比起尋常的韭菜口感微焦，混合著撒在葉面上的燒烤香料，有別於一般重油炒出的韭菜，更類似乾煸出的味道，卻又遠比乾煸的更香，更獨特。

轉眼一串韭菜已經下了肚，紀採買大呼過癮，好吃的可不止韭菜同五花豬肉，待到第二盤吃完，轉向第三盤時，有人聞著味道趕過來了。

「可叫我等趕上了，快留些給我們！」劉元、白諸同魏服匆匆整理完卷宗，趕過來時正碰上幾人大快朵頤的情形。

看阿丙吃得滿面都是油光同燒烤的香料，劉元等人一撩衣袍坐了下來。

來之前，劉元已同白諸、魏服提過溫明棠了，兩人還特意問了她兩句趙記食肆的事。得知她在劉氏挨板子當天就離開了，上了年歲的魏服點頭道：「離開好，留下去也沒什麼意思。」

那挨了板子的劉氏對她滿是惡意，趙大郎裝傻充愣，是個窩囊廢，趙蓮倒是尚可，可說話不頂用。再者，畢竟一個是她娘，一個是她爹，除了幫著說兩句還能怎麼樣？再留下去，怕是更要鬧得雞犬不寧了。

看著如此自來熟的劉元等人，紀採買冷哼了一聲，「倒是不客氣！」對上紀採買，劉元等人的臉皮早練出來了，自是「哈哈」笑了兩聲，便接過了溫明棠烤好遞過來的燒烤。

第一口下去，便是一陣驚呼稱讚。

溫明棠笑著搖了搖頭，回公廚大堂，將放涼的酸梅飲子拿了過來。

褐紅色的飲子倒出來的那一刻，被孫師傅同王師傅那湯藥一般的酸梅飲子折磨得痛不欲生的劉元等人便連忙接了過去。

抿了一口，劉元便道了一聲「好」，想到那一包盡數送給林斐的酸梅飲子料包更是懊惱。

怎麼當時只顧貪懶呢？這酸梅飲子酸中帶甜，卻又不是尋常的甜，裡頭似乎還帶了幾分甘草的香甜。

溫明棠坐在炭盆旁，看身邊一眾人席地而坐，吃著燒烤配上酸梅飲子，面上的笑容愈發舒展，這才叫消夜啊！

自從來了大榮，她已許久沒有感受過這等滿滿煙火氣的消夜場景了。

在宮裡頭的時候，莫說罩著她的只是趙司膳，便是個趙娘娘，都不可能半夜跑出來同她圍著炭盆吃燒烤。

舉著手裡的肉串咬了一口，感受著入口嫩滑的豬肉，溫明棠笑看身旁幾人邊吃邊聊。

光吃不聊，哪叫消夜？

至於閒聊的話題……幾個大理寺丞聚在一起，還能聊什麼？

「這水鬼案辦得真叫人窩火！」劉元啃著串上的烤翅，吐出了一塊骨頭，不禁感嘆，「那閣夫人同何小娘子，一個貴女，一個民女，偏偏都攤上了這般的家人，真可憐！」

一同辦案的白諸和魏服對此感同身受，舉著烤串連連點頭。

一邊專挑豬五花吃的紀採買順口問了句怎麼回事？

劉元便將查到的水鬼案中閻夫人同何小娘子的事說了一遍，眾人恍然，跟著感慨了一番這世道女子艱辛不易。

又吃了幾串烤串之後，劉元喝著手頭的酸梅飲子，倒是記起一樁事來，忍不住對溫明棠道：「溫師傅，我倒是突然有些好奇，當然溫師傅若是不想回答也是可以的。」

這話一出，一旁的魏服便瞥了眼正低頭為大家烤串，自己也未吃幾口的少女，「那你還是莫問了，想來你這問題八成是專挑人痛處問的。」

到底一起共事了幾年，對身邊幾個同僚的性子，魏服也是摸熟了，隱隱猜到劉元想問的問題了。

猜到劉元想問的問題的不止魏服一個，溫明棠抬起頭來笑道：「劉寺丞可是想問我家裡到底犯了什麼事，才會成為劉氏口中的罪官之後？」

那日的事情鬧得那麼大，她罪官之後的身分想來也早惹來這三個寺丞的好奇了。

將最後一大把烤好的五花豬肉同韭菜、土豆、蓮藕、年糕等物一道放入鐵盤裡，溫明棠摘下蒙在唇鼻處的白布，說道：「我祖父、父親同兩個伯父在永元十八年獲罪被斬，全族男丁充兵，十歲以上女子入了教坊，十歲以下的則入宮中掖庭為婢。我那時八歲，因著年紀小僥倖沒入教坊，而是同一個大我一歲的族姐一道入了掖庭。」

永元十八年，姓溫。

短短兩個詞便叫正在大口吃燒烤的劉元、白諸、魏服連同紀採買臉色微變，不約而同的停下了手裡的動作，向拿起一串五花豬肉的少女望了過去。

少女咬了一口手裡的五花豬肉串，朝他們笑了笑，神情平靜。

第十章 小巧玲瓏的煎包

一張凳子被人從趙記食肆中扔了出來，隨即就是劉氏的尖叫聲，「趙大郎，你這不好種窩囊廢，讓你上個藥都不會，還能做什麼？怎麼不買塊豆腐撞死算了！」

回以她的是趙大郎的默不吭聲以及趙蓮的小聲安撫。

「娘，傷口這麼大，便是再小心都會不留心碰到。昨兒我替妳上藥不也碰到了，爹不是故意的。」趙蓮說罷，拿胳膊肘捅了捅趙大郎示意他說兩句。

默不吭聲的趙大郎手裡拿著藥罐子，重複了一遍趙蓮的話，「阿蓮說的對，我不是故意的。」

這副唯唯諾諾，推一下才動一動的反應看得劉氏更為窩火，忍不住再次尖叫了起來。

刺耳的尖叫聲聽得近處的趙蓮同趙大郎下意識的捂住了刺痛的耳膜。

孫師傅和王師傅走到趙記食肆門口的時候，迎上的便是一張飛出來險些砸到身上的凳子同劉氏刺耳的尖叫聲。

嚇了一跳的王師傅連忙伸腳將凳子踢到了一邊，同孫師傅捂著耳朵走進趙記食肆。

趴在擔架上，蓬頭垢面指著趙蓮同趙大郎訓斥的劉氏聽到聲音，本能的抬頭望了過去。

因著正在訓人，劉氏面上那凶神惡煞的表情還來不及收回去，叫王師傅同孫師傅看了險些嚇得掉頭就跑。

真是好生凶狠刻薄的模樣，難怪被劉寺丞戳破了真相都不服管教，要不是當日林少卿在，直接揪到了她的錯處，賞了她一頓板子，怕是還當真壓不住這惡婦呢！

不過如此惡婦，能對上那位跑來搶食的溫姓丫頭，對他們而言倒是一件好事。

眼見他二人進來，惡婦面上的凶狠刻薄之色略微發僵，卻並未收起來，而是拿那雙綠豆眼瞪著兩人，問道：「吃什麼？我們食肆如今不單賣麵飯菜式，若要吃飯只得按成套的菜品來點。」

這成套菜品的賣法最早是自一些酒樓裡傳出來的，到了飯點，有時當日採買的食材多了，為了多賣些，便乾脆將多採買的菜式組合起來，指定幾種菜式，加起來的總價給抹個零頭，有些猶豫不決，不知選什麼菜式的人懶得動腦子了，乾脆就點這等成套的菜品。

酒樓那等賣法是為了消耗多採買的食材，趙記食肆這麼賣……想到打聽來的趙記口碑，孫師傅和王師傅忙道：「我等不吃……」

話還未說完，便聽劉氏尖叫了起來，「不吃進來做什麼？給我滾！」

一句話聽得兩人臉色頓變，在大理寺公廚待了多年，那些官員也好、差役也罷，甚至紀採買，便是訓斥他二人，也好歹有個緣由，如此莫名其妙被叫滾的氣幾時受過？

孫師傅氣得當場就要拂袖而去，卻到底被臉色陰沉的王師傅拉住了。

這惡婦還有用處，孫師傅被王師傅拉了一拉，記起了正事，這才勉強止住了抬腳就走的衝動，對著一臉橫相的劉氏道：「那就給我二人來一套。」

劉氏兩眼一翻，「今日菜品三菜一湯，贈碟酸菜。」

孫師傅摸向荷包，「多少銀錢？」

「五兩。」

這價格聽得孫師傅同王師傅臉都黑了，一兩銀子都可以去長安城的尋常酒樓叫上一桌菜了。她這巴掌大的小食肆，三菜一湯要賣五兩！這不是明擺著要將人當成冤大頭嗎？

原本準備掏錢的孫師傅手下動作一頓，看向王師傅，「一人一半。」

王師傅黑著臉瞪他，下意識的捂住了腰間的荷包。

孫師傅咬牙，在王師傅耳邊小聲說了三個字，「姓溫的。」

王師傅捂住荷包的手頓時一僵，半晌之後才緩緩鬆了開來，青著一張臉，從荷包裡拿出一小塊絞好的碎銀拍在了桌子上。

孫師傅也跟著拿了出來。

眼看給了錢，劉氏倒是熱情了不少，一邊讓趙蓮過去收銀子，一邊讓趙大郎去做菜。

這還真是有錢能使鬼推磨，這個惡婦！心中將劉氏翻來覆去的罵了無數遍後，孫師傅同王師傅才對劉氏說起了正事，「今兒我二人來是想問一個名喚溫明棠的丫頭的事。」

聽到「溫明棠」三個字，劉氏那張才得了銀錢，臉上稍退的狠意再次聚了起來，陰惻惻的向著他們，「問她做什麼？」

這副臉色瞬變的模樣叫兩人一看便知是來對了！那姓溫的丫頭片子看起來說是這惡婦的眼中釘，肉中刺都不為過了。

「那姓溫的丫頭搶我二人飯碗，所以特來打聽一二。」

一聽同是溫明棠的「仇敵」，劉氏面上的凶狠之色稍緩，上下打量兩人一番，才開口問道：「怎麼回事？那姓溫的怎麼同你二人結的仇？」

孫師傅解釋了起來，「我二人是大理寺公廚的廚子……」

話未說完，便見劉氏面露厭惡之色的「呸」了一聲。

王師傅同孫師傅忍不住再次咬牙，這惡婦……罷了，正事要緊！

恍若沒有看到劉氏面上的厭惡之色一般，孫師傅繼續說道：「那姓溫的丫頭才進公廚沒幾日，就哄得我們公廚的採買、獄卒、官員同差役們上下誇讚，我二人因著她這些時日都挨過好幾回罵了。這才進來幾天，若是再叫她繼續待下去，那還得了？」

「活該，誰叫你們把人弄進去。」

王師傅見狀忙插話，「我二人可不管招人的活，這不是沒辦法嘛！」

要他二人招人……呸！他們根本就不會招人，甚至巴不得連一旁這姓孫（王）的趕出去！

原來是沒辦法啊！劉氏翻了翻眼皮，「那你二人來尋我做什麼？」

孫師傅試探著說了一句，「聽聞她是宮裡頭出來的，這出身不大乾淨？」

原來打這個主意啊！劉氏頓時明白了，「不錯，那丫頭就是個罪官之後，若不是當時家中犯事時年紀小，早入教坊被磋磨死了，哪還能出來？她那被砍了頭的爹當年也有些名氣，可是了不得的貴人，旁人要見一面，聽聞都要費上不少功夫呢！」

兩人聽到這裡，連忙追問了起來，「是誰？」

「叫溫什麼……哦，溫玄策，這名字真拗口。沒被砍頭前，聽聞都做到什麼中書令了。」

溫明棠那做中書令的爹若沒出事，還當真是個正兒八經的官家小姐呢！但想起那做了記號的雞蛋，劉氏忍不住咬牙，罵道：「這種讀書人壞起來才是真的壞！」

而聽到她口中提及「溫玄策」三個字後，孫師傅同王師傅早已愣在了當場。

原本以為溫明棠家中父輩只是個尋常的犯事官員，卻沒想到竟是溫玄策！

待到回過神來，孫師傅忍不住道：「溫這個姓雖不是什麼大姓，可這長安城中也有不少，沒想到她竟是當年天底下最有名的那個！」

正罵著「讀書人壞胚子」的劉氏聞言卻是不以為然，哼道：「這有什麼？管她有名沒名的，都是犯了事的官眷，難道還能翻了天不成？」

一句話惹來了王師傅的一聲冷笑，「翻天？我看入地還差不多！」

一旁的孫師傅也跟著點頭，「姓溫好啊，哈哈哈！」

早知姓溫的丫頭是這出身，他同王定人哪還用自己想什麼法子？

兩人對視了一眼，哈哈大笑了起來。

劉氏看得莫名其妙，嘀咕了一句，「大理寺出來的，怕是都有大毛病！」又繼續罵了起來。

王師傅同孫師傅正是高興，也懶得理會她的謾罵了，只高興的哈哈直笑，這一番高興大笑直到趙大郎端著那價值五兩銀子的三菜一湯同一碟酸菜出來才戛然而止。

看著面前還未入口，只放在桌上就腥氣十足的紅燒鯽魚、炒得焦黑的蔥花炒蛋，連同一盤軟趴趴的葉菜時，兩人的臉色難看至極，隨後送上來的那混著鍋巴的隔夜冷飯更是叫人胃口全失。

匆匆就著那酸菜扒拉了幾口隔夜冷飯，兩人便迫不及待的跑出了趙記食肆，待扶著牆角乾嘔了幾聲，腹內的翻江倒海稍緩之後，兩人才將憋了一肚子的氣撒了出來。

「這幾個菜要是吃進去，怕是姓溫的還沒入地，咱倆先入地了！」孫師傅氣得跺腳。

王師傅也跟著「呸」了一口，罵道：「這惡婦真是要麼不開張，開張吃半年啊！」

這麼幾個殘羹剩飯要五兩銀子，這同土匪搶劫有什麼區別？

「莫說林少卿想打人了，我看了那惡婦都想打！」孫師傅揮了揮拳頭，怒道：「真沒見過這等惡婦！」

將劉氏翻來覆去的罵了一通，兩人才收了口，「如此且先讓那丫鬟得意幾日，我去尋人遞個帖去！」

王師傅點頭，忍不住笑道：「到時，有的是人來收拾她！」

不知被王師傅和孫師傅惦記的溫明棠，此時正往鍋中倒了半碗水。冷水澆入燒得滾燙的鍋底，「刺啦」一聲，白騰騰的水霧彌漫開來，正在檯面前看溫明棠做煎包的劉元等人立時發出了一聲驚嘆。

溫明棠蓋上鍋蓋，抬眼看向昨兒的幾個消夜搭檔。

昨日，溫明棠領到了莊子上送來的豬肉，又聽劉元抱怨了幾句小食鋪裡的肉包子快吃膩的話，想了想，今日的早膳便做了煎包。

待到水霧蒸得差不多了，溫明棠掀開鍋蓋，撒上一把蔥花、一把白芝麻，小巧玲瓏的煎包有了青蔥、芝麻的點綴，立時漂亮了不少。

劉元巴巴的盯著鍋裡那一個個比尋常包子小了不少的煎包，下意識的嚥了嚥口水，「我突然發覺蔥花、芝麻這等點綴之物還當真挺有用的，什麼菜上一撒，立時增色不少，叫人頗有動筷的衝動。」

溫明棠笑看他一眼，將六顆煎包舀入盤裡，一旁的湯圓同阿丙則指著公廚桌上的醋、醬油、麻油同辣油道：「蘸料隨個人喜好自弄吧！」

劉元連連應聲，還不待他抬腳離開，就被身後的白諸拉到了一旁，「去桌子那裡坐著吃去，莫擋著我等領早膳。」

劉元朝幾人翻了個白眼，走到一旁的蘸料區問阿丙同湯圓，「你二人怎麼選的蘸料？」

「空口吃都是好吃的，我吃只蘸了醬油這一物，湯圓蘸了醋同麻油，溫師傅則是醋同辣油調的蘸料，端看你自己喜歡了。」

劉元聞言，遲疑了片刻，倒了醋又滴了些麻油，這才端著煎包走到桌子邊坐下，而後便迫不及待的舉起筷子伸向盤裡的煎包了。

玉白色的煎包面同焦褐色的煎包底顏色涇渭分明，一筷子夾上去，便能感受到這煎包從面到底，由軟及硬的不同了。夾起一顆，一口咬下，鹹鮮滴汁的豬肉餡混著外頭麵香撲鼻帶著韌勁的麵皮，口感已十分豐富，卻又偏偏不止於此，待到牙齒最後咬到那一口焦脆的底時，劉元眼睛都亮了。

瞧著小小的一顆煎包，口感卻層層遞進，未曾及時入口的肉汁灑落下來，滴入蘸料碟裡，才叫劉元記起自己還未蘸醬料呢！

這煎包果真不蘸醬料都好吃，阿丙說的一點不錯呢！

一旁的白諸筷子上夾了一顆裹了鮮紅辣油的煎包，瞥了劉元一眼，取笑他道：「你昨兒不是說再也不吃肉包子，已然吃膩了嗎？」

劉元恍若未聞，再次伸筷夾了一顆煎包，蘸了蘸料碟裡的醬料送入口中，醋酸味加入口感已足夠豐富的煎包，非但不顯突兀，反而更為那鹹鮮滴汁的豬肉餡團添上了一份莫名的鮮味。

紀採買顯然比劉元等人懂行些，蘸著醋同辣油調和的蘸料，悠悠說道：「加醋提鮮。」

看眾人吃得滿意，溫明棠心情很是不錯，同阿丙和湯圓開始收拾起了檯面。

正收拾著，紀採買突然開口問溫明棠，「溫師傅可會做抄手？」

紀採買是要指定明日的早膳了嗎？溫明棠笑著點頭，「會的。」

「我昨兒去莊子上時，聽他們道今日要做抄手吃。那些人每回做抄手都算不準用量，要剩下不少皮子。我瞧著扔了也是可惜，不如拿回來給妳做早膳好了。」

這話一出，正吃煎包的劉元便忍不住插話，「先是王師傅多淘的糯米，被溫師傅用來做粢飯糰了；後是孫、王兩人漏了的菜和肉，被溫師傅拿來做燒烤了；眼下又是抄手皮子，紀採買是考驗溫師傅的手藝考驗上癮了嗎？」

紀採買吃了口煎包，瞇了瞇眼，坦言道：「許久沒吃抄手了，莊子上那些人做的不大合胃口啊！」

這就是做採買的好處嗎？劉元瞥了紀採買一眼，吮了一口煎包中的湯汁，罵道：「明明是假公濟私！」

紀採買挑眉，擦了擦濺到嘴角邊的醋和辣油，「做採買的不為公廚省錢，難道還要白白浪費那些銀錢不成？你若是有意見，我二人不如去趙大人面前說理去！」

紀採買口中的趙大人指的就是如今的大理寺卿趙孟卓了。

劉元聽得牙齒頓時一酸，這姓紀的精明老兒竟搬出趙大人來了，那還說什麼說？

「再者說了，溫師傅做的抄手，爾等不想嚐嚐？」紀採買說著，放下手裡的筷子，看著面前空空如也的餐盤，滿臉皆是饜足之色，「好久沒吃了呢！」

劉元朝紀採買齜了齜牙，不吭聲了。

薑果然還是老的辣，待他再老個十年八年的，再來同這姓紀的決勝負。

早膳吃完煎包，帶著卷宗去找林少卿時，劉元一眼就看到了在收盤子的趙由，果然林少卿也早知曉溫師傅的早膳做得好吃了。

看著正慢條斯理拿帕子擦嘴的林斐，鬼使神差的，劉元多問了一句，「大人，這煎包您喜蘸什麼調料？」

話音剛落，察覺到自己多嘴的劉元連忙伸手捂住了自己的嘴，正想認錯，便聽林斐道：「蘸醋和辣油。」

劉元的嘴巴遠比腦子更快，再一次脫口而出，「那同溫師傅和紀採買一樣呢！」

林斐看了他一眼，回過神來的劉元恨不能狠狠給自己一個巴掌，不過好在上峰沒有深究，只是翻了翻昨日的卷宗，對劉元說起了正事，「魯青那裡的人證你去查證一番是否屬實，若是屬實，魯青這裡便暫且放一放，可以往別處查去了。」

「是。」劉元應了。

林斐低頭看了片刻已看過不知多少回的卷宗，忽地反手將案角壓著的一張字條抽了出來。

劉元定睛一看，是自己那日去查閻散等人藥浴湯藥時摘抄下來的買這等藥浴藥包的客人名單。

林斐指著名單上除卻閻散等人之外的人，「去查查這些人可同閻散一樣在渭水河上有私船，事發當日，他們的私船在哪裡？」

劉元聽得一怔，只覺這一刻腦中似是有一隻無形的手突然抓住了那些繁雜紛亂的供詞一般，回過神來，「雙喜、魯青他們都道閻散的私船被旁的私船撞了一下！」

林斐嗯了一聲，肯定了他的猜測，「昨日我又提審了一回雙喜，他二人一上船便去了船艙，船艙內無人掌舵，卻同李源的船發生了碰撞。平西郡王府的那條船修得極為氣派，這一撞，直接將閻散的船撞到了岸邊。渭水河道開闊，可同時並行七、八條船，素日裡鮮少聽聞停在岸邊的行船被撞的。李源等人上船之後那條撞上閻散私船的遊船……我懷疑並非掌舵有問題，而是原本想刻意靠近閻散的私船，探探船上情形的。」

恍然的劉元接了上峰的話頭，說出了自己的推斷，「如此說來，若是沒有李源中途橫插一腳，閻散的私船原本當是停在河道中的，極有可能是兩船在河道中會晤，那人登上了閻散的私船，之後發生了一些事，閻散被殺，那人便逃回了自己的私船，開船而逃。因不知道李源的私船同閻散的私船相撞之事，待看到無人掌舵的閻散私船竟自己回了岸邊，慌亂之下，便想看看狀況，結果因靠得太近發生了碰撞？」

「有這個可能，去查查這些人。」

劉元應聲而去。

這一奔走，又是一整日，直到日暮時分，劉元才帶著人回了大理寺，而後便直接去見林斐。

看了眼滿頭大汗的劉元，林斐隨手將手邊的一碗酸梅飲子遞了過去，「公廚發的。」

一聽「公廚發的」四個字，劉元便是一陣頭大，本能道：「那還是不必……」

話未說完，待看清放在自己面前的酸梅飲子時，劉元頓時愣住了。碗還是那個公廚的青瓷大碗，可前幾日那焦黑恍若湯藥一般的酸梅飲子不見了，取而代之的是褐紅色的飲子，上頭點綴了幾朵金黃色的桂花，最上層竟還有一小塊浮冰。

「這……真是公廚發的？」

林斐瞟了他一眼，「紀採買端來的，聽聞是新來的溫師傅做的。」

一聽是溫師傅做的，劉元連忙上前一把端起青瓷大碗猛灌了下去。

謝天謝地，紀採買那人雖老奸巨猾了些，可這等事上，還真算是做了回人的！

喝完溫明棠做的酸梅飲子，品著口中的回甘，劉元這才同林斐說起了今日眾人奔波所得，「下官找到了魯青說的那幾個人證，證實午時前魯青確實同他們幾人待在一起，魯青這裡確實可以暫且放一放了。」

當然，作為登船的疑凶之一，案子沒有水落石出前，魯青是不會放的。

「而後我等拿著名單查了一遍，摒除了沒有私船，人在岸上，有人證的幾人之後，剩下的總共有兩人。」劉元指著手中字條上重點圈出的兩個名字，「一個是城中富商章澤端，他在渭水河中有私船。事發之時，人在船上，且除了他幾個貼身的侍婢之外，沒有別的人證。」

這等貼身侍婢作為人證，是否可信還不好說，當然不能排除章澤端的嫌疑。

「還有一個則是懷安郡公，而這字條上的名字其實是懷安郡公的姪子。不過章澤端、閻散等人都沒有自己出面買藥包，再者這懷安郡公的風評確實不大好，下官以為，比起他姪子，這藥包極有可能是他讓姪子出面替自己買的。章澤端已經帶回來了，就在內堂，至於懷安郡公……下官暫且沒有聲張，只是找人盯著他了。」

懷安郡公不比章澤端這等富商，不能直接將人帶來大理寺。進府問話，能問出什麼還好，若是沒有問出什麼來，反而打草驚蛇便不好了。

林斐聽到這裡，點了點頭，對劉元誇了句「做的不錯」之後，便起了身，「去看看這個章澤端。」

章澤端是城中做絲綢生意的大商人，生得一副圓潤富態的模樣。十隻手指有一半以上都套著翡翠瑪瑙的大戒指，更莫提脖子上的珠鍊、鞋面上的珍珠、帽子上的美玉這等裝飾之物了。渾身上下，但凡能戴上這些飾物的地方都盡數戴上了。

劉元第一眼看到他時，只覺眼睛都要被他那一身的金光閃閃給刺瞎了。

看著面前就差沒把「富商」兩字寫在面上的章澤端，林斐也不廢話，開口直問，「可認識閻散？」

「不……」章澤端本想說不認識，瞥到林斐同劉元兩人的臉色，便嘿嘿乾笑了兩聲，改口道：「認識，認識。」

「怎麼認識的？」

看到章澤端眼神飄忽不定，劉元也不含糊，直接拿出那張字條在他面前晃了晃，他才瑟縮了一下肩膀，說道：「同……同道中人。」

「什麼同道中人？」林斐恍若聽不懂一般，接著追問。

章澤端臉色僵了一僵，這才道：「就是……風流了些。」

劉元聽到這裡，忍不住插話，「強搶民女的風流？」

章澤端聞言連忙看向林斐，見他神情依舊平靜，這才鬆了口氣，「沒有強搶，我等給了錢的，她們家裡人將人賣給我等的。」

劉元看了眼上峰，眼見上峰沒有制止自己，便繼續說道：「怎會賣給你的你心裡清楚，你等刻意挑中的哪個不是貧苦人家的女子？」

章澤端偷偷覷了眼抿唇不語的林斐，辯解道：「我等也沒強逼他們賣女啊！」

這是陽謀，光明正大的陽謀！便是知曉他們做了這等事，偏又不能拿他們如何，真可恨！

看著面前摸著肚子呵笑的章澤端，林斐直到此時才再次開口問道：「你、懷安郡公，還有死去的閻散等人挑中那些女子之後，素日裡就是在船上作樂的？」

這位聲名在外的大理寺少卿突然開口，將章澤端嚇了一跳，本能的點了下頭，待到回過神來，他定了定神，一邊觀察著林斐的臉色一邊說道：「是，懷安郡公還好些，他府裡是他做主，我等……我等家裡都有些不方便。」

一聽章澤端說不方便，劉元當即了然。

那幾個被家裡人認作老實乖覺的好孩子，那斯文有禮夫妻和睦的闔散，還有面前這位倚仗夫人娘家得勢的章大老爺確實都是素日裡名聲還不錯之人。

「因為家裡不大方便，青樓那等地方也一找一個準，所以在船上是最方便的。即使家裡人聽到風聲，借著河道中兩船會晤的時候，直接將人推去旁人的船上便行了。懷安郡公那裡總是方便的，所以總往他那裡推。」

劉元聽到這裡，冷笑了一聲。

章澤端瑟縮了一下，冷笑的雖是劉元，可他還是本能的看向一旁的林斐。

林斐依舊是一張冷面，看著他問著案子的事，「闔散出事時，你在自己的私船上作樂？」

章澤端點頭，「我那幾個侍婢可以作證。」

林斐看向劉元，劉元指了指外頭，「那幾個侍婢也已經帶回來了。」說這話時，他面上的神情有些複雜和微妙。

待到侍婢被人帶進來之後，林斐便知道劉元臉上的複雜從何而來了。

幾個侍婢皆生得俏生生的模樣，見了兩人施禮跪下。

因著天熱，幾人都穿著入夏才穿的齊胸襦裙，裙衫倒也沒什麼特別出格的地方，只是夏裳清涼，脖子以下一小部分是露在外頭一眼可見的。那縱橫交錯的各種傷痕，襯著幾人俏生生的臉，看起來莫名的有些刺眼。

幾人臉上無傷，可見章澤端還要些臉面，露在外頭被人瞧見的地方不算下狠手了，那藏在衣裳裡的傷會如何可想而知。

看林斐、劉元兩人看向侍婢脖子以下那一小部分的傷痕，章澤端有些心虛的乾笑了一聲，「這……這也就是一些喜好，往後我一定改。」

「改你個頭！你眼下可是殺害閻散的疑凶，且先將身上的嫌疑洗清再說吧！」

章澤端聞言，忙擺手道：「我殺閻散做什麼？」

他說這話時跪在地上的其中一個侍婢突然抬了下頭，又立時低了下去。

這反應雖說快得險些叫人沒抓住，可於一直注意著地上一行侍婢反應的劉元同林斐而言，自然沒有錯過。

看了眼那個容貌清秀的侍婢，林斐問她們，「閻散出事時，章澤端可同妳們在一起？」

幾個侍婢齊齊應了一聲「是」。

「他當時在做什麼？」

幾個侍婢再次齊聲道：「奴在幫郎君敲腿。」

如此異口同聲的反應……看得章澤端眉開眼笑，「兩位大人，這可否證明我的清白了？」

回以他的是劉元的一聲怒喝，「證你娘個頭？這四人的回應簡直如同背書一般，我等還當真鮮少看到幾個人證這般異口同聲回應的。」

每個人說話的習慣都是不同的，就如他們早上皆吃了煎包，若是林少卿走到他們面前問一句「早膳吃了什麼」，白諸會簡單答上兩個字「煎包」，紀採買大抵會來一句「溫師傅做的煎包」，而他則最囉嗦，會道「溫師傅做了豬肉餡的煎包，可蘸醬料吃，我蘸了醋同麻油，很是美味」。

眼下四個人異口同聲的反應，雖說不能證明章澤端一定有罪，卻也定然是不能作為人證的。

「你是她們四人的主子，要脅她們四人做偽證，她們哪敢不從？」

章澤端臉色變了變，待要說話，卻見林斐突然指著其中一個侍婢，「妳來說，章澤端同閻散等人之間可有矛盾？」

侍婢瑟縮了一下，還不待說話，章澤端便立時喊了起來，「冤枉啊！我同他們盡是一路貨色，狼狽為奸的，哪來什麼矛盾？」

真是為證清白，連自己都罵了！

第十一章　紅油抄手與燒賣

劉元冷笑了一聲，看那侍婢瑟縮著身子，正要開口，便聽林斐說道：「替凶手做偽證視為從犯，爾等想清楚了再說！」

一句話說得侍婢瑟縮的更厲害了，就在章澤端忍不住又要開口的空檔，侍婢突然揚聲道：「郎君……郎君同閻大人他們起過好幾次爭執了！」

章澤端臉色頓變，本能的開口大喝，「胡說，我幾時同他有爭執了！」

聽到章澤端的聲音，那侍婢再次瑟縮了一下身子，目露驚恐之色。

劉元見狀忙道：「莫怕，這裡是大理寺，他不能拿妳怎麼樣！」

侍婢這才定了定神，繼續道：「奴……奴看到過郎君同閻大人他們起爭執了。」

一旁幾個侍婢也在劉元和林斐的注視之下，開口參差不齊的承認章澤端確實與閻散起過爭執。

聽到幾個侍婢的話語，章澤端臉色難看至極，再要呵斥，卻對上了劉元的冷哼，章澤端不得已，這才乾巴巴的解釋了起來，「就是……就是因為銀錢起的爭執。」

他們這些人身上的銀錢，若是自用自不會缺，可攤上這等喜好便不夠了。

「倒不是買這些貧家女花錢，而是後頭的花銷多了些。」章澤端垂頭喪氣的解釋了起來，

「早知那些賣女的各個都是貪的，卻沒承想貪成這樣！」

原本做生意是銀貨兩訖的，可那些賣女之人顯然是不講這規矩的。

「錢花完了，便追上來繼續要錢，不給錢就揚言要報官，說我們強搶民女什麼的。」章澤端的臉色宛如吞了隻蒼蠅一般難看，「那些人就是無賴！」

還真是惡碰惡，一報還一報，直接對上了！

「活該！」劉元小聲罵了句，賣女換錢的人，做出這等事來不奇怪。

「因著怕暴露，出面買貧家女的就是那幾個年歲小的，懷安郡公那身分自不會親自出面來做這等事，我同閻散怎麼說也是有夫人的，不方便，便叫他們出面了。那幾個小的出事之後，我同閻散便有些擔憂，懷疑此事是買來的那些女子中有什麼親眷過來報復。」章澤端說著，面上露出幾分惶惶之色，「已有好些時日沒買過人了。」

劉元聽到這裡，忍不住再次冷哼。

林斐倒沒劉元這般情緒外露，只繼續追問章澤端，「那些人來要錢，你們誰給的錢？」

「懷安郡公那裡自然是問都不敢問的……」

「欺軟怕硬！」劉元翻了個白眼。

章澤端乾笑了一聲，「幾人裡頭就我的錢財多些。」

看著一身金光閃閃的章澤端，這倒是事實。

「可錢再多也不是大風刮來的，再者帳目差得太多，會叫夫人發現，我自然不肯擔了。」

章澤端說到這裡，語氣中多了幾分委屈，「更何況這可不是一次兩次的事，分明是個無底洞。」

他就是為了這事同閣散等人吵起來的。

說完這些，章澤端似是終於鬆了口氣，對林斐和劉元說道：「兩位大人，我若真要解決這件事，該是解決那些獅子大開口的，去殺閣散他們做什麼？」

這話聽著沒什麼毛病，林斐卻看了他一眼搖頭，「不，你殺閣散他們也一樣。」說罷瞥了眼劉元。

上峰這話的意思是……劉元怔了片刻，反應過來，「林少卿說的不錯，出面同那貧家女的家人交涉的是那幾個年輕的，解決了那幾個年輕的，叫他們尋不到人，這無底洞也一樣能填平。」

章澤端聽到這裡，臉色頓時一白，卻聽劉元又道：「懷安郡公只管享受不管事，那幾個年輕的相繼出事，閣散定然會發現異常，便懷疑到了你的身上，為防走漏消息，你殺了閣散也不無可能。」

章澤端聽到這裡，當即撲通一聲跪在地上，大喊道：「冤枉啊！」

是不是冤枉自然不是章澤端說了算的，那幾個瑟縮的侍婢猶豫了一番之後，還是最先開口的那個侍婢站了出來，「郎君……郎君當日確實去過閣大人的私船，吃午膳的時候去的，好一會兒才回來。」

這話一出，章澤端臉色頓變，下意識喝道：「黃鶯，妳胡說什麼？」

有人出頭，剩餘三個瑟縮發抖的侍婢便相繼開口證實黃鶯所言非虛了。

得到同伴相挺，黃鶯的膽子也大了些，又說道：「方才那作證的假話也是郎君讓我等說的。」

聽到這裡，劉元瞪向章澤端，「你還說此事與你無關？」

章澤端臉色青白交加，他瞪著四個靠在一起瑟縮發抖的侍婢，憤怒道：「爾等為什麼要胡言？」

「是不是胡說，大理寺自會查明。」林斐一揮手，「把人帶下去。」

被帶下去的不止喊冤的章澤端，還有黃鶯等四個侍婢。

待到人被帶走後，劉元再次罵道：「這姓章的也委實太可恨了，真是個混蛋！」

林斐早習慣了劉元的囉嗦，垂眸若有所思，並未接話。

劉元也不在意上峰不理會自己這等小事，嘆道：「那四個侍婢也真可憐，被章澤端要脅著做偽證，待說了真話，竟被那姓章的當場威脅！」

林斐看了他一眼。

這一眼看得劉元莫名其妙，待要開口問上峰怎麼了，便聽自家上峰開口了。

「章澤端確實可恨，侍婢也可憐，可這幾個侍婢同章澤端說的到底是真是假，還要再做驗證。」

辦案切忌意氣用事！劉元想起上峰素日裡的提醒，摸了摸鼻子，冷靜了一些，卻仍忍不住道：「看方才章澤端當面要脅那幾個侍婢，我覺得章澤端更似在說謊，瞧那幾個侍婢怕他都怕成那個樣子了。」

「怕不假，幾個侍婢皆是弱者也不假。可弱者也是人，也有恨意，從她們幾人的反應來看，當是恨章澤端的。」

這也是廢話，遇到章澤端、閻散等人，哪個不恨的？

「所以幾人的話並不能當作人證口供，懷安郡公那裡，我同你走一趟。」

劉元下意識的看了眼外頭快下山的日頭，「大人要這時候去？」

林斐點頭，「若是此事懷安郡公也有參與，抓了章澤端勢必會讓他們有所反應，等上一夜有所準備怕是又要多走不少彎路了，所以當現在就去。」

劉元也是頭一回看到這位祖上積德，投胎投得極好的懷安郡公。

五十左右的年紀，眼下一圈烏青，眼袋浮腫，腳步虛浮，同想像中那等縱欲過度的人別無二致。

同林斐過來時，懷安郡公還在作樂，待他二人進了門，才將那些身上傷痕交錯，臉上彷彿帶了層假笑面具的侍婢遣了出去，屋子裡的香粉味嗆得劉元進門便打了個噴嚏。

大抵也是頭一回看到林斐，懷安郡公看了他好一會兒之後，才忍不住唏噓道：「林少卿若是有個姐妹什麼的，定然是個難得的大美人啊！」

這話聽得劉元直翻白眼，還真是色胚，當靖雲侯府是吃乾飯的不成？莫說林少卿沒有一母同胞的姐妹，便是有，哪裡輪得到懷安郡公來肖想？

林斐冷冷的看了他一眼，開口道明來意。

比起章澤端的遮遮掩掩，懷安郡公倒是毫不掩飾，「本郡公確實風流了些，這府裡大半侍婢都是閤散他們弄來的。哈哈哈，富貴閒人嘛，總要尋點事情做，不是嗎？」

劉元忍不住再次翻了個白眼。

懷安郡公自是不會理會小小的大理寺丞，繼續說了起來，「你說的那個時辰，我正在我的船上午憩。」說著，打了個哈欠，一副精神不濟的模樣，「晚上睡得晚，便日夜顛倒，那個時候，一貫是本郡公歇息的時候。」

至於殺人……懷安郡公大笑了起來，「本郡公便是要殺人何須自己動手？更遑論，殺他們做什麼？難道這郡公府還有什麼人能管住本郡公不成？」

這話是有道理的，老懷安郡公在世時曾為懷安郡公娶過妻，其妻自是出身名門的大家閨秀，家中亦是不凡。懷安郡公在老郡公同夫人娘家的威勢之下，著實夾緊尾巴做了好幾年的老實人。後來郡公夫人因病早逝，懷安郡公便以替夫人守節為由，拒絕了老郡公再次幫他續弦的想法。再過後沒幾年，老郡公去世，這府裡也沒人能管住懷安郡公了，他便一直這般醉生夢死的活到了現在。

當然，守節什麼的只是個藉口，郡公夫人去世後，懷安郡公早同他那岳家斷了聯繫。說到底只是借著守節的由頭，不想被人約束罷了。

也不知什麼緣故，懷安郡公雖於女色之事上頗為「努力」，卻一直沒有子嗣。五年前，他便從旁支裡物色到一個父母早亡的姪子，將其過繼到自己的名下。

這個被挑中的姪子名喚李睿之，二十五、六的年紀，相貌清秀斯文，整個人書生氣十足，府裡上下對其印象都很是不錯。聽聞這個李睿之是個讀書的料子，被懷安郡公挑中前本是準備參加科考的，只是走到會試那一步落了榜。後來他便未繼續考下去，而是跟著懷安郡公入了府，準備往後做個現成的郡公。

平心而論，在科考得了狀元都不一定能位極人臣，同現成的郡公之間，傻子都知道該怎麼選。

不過雖是放棄了科考，大抵是刻在骨子裡的習慣了，李睿之素日裡依舊是喜歡讀書的。劉元同林斐見到李睿之的時候，他正在書房裡讀書。

懷安郡公忙著作樂，哪裡會管李睿之如何。再者，這郡公府上下都把李睿之當成了未來的郡公，所以李睿之這院子佈置的還算不錯，大而寬敞。

同懷安郡公那裡的奢靡不同，不管是院子裡的修竹、蘭花，還是屋中擺放的文房四寶等物，李睿之的屋子看起來都是典型的文人屋舍。

偌大的院子，書房佔了一半以上。書架之上擺滿了書，有參加科考必讀的四書五經，也有一些詩詞歌賦以及民間話本。

兩人進去時，李睿之拿在手裡看的，正是一本民間話本。

「這是近些時日坊間最流行的《還魂亭》，我也看了，寫得挺不錯的。」看到李睿之放在案上的話本時，劉元隨口說了一句。

李睿之向兩人施禮之後，起身苦笑道：「閒著無事，便看些話本子打發時間了。」

林斐看著桌上的《還魂亭》，隨手拿起來翻了幾頁。

劉元見狀，忙對上峰介紹起來，「就是個才子同佳人相愛的故事，說的是才子同千金小姐互相傾慕，奈何千金小姐出身富貴，家裡人不同意千金小姐嫁那落魄才子，便將小姐另嫁他人。後來才子高中之後再次見到那千金小姐，彼時被逼另嫁他人的千金小姐過得很不好。那家裡人為她挑中的丈夫面上衣冠楚楚，內裡實則是個斯文敗類，在外拈花惹草，回到家還經常打她。」

劉元說到這裡，忍不住唏噓了一番，而後才繼續說了下去，「才子難忘千金小姐，千金小姐也難忘才子，回去之後愈發鬱鬱寡歡。那拈花惹草的丈夫察覺小姐心裡有人，便打得愈發狠了，一個失手竟將那小姐活活打死了。才子得知之後懊惱不迭，原本也想追隨那小姐而去的，結果在小姐墳前遇到一個潑皮道士，潑皮道士嫌他吵，罵了他一頓，同他約好夜半時分，去一里外的亭子打上一架。待到夜半時分，才子到了那亭子，那道士早在那裡等他了。不等他開口，便塞了一個巴掌大的紙人到他手裡，而後便跑了。才子追了出去，可才追出亭子，便看不到道士的身影了。待重新回到亭子裡，卻見那巴掌大的紙人在他面前變大，變成了那個活生生的千金小姐，在朝他笑呢！」

一口氣將《還魂亭》的內容說完的劉元忍不住咂嘴，「這故事的有趣之處，便是你說它是感人肺腑，破鏡重圓的愛情故事吧，偏生不能深想，總覺得有些詭異、陰惻惻的，如同鬼怪故事一般；你說它是鬼怪故事吧，偏又感人得很，裡頭也未明確指出有鬼怪什麼的。」

為這《還魂亭》到底是個鬼怪故事，還是愛情故事，他同白諸、魏服爭論了許久也未得出個結論。

正唏噓間，卻見林斐抬頭，看向李睿之問道：「你覺得這《還魂亭》的故事如何？」

一旁還在唏噓的劉元聽了這話，驚得下巴都要掉下來了，他難以置信的看向問出這話的林斐，這是他家那個從不說廢話的上峰？

居然同人討論起話本子裡的故事來了！

「故事很有意思，不然也不會在坊間賣那麼火了。」李睿之回答著，又轉向一旁的劉元，「可惜李某只看了一半，還在猜之後發生的事，眼下大人一說，李某便知道了。」

劉元一時無語，這是怪他多嘴，提前將故事的結局透露了嗎？

林斐聽罷李睿之的回答之後，只是將《還魂亭》放回桌上，而後又開口問起李睿之，「事發當日，懷安郡公午憩這件事可有人證？」

「叔父午憩時不喜人打擾，所以侍婢什麼的都遣下去了。為防意外，一般船上都只留我一人，我可以作證叔父不曾見過閻大人。」

林斐點了點頭，突然話鋒一轉，「你成親了嗎？」

李睿之已二十五、六，在大榮，這個年紀的男子大多都已當成親了。

李睿之聞言臉色一紅，搖頭道：「父母早亡，倒是無人幫忙張羅。」

「那可定親了？」

劉元下意識的看了眼今日廢話尤多的上峰。

「也不曾定親。」李睿之說著苦笑一聲，「這種事……隨緣吧！」

林斐看了他一眼，繼續追問，「那可有喜歡的姑娘？」

李睿之猶豫了片刻，才道：「沒有。」

這猶豫的樣子可不像沒有。

林斐卻嗯了一聲，表示知道了，而後又問他，「懷安郡公用的藥浴湯包是你出面幫他買的？」

李睿之臉色再次一紅，卻還是點了頭，尷尬道：「叔父自己不會出面，又不放心底下人，便讓我來做這件事了。」

林斐點頭，也未再問下去，帶著劉元出了懷安郡公府，回到大理寺，在紙上寫下了幾味藥材之後，將紙遞給劉元，「去查查……」

話未說完，便聽到了自劉元肚子裡傳來的一陣咕嚕聲。

林斐停下手裡的動作，看向劉元。

劉元揉了揉肚子，乾笑了兩聲，解釋道：「大人，下官還未吃晚膳呢！」

他們未吃晚膳就離開了大理寺，去了趟懷安郡公府。即使是飯點時間，那郡公府也沒人客氣一番請他們吃飯。當然，就算請他們吃飯，他們也是不敢吃的，畢竟是疑凶所在的府邸，萬一疑凶變真凶，直接在吃食裡投毒，那他們豈不是直接栽了？

總之，跑了一趟回來，眼下公廚的晚膳早結束了，他們卻還未吃飯。

劉元想了想，提議道：「要不，找趙由去外頭買？」

話音未落，便見趙由端著一碗抄手走了進來。

抄手形如金魚，表皮薄透，隱隱可見裡頭的豬肉餡，沉浸在混著白芝麻的橙紅色醬汁中，最上頭還撒了一小把青綠的蔥花，看得人食慾大開。

趙由一門心思都在手上的紅油抄手上，沒注意到兩人，走著走著便忍不住嚐了一顆，連聲叫好之後，用筷子迅速翻拌起來，待到橙紅醬汁包裹住所有抄手，濃郁的紅油醬香也彌漫開來，勾得劉元的肚子叫得更歡了。

響亮的咕嚕聲終於引起了趙由的注意，看著面前兩人，他吃抄手的動作頓了一頓，「林少卿、劉寺丞，你二人吃晚膳了嗎？那王師傅的晚膳做得實在太難吃了，好在今兒溫師傅又做了消夜……」

話未說完，便見劉元眼睛一亮，迫不及待的出聲問道：「當真？」

趙由點頭，指了指公廚的方向，「得虧紀採買饞癮犯了，溫師傅便將明日的早膳提前做了些出來。」

劉元聞言，忙轉頭巴巴的看向林斐，「林少卿，我可否……」

卻見林斐將手上的紙拿硯臺壓住，起身道：「去公廚看看，我也還未吃晚膳。」

一句話聽得劉元驚訝的同時，不知道為什麼，心中沒來由的一跳，林少卿可是鮮少去公廚吃飯的，還記得上一回去公廚吃完飯後，便將公廚的主廚給抓了，這一次……劉元莫名的有些發怵。不過溫師傅應當沒什麼問題，便是那出身，也不是她能選的。再者，那案子已了結多年了，不至於被林少卿再察覺出什麼吧？

當然，林斐要去公廚，他自然攔不住，也只能在心裡默念幾遍「老天保佑溫師傅」了。

兩人來到公廚的時候，溫明棠正在包抄手，四方大小的皮子，中間盛上肉餡，對角一按，而後兩角一捏，便是個形如金魚的抄手了。

劉元才跨進公廚，便大聲喊了一聲，「溫師傅！」

溫明棠聽到聲音本能的抬頭望了過來，脫口而出，「劉寺丞……」視線在劉元身上一頓，便落到了劉元身後那一襲緋衣官袍之人的身上。

溫明棠包抄手的動作頓了頓，暮色之下，大理寺公廚只點了寥寥幾盞燭燈，可他出現的那一刻，卻好似襯得大理寺公廚那昏暗的燭燈一下子都亮了。

頓了片刻之後，溫明棠回過神來，想起初次見到面前這位林少卿時的情形，長長的出宮隊伍排了那麼多人，他出現的那一刻，整個通明門內都安靜了下來。

她不是凶徒，自也不怕什麼大理寺的少卿大人，只是覺得如斯美人，看著真是賞心悅目啊！

噢了聲「林少卿」，便見林斐點了點頭，向她看了過來，視線落到她身上時似是有些微的驚訝，不過旋即回憶了一番這些時日的情形，恍然。

趙由早提過新來的早膳師傅是個女子，姓溫，溫這個姓並不算多見。另外，那日青瓷大碗裡的酸梅飲子同他拿回去煮的也極其肖似。

其實早該想到的，只是不曾多想而已。

不過……如此也好！他其實又去過一次趙記食肆，本是想再吃一次那日的雞蛋炒麵的，卻只看到了見了他便瑟瑟發抖的劉氏等人，眼見她不在，他便走了。

做雞蛋炒麵的是她，難怪這些時日的早膳那般合胃口了。

這般手藝，宮中的御膳房竟肯放人？心中一番思索，面上卻不動聲色。

林斐跟在劉元的身後，走到檯面前，看向同他們打過招呼之後，又低頭做事的溫明棠。

雖是在檯面後做事，卻不似前頭幾位公廚的師傅那樣，做菜做得如同上了戰場一般凌亂。她的檯面收拾得很是乾淨整齊，正小火煮著水的鍋、包好的抄手、調好的肉餡，連同那一小碗助捏抄手的水碗，都齊齊整整的擺在檯面上，看了有種莫名的舒適之感。

包得差不多了，溫明棠便停了下來，將抄手下入鍋中之後，開始為兩人準備抄手拌料。

碗中放入醬油、醋、鹽、胡椒粉、芝麻之後又舀上了一小勺雞湯，將醬料攪拌均勻，撈起煮熟的抄手放入碗中，溫明棠問兩人，「可要紅油？」

劉元本欲回答，張嘴的瞬間記起上峰還在這裡，連忙閉了嘴，而後便聽自家上峰回道：「我吃辣。」

溫明棠點了點頭，又看向劉元，「劉寺丞吃辣嗎？」她記得劉元今日吃煎包時選醬料就沒選辣的。

劉元比了一根指頭的大小，「一點點。」

溫明棠笑著點了點頭，在兩碗抄手之上淋上辣油，又撒上一小把蔥花後，將抄手推到了兩人面前，「拌勻了吃。」

劉元忙不迭地應了一聲，端走了抄手，同林斐走到離檯面最近的桌子前坐了下來。

略略翻拌了幾下，便迫不及待的夾起一顆送入口中。咬下的瞬間，新鮮的豬肉迸出汁水，不知是不是錯覺，總覺得肉餡似是還帶著些微的彈性，裹了醬汁的皮子又頗為爽滑，混著略有彈性的肉餡，滑嫩鮮美，微辣香濃。

劉元對辣的接受度顯然不高，幾顆抄手下肚，便辣得雙唇通紅，一邊「嘶嘶」的抽著氣被辣到了的模樣，一邊手中的筷子卻是半刻也不肯停，繼續一顆接一顆的往嘴裡塞去。

一旁的林斐倒是有些出乎溫明棠的意料，他那一碗屬尋常辣度。她同湯圓他們幾個裡，也只她同紀採買能夠接受，便是他二人吃了嘴唇也辣得有些發紅。

蓋因如今雖已有辣椒，可用到的菜並不多。眾人素日裡吃的不多，便不能一下子接受太辣之物，不承想這位林少卿竟是吃得面不改色！

溫明棠頗感意外，忍不住多看了他兩眼，也未注意到自己這舉動落在一旁吃飽正在剔牙的紀採買眼裡有了另一番意思。

待到劉元同林斐吃完離開之後，紀採買走到正要同阿丙和湯圓收拾檯面的溫明棠面前，輕輕敲了敲檯面，道：「溫師傅，借一步說話。」

溫明棠跟著紀採買走到了一旁，而後便見紀採買看著她一臉嚴肅的開口了，「溫師傅，若不是這兩日相處下來覺得妳是個不錯的，我也懶得多管這閒事的。」

溫明棠點了點頭，「紀採買要說何事？」

看著女孩子黑白分明，乾乾淨淨的眸子，紀採買嘆了口氣，道：「林少卿那皮囊，怕是鮮少有小娘子不喜歡的。可他是個面善心冷的，再者他的出身明擺著，註定白搭，先時被趕走的周廚娘便是個最好的例子。溫師傅，妳可明白？」

聽到這裡，溫明棠算是明白過來了，忙擺手道：「紀採買誤會了，我對林少卿並無什麼想法。」

紀採買卻是深深看了她一眼，「我方才看到妳盯著他看了，妳這年歲的小娘子多是如此，喜歡生得好看的郎君。」

要不，怎麼會有年少慕艾這等說法？

溫明棠聽得哭笑不得，只得解釋道：「我方才看林少卿是奇怪林少卿竟那般能吃辣，他那一碗的辣油同我們差不多，卻吃得面不改色，忍不住好奇。」

「原是這個緣故啊！」紀採買這才明白過來，尷尬的摸摸鼻子解釋道：「林少卿能吃辣是因為其母在未嫁給靖雲侯之前一直住在川蜀之地，那地方的人喜辣，這喜辣的習慣當是也一併帶入了靖雲侯府，如此林少卿能吃辣也不奇怪了。」

溫明棠恍然。

雖是鬧了個烏龍，不過溫明棠的回答卻叫紀採買徹底放心了。

如此便好，好不容易尋到個合心意的公廚師傅，若是被弄走了，實在可惜。

吃完紅油抄手，劉元接過林斐遞來的藥材名單，掃了一眼其上奇奇怪怪的藥材名字之後，劉元看到自家上峰隨手從身後的書架上抽出了一本書。

看著書皮上的字，劉元默了默，是醫書啊！

林少卿自從當上大理寺少卿之後，涉獵越發廣泛，竟連醫書都看，難怪會懂這些呢！

還在躑躅間，卻見林斐抬頭瞥了他一眼。

劉元一個激靈，忙帶著藥材名單出門。天色太晚，不少藥鋪都關門了，也只能待到明日再來查了。

隔日一大早，劉元便來了公廚，吃了碗紅油抄手的早膳之後，便出了大理寺。

溫明棠去大牢送完早膳，又為公廚的幾個熟客做完早膳，便帶著阿丙同湯圓開始收拾檯面了。

待收拾的差不多了，做午膳的孫師傅進了公廚，見了他們幾個，皮笑肉不笑的打了聲招呼，「溫師傅。」

「孫師傅。」溫明棠朝他點了點頭，而後指著空空如也的檯面，「今日的早膳皆領光了，不然也請孫師傅吃一碗紅油抄手了。」

孫師傅口中道了句「無妨」，臉色卻難看了起來。

他同王軍山才被紀採買接二連三的訓斥浪費食材，這姓溫的小丫頭片子便道早膳已領光了，若說不是故意挖苦他的，他才不信呢！

果然會咬人的狗不叫！看著是個尋常小丫頭的樣子，內裡卻不是什麼善類！也是，她那爹當年可是做到中書令的人物，怎會是什麼溫順的兔子？是隻狡狐還差不多！

心裡呸了一聲，孫師傅微微眯了眯眼。他同王軍山遞進去的帖子收到消息了，一會兒便要過去見那人，到時候……呵呵！

因心中惦記著事，本就廚藝不佳的孫師傅，做了頓勉強吃不死人的午膳，又惹來了不少官員同差役白眼和怒懟，以及紀採買的一頓責罵之後，孫師傅才同王師傅一道出了大理寺。

同那人約好的時辰是未時，早早到了府門前的歪脖子樹下等著，足足曬了大半個時辰，才等到了一個皮白無鬚的白髮太監撐著傘走了出來。

看著那臉色死白，嘴唇鮮紅的白髮太監，兩人不約而同的瑟縮了一下，總覺得面前這走過來的白髮太監同話本子裡吃完人，還來不及擦嘴的妖怪一模一樣。

待走到兩人跟前，白髮太監斜了兩人一眼，開口道：「那溫玄策的女兒出宮了？」

尖細的聲音聽得兩人嚇了一跳，忙點頭道：「是。」

白髮太監聽了冷笑一聲，「在你們公廚做廚子？」

兩人再次忙不迭地點頭。

白髮太監哼了一聲，「多大點事，直接把人弄走不就得了！一個十三、四歲的小丫頭片子，你二人難道還搞不定？」

孫師傅苦笑道：「那小丫頭片子雖小我等一輪不止，可老話說得好，龍生龍，鳳生鳳，老鼠生的兒子會打洞。那溫玄策是個奸佞之輩，他女兒自也不是省油的燈，哄得我們公廚的採買明裡暗裡偏幫著。她來了還沒幾日，我二人已經挨了好幾回罵了！」

白髮太監聽到這裡，便翻了個白眼，一臉嫌惡的看著兩人，「怎麼這般沒用？」

兩人乾笑著連連認錯。

「算了，這點芝麻小事，不用驚動主子，我同內務衙門那邊打個招呼就是了。」

聽到這裡，孫師傅同王師傅面上便是一喜，連連道謝。

白髮太監這才又冷哼了一聲，「滾吧！礙人眼的東西！」說罷，轉身回去了。

待人走遠了，孫師傅忍不住啐了口，「呸！狗仗人勢的東西！」

王師傅臉色同樣難看，「若不是要對付那姓溫的丫頭，哪至於受個閹人的罪？」

「罷了，先忍忍吧！只要內務衙門那邊一出面，我看那丫頭還有什麼好說的？」

「說到底，還是怪那丫頭，她若是不來，你我二人哪用受這等閒氣？」王師傅恨恨的說了一句，而後看了看天色，「不早了，我得回去做晚膳了。」

雖然整個大理寺也沒人期待王師傅的晚膳，可人總要吃飯的，這晚膳該做還得做，該吃還得吃。

臨近晚膳放飯的時候，跑了一天的劉元終於回到了大理寺，將問來的線索擺在了林斐面前，「大人說的不錯，那李睿之確實買過這些藥材，卻不是在一家買的，而是在不同的藥鋪，分開買的，偏日子卻是同一日。」

明明在一家藥鋪裡能買齊，他偏分開來買，查到這裡，傻子也知道這個李睿之一定有問題。

劉元喝了一口林斐遞來的酸梅飲子，有些唏噓。其實比起李睿之來，他對懷安郡公更是不喜，倒是更希望做下這等事的是懷安郡公，而不是那個看起來斯文有禮的李睿之。

一碗酸梅飲子下肚，驅去了人身上的燥意，劉元忍不住問道：「大人，這藥材有何用途呢？」

林斐不答反問，「可還記得你我二人剛進懷安郡公屋中的情形？」

劉元腦海中閃過當時的畫面，正在作樂的懷安郡公揮手讓侍婢們下去，一大群侍婢出來，同他二人險些撞在一起。

「難道是給那些侍婢服用的避子湯？」若懷安郡公有了自己的孩子，還有李睿之什麼事！

聽了劉元的回答，林斐不置可否，指了指鼻子，「可聞到什麼味道了？」

聞到的味道？劉元回憶著當時的情形，「脂粉味，侍婢上了妝，脂粉味便濃了些。」

林斐瞥了眼還在回憶的劉元，揉了揉眉心，「脂粉香中摻雜了藥味。」

「啊？」劉元一臉懵，「下官未聞出來。」

有幾個人有自家上峰這麼好的鼻子？

林斐又指向劉元拿回來的單子，「就是上頭這些藥材的味道，同懷安郡公那藥浴藥包中的藥材藥性相沖成了毒藥。」

劉元聽到這裡，頓時大驚，「那懷安郡公他……」

林斐合上了面前攤開的醫書，「嗜睡過度，腳步虛浮，眼白昏黃，當沒幾日好活了。」

所以讀醫書果然是有用處的，他看了懷安郡公的模樣，只以為是縱欲過度，哪分得清是不是「沒幾日好活」了？

「是李睿之下的毒，要毒死懷安郡公？」劉元反應過來，想到這個結論，神情有些複雜。

林斐嗯了一聲，「當是如此了。」

李睿之確實有毒殺懷安郡公的動機，只要懷安郡公一死，李睿之就能取而代之，承襲懷安郡公的爵位。

「可這也不對，他已是懷安郡公的兒子，遲早都能繼承爵位，何須多此一舉？」

「未報上朝廷，懷安郡公的位子就沒有李睿之的份，可只要懷安郡公一死，其名下產業就都是他的。」

所以是李睿之見財起意？劉元擰眉，想起李睿之坐在書房中認真讀書的樣子，唏噓道：「還真看不出來他是這樣的人！」

「懷安郡公的事，當是李睿之所為無疑，不過我覺得整件事，當不止如此。」

劉元難以置信的看向林斐，「難不成大人覺得閻散等人的死也同李睿之有關？」

李睿之投毒殺害懷安郡公可以說是謀財害命，可殺閻散等人做什麼？沒有理由啊！

理由嗎？林斐手指輕輕叩了叩几案，「把李睿之帶來便知道了。」

第十二章 創新的千層餅

原本以為他們昨日走了那麼一趟，李睿之或許有了準備，所以劉元去懷安郡公府時特意帶了不少官差，甚至連趙由都帶上了。

不過到了懷安郡公府後，劉元才發現自己多慮了，李睿之早在府門前等他了。

「昨晚劉寺丞同林少卿過來問話，我便知曉瞞不住了。聖人說的對，若要人不知，除非己莫為。我做了錯事，果真是逃不過的。」

劉元看了他一眼，神色複雜，「走吧！」

既然下毒投殺，便當料到會有今日。

得益於李睿之的配合，這一趟不過走了半個時辰便回來了。

將人帶回大理寺大牢後，劉元想了想，去尋了紀採買。

雖說眼下公廚的晚膳還為做好，可一想到王師傅的晚膳，實在是叫人生不出半點想要吃的興趣。可奈何人總要吃飯的，他去尋紀採買，便是想問問溫師傅今兒還會不會做消夜？

若是溫師傅要做消夜，肚子裡的位置便留給溫師傅的消夜好了。

紀採買的屋門敞開著，劉元走到門前，就見紀採買一臉愁容的坐在桌邊發呆。

劉元見他這副模樣，頗感好奇，「紀採買這是怎麼了？」

紀採買瞥了他一眼，嘆道：「內務衙門那邊給了新的規定，京城各部衙門公廚的食材將由內務衙門由統一調配。」

聞言劉元便忍不住翻了個白眼，「這是哪個鬼才想出的主意？他們是閒得發慌，來搶了你們這些採買的活，要將你們這些人趕回家種地不成？」

「採買仍要負責清點和監督。」紀採買指了指面前几案上寫了滿滿當當字的文書，「規矩都列在上頭了。」

畢竟事不關己，劉元看了那密密麻麻的字，只隨口一說，「除了清點和監督，看來還加了不少規矩。」

紀採買點頭，「是啊，規定公廚三食三日之內不能重樣什麼的。」

「那倒是好事啊！只要不似孫師傅和王師傅那樣把什麼菜都做得一個味道，想來沒人會拒絕這樣的規矩。」

果然似劉元這等只會吃，不上灶臺的人根本不懂裡頭的那些彎彎繞繞。

「這也要看內務衙門送過來的到底是什麼菜，以往內務衙門那邊有什麼風吹草動，同我交好的那幾個早提前透風聲了。眼下突然來了這麼一齣，就連內務衙門裡的人都不知道是怎麼回事，真是叫人措手不及！」

劉元攤手，並不在意，「管他怎麼回事，少點事得點空不好嗎？」

話不投機半句多，紀採買不同他多廢話，轉而問道：「來找我做什麼？」

這話提醒了劉元，「來問問溫師傅今兒做不做消夜了？」

紀採買指著那密密麻麻的文字中的其中一行，「消夜這等東西不能提供。」

劉元大驚失色，「哪個混帳東西定的這規矩？」

紀採買指了指內務衙門的方向，「那群王八羔子定的。」

想到一會兒還要吃王軍山做的晚膳，劉元一陣頭疼。

因著內務衙門的命令來的突然，莊子上的蔬菜也被統一交到內務衙門，由內務衙門調撥了。如溫明棠這等公廚師傅，便也能等著每日內務衙門送過來的食材了。

「不過有壞也有好。」紀採買指著最底下的一行字，「公廚師傅若是違反規矩次數過多，是可以弄走了。」

這倒是讓劉元從不能吃消夜的痛苦中掙脫了出來，驚喜道：「當真？」

紀採買點頭，「自是真的。」

這大抵也是這一連串消息裡頭唯一一條算得上好消息的消息了。

離開紀採買那裡後，劉元便去公廚吃晚膳，檯面後的王軍山打了菜，將食盤遞過來。

接過食盤的那一瞬間，劉元眼角的餘光瞥到王軍山臉上的笑容時，擰了下眉心，下意識的問道：「王師傅你笑什麼？什麼事叫你這般開心？」

王軍山臉上笑容頓時一僵，乾巴巴道：「沒……沒什麼呀！」

回以他的是劉元的一記白眼和一句，「你這笑總叫人覺得不安好心！」

做了虧心事的王軍山心中頓時一慌，正想說兩句，便見劉元端著食盤走了。

看樣子只是隨口一說而已，王軍山拭了拭額頭上的冷汗，「可嚇死我了！」這群大理寺的官員有時還真挺嚇人的。

待吃罷晚膳，劉元同林斐一道去見關入獄中的李睿之。

「是要問我為什麼要毒殺叔父嗎？」不等林斐開口，李睿之便主動說了起來，「我家中清貧，若是從未過過好日子便也罷了，可體會過了，又怎肯再回去過苦日子？叔父早早過繼了我，卻拖著不肯上報朝廷，我怕再拖下去，非但爵位沒了，連家財也沒了。兩相權衡之下，便決定捨棄爵位，保住錢財。」

理由倒是說得過去，半點不牽強。

「毒殺懷安郡公的確實是你，那閣散等人的死可與你有關？」

李睿之略一猶豫之後，搖頭道：「我何必殺閣散他們？」

「若非你殺了閣散，章澤端的那幾個侍婢為何要幫忙遮掩，將章澤端推出來做這個替死鬼呢？」

李睿之眼神閃了閃，「我不明白林少卿在說什麼？」

「作惡的幾個人眼下只餘懷安郡公同章澤端了，懷安郡公身中劇毒，沒幾日可活，等同一個死人。最後便只剩一個章澤端了，若是將他定成殺人凶手的話，作惡之人便悉數解決了。」

「我聽不懂林少卿在說什麼。」

「無妨，你不懂，有人會懂的。」

李睿之臉色微變。

沒有等李睿之再開口，林斐便帶著劉元走出了大牢，將手裡水鬼案的卷宗交還到劉元手中，「這案子，再過幾日便能結了。」

接過卷宗的劉元忍不住問林斐，「李睿之既承認毒殺懷安郡公，便已是死罪，若真是他殺了閻散等人，何苦不承認？」

有道是「人之將死，其言也善」，他們見過太多的死囚會將之前做過的惡事一併抖出來的。這當然不是「其言也善」，而是抖不抖出來都已不重要了，左右都是死罪罷了。

劉元覺得若真是李睿之做的，那直接承認就是了，何必要否認？

「若是當真承認了，黃鶯等人做了偽證，要被牽連是其一，其二麼……再等幾日，想來就會有結果的。」

✣

✣

✣

內務的臨時插手確實讓人有些措手不及，不過溫明棠自覺這應當不是什麼大事。

待到第二日雞鳴起床，內務衙門的早膳食材已經送來了，因著臨時變動，被迫早起的紀採買也早早過來看分發的食材了。

早膳被分到的是擀好的餃子皮，配一些零零散散的蔬菜同一小份豬肉。東西倒是豐盛了不少，不過餃子皮的存在，反而有些限制早膳的種類了。

紀採買看著餃子皮直搖頭，「昨兒才吃過抄手，晚上又去外頭吃了鍋貼，這又送來餃子皮！」

溫明棠聽明白了紀採買的話，「那便不做鍋貼也不做餃子，做別的吧！」吃食的做法大同小異，一竅通而百竅通，餃子皮可做的吃食多了去。

聽了溫明棠的話，紀採買立時對溫明棠要做的早膳起了興致，提著一壺茶水跟著她去了公廚，在桌邊坐下，一邊喝茶一邊饒有興致的看溫明棠做早膳。

淘洗乾淨的糯米上鍋蒸起來之後，溫明棠就開始處理起了別的食材。

她挑了豬肉、胡蘿蔔、豌豆同泡發好的香菇，而後將除豌豆之外的所有食材切碎成丁。

接著便開始處理起了內務衙門送來的餃子皮，用擀麵棍將餃子皮擀大一圈，而後在邊緣處擀出褶皺來。

示範了一番，湯圓和阿丙就跟著上手擀了起來。

幾人邊做活邊閒聊，待到餃子皮擀得差不多了，那鍋糯米也蒸好了。

溫明棠便開始做早膳，紀採買只看到她舀了些豬油入鍋，加一把蔥薑末同豬肉丁翻炒了起來，待到肉丁變色，加入豌豆、胡蘿蔔丁及香菇丁，翻炒了幾下後，倒入醬油、鹽、五香粉豬油等調料，最後把蒸熟的糯米放入拌勻起鍋。

紀採買看得興致勃勃，指著那呈醬褐色的糯米，道：「這倒是讓我想起了端午的鮮肉粽，只妳這料看著要更豐富些。」

這些食材混在一起，想也知道不會難吃到哪裡去。

紀採買看著溫明棠拿了一張餃子皮，舀了一勺糯米餡料放在上面，而後如拉荷包一般用虎口一捏，一顆如同小荷包一般的小吃食便做好了。尤其那一圈褶皺，似年節時候的小福袋，看起來小巧可愛極了。

「此物名喚什麼？」看著溫明棠將包好的小吃食放上蒸鍋，紀採買忍不住問道。

「燒賣，美味且飽腹。最重要的是同抄手、鍋貼、餃子等味道截然不同，好叫紀採買不會吃重了膩口。」

說到「吃重」這個問題，溫明棠看了眼牆上貼出來的，內務衙門定出來的新規矩。三日之內吃食不能重樣，違者記違規一次，待到次數夠了，便能辭退。

溫明棠問紀採買，「內務衙門這一齣是想抓混日子的師傅嗎？」

紀採買摩挲了一下下巴，坦言道：「太突然了，就連內務衙門裡八成的人都不知道是怎麼回事，我總覺得有些怪怪的。不過再怪也與妳無關，妳的手藝擺在這裡，倒是不必擔心。」

待到燒賣蒸好，紀採買要了三顆，端回桌邊吃了起來。

剛出鍋的燒賣還冒著熱氣，略略吹涼些，紀採買便上嘴咬了一口。皮子軟中帶硬，裡頭的糯米混合著豬肉、胡蘿蔔、豌豆、香菇等物，鹹鮮而軟糯，醬香夾雜著那股豬油特有的香味，紀採買只吃一口便上了癮，連連點頭稱讚。

湯圓和阿丙也不例外，只是糯米委實管飽，三顆下去便有些撐了，紀採買同阿丙和湯圓還特意問溫明棠要了三顆帶回去，到時候放蒸鍋中一熱便能吃了。

溫師傅的手藝從來就沒讓人失望過，領了三顆燒賣的劉元沒有在公廚裡吃，這兩日來吃早膳的多了不少，公廚桌子的大半位子上都坐了人。

蓋因吃過的，不管是雜役，還是白諸他們都宣傳了一番，如此一傳十，十傳百，知曉溫師傅早膳做得好吃的人便越來越多，對孫師傅同王師傅的不滿也越積越多。

瞧瞧！都是一樣的公廚師傅，人家溫師傅做菜做得這般好吃，那兩人怎麼就做成了那副樣子？

劉元端著燒賣邊走邊吃，豬油包裹著糯米、香菇等物的味道非但不油膩，反而香得讓人吃完一顆便迫不及待的去吃下一顆了。

待到三顆燒賣吃完，人也已站在林少卿屋門前了。劉元打了個飽嗝，這燒賣哪裡都好，就是太管飽，還想再吃卻真吃不下了。

擦了擦嘴，敲門入屋。

裡頭的林斐也才吃完燒賣，空食盤放在了一旁。見他進來，隨手拿起案邊一本話本子遞給他。

做什麼？劉元不解，手卻下意識的伸了出去，接過林斐遞來的話本子。入手的話本子封皮上寫著《還魂亭》三個字，林少卿這是要做什麼？這《還魂亭》他已看過了啊！

「看看。」

「下官看過了啊！」

「再看看。」

究竟要看什麼？劉元實在不明白。

林斐便停下了手裡的動作，抬頭問他，「李睿之案上那本《還魂亭》分明已翻得半舊，我在他自稱還未看完的後半部分甚至還看到了夾著的書籤，你說他為何要撒謊？」

劉元一時無語，這細處他還當真沒有留意到。

「他右手手腕之上有一圈明顯白過旁處的痕跡，似是手腕上曾戴過什麼東西。因常被東西遮掩，不見日光，而落下的這等痕跡。眼下東西倒是被取下來了，可那痕跡還未恢復，顯然是取下來沒多久，也就是這兩日，甚至是在見我們之前取下來的也有可能。」

「大人觀察入微，下官不及啊！」

下屬不可靠，只能靠自己了，林斐瞥了他一眼，繼續道：「那痕跡似是編的手繩，手繩之上栓的似是一枚小的同心鎖。」

連這都懂！劉元更加佩服了，不過他雖是沒注意到李睿之手腕上的同心鎖，可從這名字聽來，便知道這當是有情人之間的物件。想明白這一點，再想起林斐接二連三的問李睿之可成親、定親以及有無心上人的問題，便也明白過來了。

「那李睿之有心上人，可我們卻沒有從懷安郡公府裡人口中聽過那心上人的存在。」

林斐瞥了眼那本《還魂亭》，「嗯，落魄才子，才子高中春風得意。」

李睿之當然算是落魄才子，雖然不曾高中，可一朝被懷安郡公過繼，自也算是春風得意了。

「再遇當年嫁為人婦的千金小姐，那千金小姐過得不好。」

至於怎麼個不好法？

「那千金小姐家裡人為她擇的夫婿是個斯文敗類，在外拈花惹草，在內動手打她。」

劉元聽到這裡，忍不住皺眉，總覺得這描述的情形莫名的有些熟悉，一時半刻卻想不起在哪裡聽過了。

林斐看了劉元一眼，搖了搖頭，從他手中抽回那本話本子，「且等等，當快了！」

快了是有多快？

酉時剛到，一輛馬車出現在了大理寺門前。

收到消息時，劉元正坐在食堂裡，味同嚼蠟的吃著公廚的晚膳，間或抬頭看一眼檯面之後，覺得王師傅那張老臉越發的讓人不想看下去了。

好不容易扒拉完了碗裡的飯菜，劉元起身出了食堂。

還未走兩步，便碰到了迎面走來的白諸，「林少卿讓你我二人速速過去！」

劉元「哦」了一聲，跟上了白諸。

待到走入堂中，看到立在那裡的女子時，劉元頓時愣住了。

女子卻是朝他欠身一禮，「劉寺丞。」聲音啞得如同破鑼一般。

身後的白諸不曾見過面前的女子，只是看著面色蒼白，大熱天的身上卻還裹著厚厚的斗篷，覺得有些古怪。

是身體不好嗎？還是另有隱情？

正這般想著，就聽前頭的劉元驚呼了一聲，點名了女子的身分，「閻夫人，妳怎麼來了？是惹了風寒嗎？」

自他們進來之後就不曾開口的林斐放下手裡的醫書，「風寒的症狀可不是這般的。」

閻夫人聞言，苦笑了一聲，「我確實沒有染上風寒。」

既沒有染上風寒，用斗篷將人裹得這般嚴實做什麼？白諸不解，況且瞧女子搖搖欲墜的樣子，確實不似身子康健之人。

「我是來投案的。」

一句話驚得劉元同白諸大驚失色。

林斐卻一臉平靜的看著她，問道：「為殺閻散等人投案？」

閻夫人點頭，「不錯，閻散同那幾人的死，我是主謀。」

林斐點頭，還不待劉元和白諸反應過來，便道：「隨本官來。」說罷，大步向門外走去。

後知後覺的劉元和白諸連忙跟了上去。

一行人跟在林斐的身後進了大理寺大牢，而後逕自走到關押李睿之的牢房門前。

待到獄卒打開牢門，關押在裡頭的李睿之抬頭看到閻夫人時，臉色頓變，大驚之下脫口而出，「青青，妳來做什麼？」

閻夫人朝他笑了笑，面色依舊蒼白，可看向李睿之的眼神卻十分溫柔。她沒有回答李睿之的話，而是告訴林斐，「都是我懇求他替我做的。」

一句話聽得李睿之眉頭緊皺，張嘴正欲說話，閻夫人卻先一步道：「睿之，你我都已如此，何苦再牽連他人呢？那個叫魯青的，之所以知曉何小娘子被害之事，是我透露於他的，原意便是想讓他做這個替死鬼。章澤端的侍婢也是忍受章澤端許久，又遭我同睿之脅迫，才會撒謊，望大人網開一面，從輕發落。」

「為何要殺閻散等人？」

「為何？」閻夫人苦笑一聲，後退了一步，下意識的離眾人遠了些，而後抬手解開將自己裹得密不透風的斗篷。

待斗篷解開，露出裡頭的夏衫時，劉元和白諸立時倒吸了一口氣。

閻夫人裸露在夏衫外的脖頸同臂膀之上滿是紅疹，有些紅疹甚至已然潰爛發膿。

「這……這是怎麼回事？」

看過不少醫書的林斐蹙眉道：「似是花柳之症。」

一句話聽得劉元兩人更是大驚，難以置信的看著臉色蒼白的閻夫人，「妳……妳怎麼可能患了花柳之症？」

這症狀不是只有青樓女子同那些嫖客最容易得嗎？

「夠了！」李睿之見狀，忍不住出聲，哽咽道：「莫……莫看了，人是我殺的，我……」

一聲輕嘆響起，即便微不可聞，可李睿之還是聽到了，他沒有繼續說下去，無奈的看向閻夫人。

閻夫人重新繫上斗篷，嚴實的斗篷遮住了旁人的窺探，緩緩說道：「嫁給閻散時，我以為不管如何，有我父兄在，他都會善待我，可我錯了。還記得成親之後，他第一次暴露真面目對我身邊人下手時，跪在我父兄面前保證一定不會再犯了。可待到離開我娘家之後，他便換了張嘴臉，朝我冷笑了一聲，揚長而去。想來也是那時候，他發現了我父兄究竟是什麼樣的人。他們不會准許我和離，可笑我雖同父兄一道生活了那麼多年，卻始終未看清父兄究竟是什麼樣的人。回家之後不久，我又看到了被他帶回來的貧家女，怕出事忍不住多說了兩句，他便對我動了手。我自小到大從未遇到過這種事，所想到的還是回娘家求救。我母親安慰我，父兄將閻散叫過來罵了一頓，閻散跪在我父兄面前再次保證不會再犯了。」

閣夫人說著，搖頭自嘲，「怎麼可能不會？之後，每回皆是如此，母親安慰我，為我擦藥，我父兄將他叫過來罵一頓，閣散又保證一番，但回去之後外甥打燈籠照舊。漸漸的我終於明白了，在我父兄眼中真正重要的不是我，是面子。閣散這御史中丞做得好，關乎他們的面子。比起這個來，我不值一提。從最開始對我身邊人下手，到動手打我，他一次又一次的試探著我父兄的底限，待到再三確定我父兄是什麼樣的人之後，便肆無忌憚了。」

閣夫人苦笑著回憶過往，「他們不喜好青樓女子，喜好擄掠無家人倚仗的貧家女，便是愛看那些貧家女頑強抵抗，誓死不屈的樣子。閣散說這就如同獵人捕獵，獵物反抗的越發激烈，便越叫人興奮。再後來，連貧家女閣散也覺得有些無趣了，便……便盯上了我這個官家小姐出身的女子，他們覺得如此更刺激。」

閣夫人伸手抓住斗篷的一角，身子不住發顫，「我這一身……就是那時候染上的。染上之後，閣散嚇了一跳，連忙同那有病在身的狐朋狗友斷了聯繫，還慶幸說幸好他自己沒有染上。他將我拖進了泥潭，還要踩上一腳，將我踩進泥坑裡。他還冷嘲熱諷的讓我再回娘家告狀，他比我更清楚我父兄是什麼樣的人，若是知道我這一身……怕是非但不會為我做主，還會嫌棄我讓他們蒙羞。唯恐將消息洩露出去，怕是比閣散還要期望我早日自盡，好成全他們的清名！」

閣夫人抬頭，含淚的眼中滿是恨意，「我想殺了閣散，做夢都想！我試過藏金釵殺他，可我太沒用了，還未靠近他，便被發現了。自此他對我有了戒備，更是讓我無從下手。我就是在那時候，再遇到睿之的。」

再見時，他依舊在原地等她，一身清風霽月，可她卻已滿身狼藉。

得知她的遭遇後，他孤身跳入了泥潭。

「害我得病的那人染了病，被家裡人捨棄了，很容易便讓我二人得手了，我用匕首將那人插了十幾個窟窿都難解我心頭之恨。」閻夫人咬牙，「可不止是他，閻散他們……他們所有人我都恨之入骨。」

所以便有了之後的水鬼案。

「我二人原本的計畫是殺完閻散和章澤端，將所有人的死都推到魯青頭上，正巧他同閻散等人也有大仇。可後來一想，又覺得魯青亦是可憐人，便改了計畫。殺完閻散，將所有的一切推到章澤端的身上。至於那懷安郡公，身分特殊，且又同睿之有關，直接殺了會引來麻煩和猜疑，我們便為他準備了另一種死法。」

至此，所有人都逃不掉，可殺人便是殺人，法不容情。

聽了閻夫人的遭遇，再想到那些被折磨得痛不欲生的侍婢，劉元眉頭緊擰，心裡也有些憤恨了，難道只能將章澤端無罪釋放嗎？

正這般想著，一名差役匆匆跑了進來，走到林斐耳邊小聲說了幾句，林斐看了眾人一眼，轉身向外走去。

劉元連忙跟了上去，待跟著林斐走到關押女子的牢房時，頓時駭了一跳。

章澤端仰躺在地上，頸間插了一支珠釵，那個最先開口指證章澤端殺人的侍婢黃鶯被噴了一臉的血，跌坐在那裡，看著章澤端的屍體哈哈大笑了起來。

「怎麼回事？人怎麼出來的？」林斐看著面前這一幕，問一旁的獄卒。

「章澤端喜好江湖技藝，趁我等不注意，竟用鐵絲開了鎖，過來尋黃鶯，大抵是想質問與報復她的。」獄卒指著黃鶯脖子上的掐痕，「誰想卻被這婢子用偷偷藏在袖中的珠釵反捅了脖子。」

這一釵子下去，神仙難救，還找什麼大夫？

「聽其他三個侍婢說，黃鶯有個妹妹叫黃鸝，兩人是一道被賣給章澤端的。黃鸝早幾年被折磨而死，草草丟到亂葬崗，連屍骨都沒找回來，因此黃鶯對章澤端恨之入骨，素日裡反抗最激烈，也被打得最狠。」

「我早知他會過來尋我的。」跌坐在地上笑夠了的黃鶯開了口，「我帶人指證他，以他的性子必然恨我，定會趁著獄卒不注意的時候，用那開鎖的伎倆跑過來質問報復我，所以我在袖子裡藏了支磨尖了的釵子，就等著他過來呢！」

看著地上章澤端肥胖的身軀，黃鶯啐了一口，再次笑了起來，笑著笑著眼淚落了下來，「這禽獸死有餘辜，可我阿妹卻再也回不來了！」

「黃鶯同黃鸝兩姐妹本是船上的賣茶女，被章澤端看上叫上了船，而後便……」那剩餘的三個侍婢說了一番黃鶯、黃鸝兩姐妹的來歷，「待回到家中，家裡人嫌她二人丟臉，要她們自盡。章澤端便是那個時候過去買人的，有錢財拿又能將黃鶯、黃鸝弄走，她們家裡人自是當場允了。她們二人是孿生姐妹，長相和聲音肖似，昔日黃鸝在時，連我們都難以分清彼此。黃鸝雖是妹妹，卻心疼阿姐，每回章澤端喊人，便是她過去的，自也受的折磨最狠。有次章澤端將人打得太狠，黃鸝燒了一夜，沒挺過去就死了。章澤端將人扔去了亂葬崗，還不准我等向外透露，不然下一個死的就是我們了！章澤端盯得緊，我等不能遠離他也無法報官。黃鶯因黃鸝之死恨他入骨，每回反抗都是最激烈的，一次還險些咬下章澤端一塊肉，章澤端便越發喜歡打她。也就這兩年，黃鶯似是被打服了，反抗少了，章澤端才放過她。」

她們還以為黃鶯終究是報仇無望，心死了，卻原來……黃鶯從來沒忘記過黃鸝的死，一直在等著這一日。

待走出大理寺大牢時，天上下起了雨，林斐將水鬼案的卷宗交到劉元手中，「可以結案了。」

如何量刑這種事並不由他們管，不過量刑這種事也要以整體案子為依據。

「是，下官會將案子的具體情況寫清楚的。」劉元只覺得手中的卷宗沉甸甸的。

林斐點了點頭，「同趙大人說一聲，讓平西郡王府的人來領人。」

戌時將近，平西郡王府的人趕到了大理寺，匆匆忙忙的去大理寺大牢接人。

走出大牢後，李源卻叫住差役，「你們大理寺公廚那做早膳的廚娘我想要帶走，你……」

話未說完，便聽一道聲音自身後響起，「小郡王，你該走了。」

這聲音……真是化成灰他都認得！

李源恨恨的回頭瞪向身後出聲之人，「林斐，你這混蛋，憑什麼管我？」

「我大理寺裡不管什麼人都是簽了契的，小郡王若是想帶人走，不妨寫封摺子遞到陛下面前，請陛下首肯。」

一句話聽得來接人的管事忍不住嘴角抽抽，忙對李源道：「小郡王，近日東風樓的大廚才被我們挖來，那大廚廚藝一等一的好，何苦要帶走個公廚的廚娘？」更別提林少卿明顯不肯放人，難道還真要郡王為搶個廚娘去上摺子不成？

李源心頭不快，正欲再說兩句，便聽林斐又道：「小郡王，干擾辦案之責若是追究起來……」

李源聽得臉色頓變，撂了句狠話，「林斐，你給我等著！」才轉身帶著人走了。

待李源走後，跟在林斐身後的劉元這才鬆了口氣，「謝天謝地，總算叫這小郡王走了！不過他走便走唄，竟還想帶走溫師傅，這也太過分了！」

公廚三個師傅也只溫師傅做的吃食能吃，真叫小郡王帶走了，他們還有什麼可吃的？當然，若是小郡王帶走孫師傅同王師傅，他們是歡迎的。

溫明棠莫名打了個噴嚏，來看今日內務衙門送來的早膳食材。領了食材的紀採買卻一臉微妙之色的向她看來。

「紀採買，怎麼了？」溫明棠不解。

紀採買指著領來的食材，「妳自己看吧！」

溫明棠望了過去，有那麼一瞬還以為自己看岔了。今日的早膳食材同昨日一模一樣，蔬菜、豬肉，還有餃子皮。

紀採買指著公廚牆上貼的內務衙門定的新規矩，「既規定了不准重樣，連著兩日都送一樣的食材是什麼意思？不是明擺著要人違規嗎？」

溫明棠聞言，若有所思。

紀採買又道：「那孫、王兩個的午膳同晚膳那裡倒沒出現這等問題。」連著兩日送過來的食材都豐盛得很。

這規矩定得猝不及防，總讓他覺得有些不太對勁。

「許是巧合。」溫明棠笑了笑，「無妨，這餃子皮我能連做幾日不重樣的，且看看再說吧！」

紀採買嗯了一聲，微微瞇了瞇眼，「妳先做好妳的事，莫讓人抓到把柄，我會留意的。」

溫明棠點了點頭，同阿丙和湯圓拿了食材回去開始做早膳。

將米倒入鍋中，加水開始煮粥之後，溫明棠便開始處理食材了，同昨日一樣，將香菇、胡蘿蔔、豌豆、豬肉等物切碎置於一旁。

這步驟同昨日做燒賣實在肖似，以至於阿丙和湯圓看了都忍不住好奇，「溫師傅，今兒還做燒賣？內務衙門規定不准重樣呢！」

溫明棠搖頭道：「這些一會兒放入粥裡，熬個香菇豬肉粥。」

那餃子皮怎麼辦？

溫明棠將餃子皮拿了出來，回了一趟自己的住處，不多時便捧著幾個醬罐過來了。

「這是什麼？」阿丙和湯圓好奇的看著溫明棠將醬罐打開。

裡面的醬顏色各異，有褐紅色混著紅色辣油的，有黑色黏稠如漿糊的，亦有棕黃色稍稀疏的。

溫明棠指著那些醬，一一說道：「紅色的名為豆瓣醬，黑色的名為甜麵醬，棕黃色的名為黃豆醬，都是我自己做的。」說著將這三種醬料依次舀入碗中，又加了孜然粉、蔥油攪拌了起來，待到攪拌均勻，才開始朝餃子皮下手。

取出一張餃子皮，依次刷上蔥油，碗裡的醬料，撒上蔥花之後再將一張餃子皮蓋上去，而後再在第二張餃子皮上刷蔥油、醬料同撒上蔥花，再蓋一張。以此類推，層層疊放，待疊放滿七張之後，溫明棠收手，用擀麵棍擀開，隨後將餃子皮做成的餅放入鍋中小火煎了起來。

看著鍋中表面玉白的餃子餅皮逐漸煎成了金黃色，嗅著空氣中瀰漫開來的蔥油同醬香味，待到溫明棠夾著餅出鍋的那一刻，紀採買忍不住深吸了一口氣，嚥了嚥口水，問道：

「此物名喚何物？」

「千層餅。」

公廚今日的早膳就是香菇豬肉粥配千層餅。

第十三章　雞蛋灌餅

劉元坐在食堂，舀了一勺粥入口。米煮得軟糯，豬肉不知怎麼處理的，滑嫩無比，混著香菇的味道，鮮香十足。

劉元吃了兩勺粥之後，便拿起了一旁的餅。聽溫師傅說此物名喚千層餅。餅被切成了一片片的扇形，餅子外皮被煎得金黃，劉元看向餅的切面，層層堆疊之間依稀可見其中夾雜的褐色醬汁同蔥花。

他夾起一塊咬了一口，最外層的表皮香酥可口，脆得一口咬下便能濺出餅屑，內裡卻柔軟油潤，韌性十足。最奇特的是裡頭層層相分的餅間夾雜的醬，是他從未吃過的味道，辣而不辛，鹹中帶甜，十分奇特誘人。

劉元只吃了一口便停不下來了，待到回過神來，面前的盤子裡已只剩一小角的千層餅了。將那一小角千層餅送入口中，劉元這才意猶未盡的起身出了食堂。

回到案前埋頭整理水鬼案的卷宗，待到卷宗整理的差不多了，已是臨近午時了。劉元活動了一下肩膀，起身將整理好的卷宗送去林斐那裡。

待到林斐看過無異議之後，又送去大理寺卿趙孟卓那裡。

從趙孟卓那裡出來，已是午時了。劉元看著已升至頭頂的日頭，思及水鬼案一了，手頭沒什麼案子，當有幾日空閒了，便去找白諸他們幾個準備去外頭解決午膳，孫師傅的午膳實在是叫人沒什麼可期待的。

待頂著日頭，走到大堂，還未來得及進門，便撞上了迎面匆匆過來的白諸同一群官差。

這陣仗看得劉元心中一跳，怕是又有案子了！

果然一瞧見他，白諸便道：「劉元，你來得正好，有案子發生了！」

這下還不待他吃午膳便被白諸直接拖走，去了案發現場。

看著面前的一片狼藉，聽著身後官差同白諸捂嘴不住的乾嘔時，劉元倒是有些慶幸沒吃午膳了。

正這般想著，聽得外頭一道熟悉的聲音傳來。

「長壽戲班？」

趙由激動的回道：「是呢，林少卿！」

劉元也不知趙由這個一根筋的在激動什麼，沒瞧見大家都要吐了嗎？

林斐嗯了一聲，走了進來，只是才踏進長壽戲班的瞬間，便停了下來。

濃重的血腥味撲鼻而來，血花似雨一般濺到大堂各處，臺下看戲的看客所坐的案椅東倒西歪，夾雜著雜亂紛繁的腳印奔向堂外。

林斐低頭，看著被踩得亂七八糟、混成一團的血腳印，眉頭擰了起來。

腳印亂成這樣，可見當時底下看客的驚慌與害怕，同時也沒了可查的價值。

讓底下看戲的看客這般慌亂的源頭，來自於臺上。

畫著戲妝的戲子，頭與四肢同身體分離開來。身體還被用鐵絲吊在半空中，檯面之上則掉著戲子的四肢。那畫著濃妝的頭顱落在檯面正中的位置，正對著眾人。大抵是事情來得太過突然，他還來不及閉眼，畫著惡鬼妝容的臉上一雙眼平靜的看向眾人。

四肢同頭顱的切面齊整無比，如同木匠手中的木人一般落在那裡。不同的是木匠手中的木人可以隨時安上四肢，被引線牽動著再次動起來，而面前被吊在半空中的戲子則是個活生生的人。

從檯面上的戲子，臺下的狼藉，便可以想到當時的情形。

臺上正在唱戲的戲子借鐵絲吊垂在半空中，前一刻還在「咿呀」哼唱，下一刻四肢同頭顱驟然分離。這一幕如同在滾燙的油鍋滴水，頓時炸了，臺下的看客驚慌大叫，慌忙向外奔去。

「看客呢？」

最早過來的官差回道：「都留在側院，不少人被嚇暈過去，有兩個有心疾的情況十分危急，大夫正在施救。」

心疾者切忌情緒大動，所以似鬥雞走狗、打馬球這等事一般不做。如此能閒暇逗趣的事便不多了，看戲也算是心疾者為數不多的可供消遣的玩樂之一。

只是沒想到，一場戲的驚嚇遠比打馬球這等驚險玩樂之物更為刺激。

戲班的班主也被帶了過來，他面上一臉愁苦之色，口中嘀咕著，「我這多少年的老字號了，死了個唱戲的不算，搞不好還要嚇死兩個看客，這叫我這戲班往後還怎麼開下去？」

那來的早的官差聞言忍不住瞥了他一眼，出口嘲諷，「你不是一直期盼你這長壽戲班在長安城揚名，如此不是正合你意？」

如此明顯的嘲諷聽得林斐同過來的劉元和白諸不約而同的向那官差望去。

自知失言的官差忙向幾人認錯，而後才解釋道：「這位黃班主一直是喜歡折騰的，往日裡作妖之事做了少數，家母喜歡看戲，自是早知道這個人。」

被點到名的黃班主面上尷尬不已，對上林斐等人望來的眼神，忙乾乾的解釋道：「我這……我這不也是沒辦法嘛！家裡這戲班傳了多少年了，近些年生意越來越差，真叫戲班葬送在我手裡，待百年之後，叫我如何去面對祖宗？」

劉元翻了個白眼，「所以眼下死了一個人，兩個有心疾的看客正在施救，你擔心的便是你這戲班不好繼續開下去？」

黃班主乾笑了一聲，訕訕的看向眾人，認錯認的飛快，「我……知錯了，下回不敢了。」

這話誰信誰是傻子！

林斐指著被吊垂臺上的戲子問黃班主，「他是什麼人？」

「他叫六兒，是我們戲班裡的戲子。」

「在唱什麼？」

「唱的戲名叫《趙氏孤兒》，說的是……」

話還未說完便被林斐打斷了，他伸手指向睜眼看向眾人的頭顱，「怎麼畫了個惡鬼一般的妝容？」

一句話聽得黃班主忍不住訕訕嘀咕了一句，「大人原來也看戲啊！」

這不是廢話嗎？靖國公夫人是出了名的戲迷，林少卿作為孫兒，自然沒少陪她看戲了。《趙氏孤兒》這齣戲於戲迷而言並不陌生，取材自《左傳》與《史記》中的一段記載，說的是春秋時期一位宗主被人暗害，全家被殺，只留下了一個孩子。那孩子之所以能活著，是一個忠心的部下將自己的孩子同那孩子調換，讓自己的孩子頂替了宗主之子被殺，才存活下來的。待得孩子長大後，在眾人的幫助下報仇雪恨的故事。

這是一個事關報仇的故事，整個故事並沒有涉及妖魔鬼怪。既如此，臺上的戲子怎會畫著惡鬼的妝面？

黃班主訕笑著解釋道：「《趙氏孤兒》唱的太多了，大家都熟悉了，我這不是改了改嘛！」

林斐瞟了他一眼，「他是哪個角色？」

黃班主臉色僵了一僵，知曉底下看客都看了這齣戲的大半部分，撒謊不得，便老實回道：「就是那孤兒。」

「主角是個惡鬼？」劉元聞言，忍不住插話。

「改了嘛！」黃班主向眾人解釋，「我這不是一直想重振戲班，自是要另闢蹊徑，別出心裁。」

這話一出，饒是話不多的白諸也忍不住瞥了他一眼，「所以就胡編亂造，弄出噱頭來引人圍觀？」

黃班主再次訕笑保證，「下回不敢了，不敢了。」

「改的戲本呢？」林斐沒有理會黃班主的保證。

黃班主搖頭，「沒有戲本。」

怎麼可能沒有戲本？劉元同白諸看著他，眼裡滿是狐疑之色。

饒是黃班主面皮再厚，對上大理寺一眾官員懷疑的眼色，也不由慌了，忙道：「是真沒有啊！這戲本不是我編的。」

「那是誰編的？把那人叫來問問便是了。」

黃班主搖頭，苦著臉道：「叫不出來了！」說著，不等眾人發問，便伸手指向檯面上那被切成木頭人一般的戲子，道：「他……他編的！」

一句話當即惹來劉元的冷笑，「這麼巧？莫不是你自己編的，故意栽贓一個死人吧！」

「沒有啊！」黃班主一聽頓時急了，連忙解釋道：「真不是我編的，我有人證啊！」

黃班主確實有人證，且人證還不少。

除卻戲班裡所有人的證詞之外，整個長安城還有不少戲班的人見過臺上的戲子。

「這人從去歲開始便一直在拜訪長安城的各大戲班，說是想要唱戲。」出去打聽消息的官差回來稟報道：「戲班主們問他唱過戲嗎？他說沒有，唱念做打的工夫更是一點都不會。十六歲的年紀，學起來也晚了，戲班主自是不答應。這人就說他不是要學唱戲，而是想請人讓他單獨唱一齣戲。有人懶得理他，當他說瘋話，畢竟特意造勢搭臺準備什麼的，就為讓他唱一齣戲想是沒人會答應的。」說話的官差瞥了眼一旁神色訕訕的黃班主。

黃班主乾笑著縮了縮脖子。

「有人耐心些，問他要唱什麼戲，他道叫《趙氏孤兒》，是他自己編的。旁人讓他將戲本拿來看看，他說沒有戲本，到時候他自己一個人上臺唱就行了。」

這等事哪個正常的戲班主會答應？自是將他轟了出來。

「黃班主去歲的時候也將他轟出去過，這回不知為什麼卻讓他唱了？」

黃班主揣著手，依舊乾笑，小聲解釋道：「我這……這不是想弄個噱頭嘛！」

「弄噱頭不假，可為這半點不會唱戲，連戲本都沒有的人弄個噱頭？」白諸搖頭問他，「黃班主，你自己覺得這解釋可說得過去？」

「那是他向我保證這齣戲一定能引來轟動，我……我便信了他這一回。」

「他怎麼死的？」

「被鐵絲切斷四肢和腦袋……」

「林少卿是問當時的過程，被鐵絲切斷什麼的我們都看得到。」

「哦，當時我等都在臺下……真的！」黃班主抬手保證，「他唱這齣戲時，我全程皆在臺下看著，堂下的戲迷都是我的人證。」

「莫要廢話，快說當時發生了什麼事？」

「就是他在那裡唱戲……」

「他一個人？」

黃班主點頭，「對，一個人唱戲。」

「唱到舉起劍來，想要刺穿那誅殺了他全族的惡人胸膛時……」

黃班主的話還未說完，便被劉元再一次打斷了，「臺上就他一個人，刺個空？」

這般離譜的戲能唱下去？

「臺上確實是他一個人，可要刺穿的惡人倒不是空的。」黃班主說著，帶他們一行人走到臺旁，指向臺頂那被布簾遮擋住的鐵絲機關，上頭吊著一個假人，「惡人吊在那裡，他要弄這機關時我特意問了，他說最後一齣戲時他會借用鐵絲，將他自己吊至半空中，而後假人掉下來，他在空中刺穿假人的胸膛。我還特意在假人的胸膛內藏了雞血，到時候他一劍刺穿，濺出血來想來多少會引些轟動。」

聽到這裡，劉元沒好氣的白了他一眼，「結果假人沒被刺穿，他自己倒被五馬分屍了？」

「我也沒想到會這樣呀！」

劉元白了他一眼，向林斐看去。

此時，林斐正抬頭看向吊垂在半空中的屍體同那個懸掛在機關上的假人，「機關被人動了手腳。」

人怎麼死的？從那幾根橫亙在幕後，還沾著血跡的鐵絲就可看出一二來。

將機關假人同那鐵絲弄下來放在檯面上後，白諸道：「聽聞江湖中有人擅長用鐵絲殺人，磨得極細的鐵絲不比那些開刃的匕首，刀劍什麼的遜色，摘人腦袋同摘西瓜一般。我先時還不信，眼下倒是信了。」

看這切開的四肢同腦袋，鐵絲可比刀刃快得多了。

「那是自然，連紙都會割破人的手，更遑論鐵絲了。」劉元在一旁插話，「話本子裡還說那些江湖高手能飛花摘葉殺人呢！」

林斐沒有理會身後下屬的鬥嘴，低頭同那看向檯面下眾人的惡鬼腦袋對視。

濃濃的惡鬼妝容掩蓋了這人的本來面目，只一雙眼睛睜著，平靜的看向前方，無悲無喜。

劉元同白諸鬥嘴完也走到林斐身後同那惡鬼腦袋對視。

這情形莫名的有些詭異，眾人低頭俯視他，他仰視眾人。

看了片刻之後，就在黃班主「嚇死人了」的嘀咕聲中，劉元忽地嘆了口氣，「不知為什麼，他這腦袋初見時著實讓我嚇了一跳，可看久了卻又讓我覺得有些莫名的心酸。」

這心酸也不知來自何處，總覺得看著那雙惡鬼妝容之下的眼睛，莫名的讓人生出悲戚之感。

「機關被人動了手腳。」林斐說著，看向黃班主，「機關備好後，你們最後一次檢查是什麼時候？」

黃班主搖頭，「沒……沒檢查過。」

一句話聽得劉元忍不住倒吸了一口涼氣，聲音拔高了幾分質問他，「這等將人吊起來的事物居然沒檢查過？且不說今日之事了，便是平日裡，若是有個萬一，人從半空中掉下來，豈不是非死即傷？」

黃班主心虛的看了眾人一眼，小聲道：「我這又不是什麼大戲班，弄那些做什麼？」

劉元冷笑一聲，看向自家上峰，卻見林斐反問黃班主，「所以這機關人人皆可碰，皆可動手腳，是也不是？」

黃班主點頭。

「他出事前唱了什麼？唱到哪兒了？」

「同尋常的《趙氏孤兒》差別不大，一直唱到那孤兒將要舉劍殺人報仇雪恨的那一刻，就突然出事了。」

「既差別不大，你讓他登臺做什麼？找個從未唱過戲的上臺唱戲，是嫌你這戲班生意太好了不成？」劉元說著，瞟了眼黃班主手指上套的金戒指。

水鬼案才了，這套著金戒指的手莫名的讓他想到了章澤端，無端生出些許厭煩之感。

黃班主乾笑道：「我哪知道啊！他又不給戲本，只憑一張嘴說，不登臺前我哪知道他唱的有沒有什麼特別的……呃，也不對，最後那一幕特別過頭了！」

劉元白了他一眼，看向林斐。

林斐轉頭四顧大堂，看了片刻之後道：「將屍體運回大理寺，你們將那些看客的口供記一記，看看可有什麼特別的？」說罷大步向外走去。

劉元同白諸對視了一眼，這還真是林少卿鮮少的沒有多作逗留便直接離開現場的案子了。

大理寺的官差同官員們出去辦案子了，這公廚來吃午膳的便更少，只寥寥幾個雜役在吃午膳。

孫師傅正在檯面後翹著二郎腿心情不錯的哼著小曲，紀採買走進了公廚。

一見紀採買，孫師傅本能的嚇了一跳，忙不迭地起身，正要說話，便見紀採買背著手踱步走至檯面前，看著檯面上滿滿當當的飯食，紀採買冷笑了一聲，當著還在吃飯的一眾雜役的面罵了起來，「今上提倡節儉，你這頓頓滿滿當當的浪費飯食是要做什麼？當我大理寺的採買錢多得燒得慌了是不是？」

孫師傅臉色一白，慌忙解釋道：「紀採買，今兒那些大人同官差出去了。」

「便是不出去，你頓頓浪費多少吃食？下回再這樣，我一定報到趙大人那裡！」

一句話說得孫師傅連忙認錯，待到訓完人的紀採買離開後，孫師傅才忍不住喃喃道：「那我有什麼辦法？都是按人頭做的午膳，那些官差同大人們吃得少，我難道還能掰開人家嘴往裡倒不成？」

紀採買一碗水端平，待到晚膳的時候，他負手進了公廚，看著還剩一大半的晚膳，指著王師傅同樣罵了一頓，要他不准浪費。

孫師傅同王師傅為此都有些發愁，畢竟按人頭做的飯食，大理寺的人飯量都不大，能有什麼辦法？

想了一整晚，待到隔日一大早領食材時，紀採買便幫他們將辦法想了。

分走了兩人一半分量的食材，紀採買指著兩人的鼻子訓斥道：「你二人莫要浪費，不夠再來尋我！」說罷便走了。

孫、王兩個師傅面面相覷，這不是明搶嗎？

分走的食材直接被送去了溫明棠那裡，正在做早膳的溫明棠看著將食材拿進來的紀採買愣了愣。

「與其每日都叫那兩個混球浪費飯食，還不如物盡其用。那兩人日日吃飯時辰過後，都要倒掉將近一半，我便算了算，將多出來的拿過來了，妳看著用便是了！」

准許內務衙門莫名其妙的插手，難道還不准他這個做採買的重新分配食材嗎？

說罷這話，紀採買便看向溫明棠在做的早膳，問道：「今兒早膳是什麼？」

「準備做雞蛋灌餅，阿丙同湯圓說昨兒那醬和餅都吃得有些上頭，還想吃，便做了這個。」

紀採買一聽頓時來了興致，看向那一個個分好的麵團，「那我來瞧瞧妳這餅怎麼個灌法？」

今日份的早膳食材還是同前兩日一樣，溫明棠準備做雞蛋灌餅之前，先處理了一番胡蘿蔔同肉丁。

這兩樣食材做的小菜也不錯，不過紀採買既然提了食材過來，溫明棠自然不客氣了，從其中挑走了生菜、土豆同豬里肌肉。目光落到剩下的幾隻宰殺好的鴨子上，溫明棠頓了頓，旋即移開了目光，先做早膳要緊！

生菜洗淨，土豆切絲熱水裡一撈，做了涼拌土豆絲，至於豬里肌肉則片成薄片裹了蛋清、鹽、胡椒粉醃製了一番入鍋油炸。

待到所有小菜備好後，溫明棠開始做早膳。

分好的麵團拿出來用擀麵棍擀成長方形狀，刷了油便上平面鐵鍋煎了起來。

紀採買原本還在好奇要怎麼個灌法，待看到那餅子表面突然如同充氣一般鼓了起來，不由驚道：「原本還以為是個尋常麵團，裡頭竟是空的！」

「是呀！」溫明棠笑著應一聲，打了個雞蛋，加了些鹽略略攪了攪，而後便小心翼翼的用筷子戳向那充了氣的餅面，待戳出一個洞後，她將雞蛋液盡數倒入其中。

如此雞蛋還真灌進去了！紀採買聞著油煎之後香味漸漸勾人的雞蛋同小麥的香味，下意識的嚥了嚥口水，待到餅翻面煎熟，便開始加菜了。

刷上一層紀採買點明要的豆瓣醬同黃豆醬，溫明棠依次加上生菜、土豆絲同里肌肉，而後將整個餅裹起來，外頭包了油紙遞給紀採買。

剛出鍋的雞蛋灌餅還有些燙手，即便隔著油紙，都能感受到指尖傳來的那股滾燙的觸感。

可聞著紙包裡的香味，紀採買著實捨不得放手，對著面前這份裡料十足的雞蛋灌餅張嘴一口咬了下去。

第一個反應便是，這雞蛋灌餅的灌雞蛋絕對不是噱頭，是如此做來當真好吃！

煎過的餅皮兩面皆是酥脆的，雖說光吃也好吃，可中間加了一層雞蛋之後，便在酥脆之中多了一層滑嫩柔軟的雞蛋口感，比起空口吃餅，口感頓時豐富了不少。

油煎之物食多了總有油膩之感，生菜便是那減少油膩中最重要的一層。有了生菜，不至於叫人生膩，接下來的土豆絲又酸中帶辣，提了胃口，之後便是那豬里肌肉了，醃製油炸後的里肌肉滑嫩鮮美，紀採買吃得無比愜意，不住叫好。

第十四章　烤鴨與粉絲湯

今日的早膳依舊受人歡迎，早膳時辰還未過，按人頭算的雞蛋灌餅已領光了。

「這都要怪趙由，用林少卿的面子過來，一人領了三份呢！」今兒來晚了些的劉元搶到了最後一份雞蛋灌餅，一邊嘖嘖稱讚，一邊抱怨著。

卻聽那廂開始收拾檯面的溫明棠在問紀採買，「紀採買，這鴨子我可以用嗎？」

紀採買剔著牙，喝著自帶的枸杞茶水點頭道：「拿來便是給妳用的。」作為一個吃貨的覺悟，他敏銳的察覺到了溫明棠問這話的言外之意，「溫師傅要做鴨菜？」

「今兒的餃子皮沒用，想著莫浪費，將其用掉，便問問這鴨子。」

什麼鴨菜要用到餃子皮？紀採買被勾起了興致，「做個什麼鴨菜？」

「叫作烤鴨。」

紀採買開心的當即大手一揮，「拿走吧，拿走吧！」

一旁埋頭吃雞蛋灌餅的劉元聽到這裡，忙問道：「溫師傅的烤鴨什麼時候能做好？可否留些給我們？」說著，苦著一張臉，「又發生凶案，這幾日估摸著都不能正常下值了，就王師傅那晚膳，夜間定然要餓肚子……」

話未說完，便被紀採買毫不客氣的打斷了，他指著牆上貼的內務衙門多管閒事定下的規矩，「公廚不提供消夜的。」

劉元一聽臉都垮了，還不待他說話，卻見紀採買咳了一聲，又道：「當然，溫師傅若是借個公廚的地方，自己做給自己吃是不要緊的。」

一句話聽得劉元臉上頓時一喜，連忙巴巴的望向溫明棠，「溫師傅，妳看這……」

溫明棠明白了他的意思，「晚間時候你來公廚就是了。」說罷帶著阿丙同湯圓提著那幾隻鴨子的脖子走了。

看三人一手一隻長脖鴨子走出了公廚，劉元不禁感嘆，「這一手帶一隻鴨子走路的模樣，看起來還挺豪橫的！」

紀採買瞥了他一眼，「你再不趕緊吃完去做事，小心那記事小吏記你遲到，罰俸祿銀錢！」

劉元這才記起這事，連忙奔出了公廚，向大堂奔去。

慢條斯理的吃完雞蛋灌餅，林斐輕抿了兩口清茶，起身去尋仵作。

昨日那屍體已被帶回來了，由仵作接手驗屍。

過去的時候，仵作正舉著雞蛋灌餅吃早膳，見他過來，便指著檯面上已拼接好的屍體說了起來，「這人的死因也不用我多說了，我瞧著他挺可憐的，便順手把他縫起來了。」

林斐嗯了一聲，走了過去。

為方便驗屍，這人面上的妝容已被洗去了，露出了原本的面目。

看模樣不過二十來歲的樣子，昨日睜著的眼睛此時已闔上了，屍體被仵作拼接好之後，沒了昨日的駭人，而是彷彿睡著了一般靜靜的躺在那裡。

林斐拿起仵作寫好的驗屍文書看了片刻，指著其中一行，「他手上有傷？」

仵作點頭，「右手，上頭有不少劃傷。」

「新傷還是舊傷？」

「應當就是死前一兩日的劃傷，畢竟是新手唱戲，要練劍，許是那時候留下的傷痕。」

林斐走到屍體右手邊，拿著他的手舉起對著日光看了起來。

日光下，手指指間劃傷縱橫交錯，因著那傷口呈快要全然癒合的狀態，一時竟有些難以分清是其掌間紋路還是劃傷。

日光落在林斐的臉上，他看著那隻手，恍若怔住了一般一動不動。

仵作看了眼林斐，待要繼續吃手裡的雞蛋灌餅時，卻聽林斐突然開口道：「他有話要說。」

仵作嚇了一跳，來不及放下手裡的雞蛋灌餅便跑了過來。

林斐突然伸手，自手背後將那隻手握攏了些，原本看似雜亂的傷痕之間彼此連接對上，劃痕漸漸清晰。

仵作臉色頓變，驚呼了起來，「是一個字！」

林斐看著他手上的字點頭，「牛。」

仵作想了想，「他是想說殺他的凶手姓牛，或者名字裡有個牛字？」

「不知道。」林斐搖了搖頭，低頭看向自己的手，下意識的微微握攏，嘗試用大拇指劃過自己的指間，只是用力劃出印痕已是極痛。

十指連心，人遇痛的本能會生出退縮之意，他用指甲劃過指間時，手指就下意識的退縮。

若非心中極強的信念或者被憤怒、痛苦這等強烈的情緒支撐著，是很難做到這一點的。根據傷痕癒合程度來看，死者寫下這個字的時候，是在人死前兩天，所以單憑這個字顯然是無法猜測凶手姓牛，或者名字裡有個牛字的。

林斐放下了他的手，盯著檯面上那人看了片刻之後，轉身出了門。

自仵作那裡出來回去的路上要經過大理寺正中的廣場，巳時的大理寺正是忙碌的時候，廣場上空蕩蕩的，只庫房門口，兩個半大少年與少女在同看管庫房的雜役比劃著。

「我們溫師傅想要個東西放鴨子，要將鴨子掛起來，有沒有這樣的長口瓶子？」

雜役一臉費解的聽著，本能的搖了搖頭，「沒有吧？」

那茫然的樣子實在叫人懷疑他聽懂了沒有。

少年急得跳腳，又道：「還要個可以烤鴨子的爐子，那爐子……」

「用鐵鍋燉行嗎？」雜役打斷了他的話，指了指身後的庫房，「庫房裡有不少鐵鍋，可以燉大鵝呢！」

少年正急得準備再同聽不懂的雜役比劃一番時，聽身後一道清冽的聲音響了起來。

「早膳已過，她今日準備做消夜？」

正比劃的阿丙被這一聲嚇了一跳，連忙回過頭來，見是林斐，連忙施禮問好。

林斐嗯了一聲，認真問道：「她要做消夜？」

阿丙急忙否認，「溫師傅只是借公廚做點吃食，不是要做消夜的。」

若是違反內務衙門的規矩，叫人抓了把柄就不好了。

林斐聽懂了他的意思，「隨我來吧！」說罷，帶著兩人向離庫房不遠處的另一間屋子走去。

這屋子阿丙同湯圓日日得見，上頭栓了把大銅鎖，一副生人勿近的樣子，平日裡也沒見什麼人開鎖進去，以為就是個堆放雜物的屋子。

看著林斐從袖袋中掏出鑰匙，開了那把大銅鎖，推門走了進去。

站在外頭不敢入屋的阿丙同湯圓向屋內看了一眼，只這一眼便看得人有些眼花繚亂，有許多瓶瓶罐罐，還有不少他們連看都沒看過的器具，也不知道林少卿這滿屋子亂七八糟的家當是從哪裡來的？

從滿屋子亂七八糟的家當中，林斐指著其中一排長口白瓷瓶問兩人，「要的可是這樣的瓶子？」

阿丙同湯圓順著他指向的白瓷瓶望了過去，這一看頓時一喜，忙點頭道：「溫師傅說的就是這個！」

林斐又指向腳下一個黑不溜秋四四方方的器具，「這東西放灶臺上，應當能用來烤鴨。」

阿丙同湯圓看得目瞪口呆，待到回過神來，忙向林斐道謝，「多謝林少卿，我們這就拿走。」說著兩人便要上前來抬，卻被林斐制止了。

「讓趙由來吧！」他說著，把那鑰匙遞了過來，「往後她要什麼東西，都可以從裡頭找。」

待湯圓接過鑰匙，林斐便走了。

兩人在原地怔了好一會兒，才忍不住喃喃，「林少卿哪來的這些東西？」

待到趙由扛著那四方鐵箱似的物件來找溫明棠時，溫明棠也不由愣住了。蹲下身，看向面前的黑鐵箱，正前方還有個四方的門，門上搭了個鎖扣，一拉那鎖扣，便露出了裡頭空空蕩蕩的內箱。內箱規整，兩側甚至還有幾個通風用的洞眼。

饒是溫明棠都忍不住驚嘆，「這是誰做的，好生厲害！」

她本也沒抱什麼期望能找到媲美現代烤箱的爐子，只是想尋尋看有沒有差不多的爐子或者鐵皮桶什麼的，餘下的便由人在旁邊盯著，時不時翻個面什麼的。

可沒想到竟能直接找到這樣的爐子，用根鐵籤架在通風洞眼裡，便可以直接烤了。

扛爐子過來的趙由聽到溫明棠的驚嘆，一臉驕傲的開口，「是我們林少卿讓人做的。」

一個大理寺少卿做這等東西做什麼？

正詫異間，聽到趙由扛了個鐵箱過來，特意來看情況的紀採買走了進來，說道：「是林少卿破案用的，有時候想不通案子進展了，林少卿便會著人打製些奇奇怪怪的物件，上回那燒烤的木籤也是他做的。」紀採買說著忍不住感慨，「林少卿做事認真細緻，只是這打製出來的奇奇怪怪的物件待他想清楚，破了案之後就沒了用武之地，總叫人覺得有些浪費。如今妳能用上，倒是不浪費了！」

這話聽得眾人實在不知該說什麼了。

湯圓將鑰匙交給溫明棠，「林少卿給的，說是缺什麼東西可以去那裡看看，有需要的話，直接用就是了。」

溫明棠默了默，接過鑰匙收了起來。

而紀採買感慨完便蹲在廊下看那一隻隻扣在白瓷瓶上的烤鴨，鴨子長長的脖子齊齊歪向一個方向，還是溫師傅素日裡擺放食材時一貫的齊整習慣，可看起來卻莫名的有些滑稽。

「好生淒慘可憐啊！」紀採買嘀咕了一聲，愧疚的揉了揉肚子，「可我已開始期待今晚烤鴨的味道了。」

天氣熱，待到鴨子表面的水分晾乾之後，溫明棠將鴨子拿了進來，倒了酒、醋、蜂蜜同水在烤鴨表面刷了起來。

阿丙同湯圓看得好玩，實在沒忍住便接過了溫明棠的活，跟著刷了起來。

「刷這個有什麼用？」湯圓好奇的問溫明棠。

「一會兒烤出來的脆皮便全靠它了，所以又喚脆皮水。」

刷了兩遍脆皮水，待到風乾後，公廚晚膳的飯點到了。

紀採買坐在廊下動都沒動一下，而是捏了兩塊糕點入腹稍稍墊了墊肚子之後，才道：「我便不去吃晚膳了，等這個烤鴨吧！」

溫明棠蹲在那一排鴨子前看了看，確認確實風乾之後，才將鴨子拿了進來，而後往鴨子肚子裡塞切塊的蘋果、梨子同一小塊浸濕的饅頭，最後用小木籤封了鴨肚口。

正封口時，聽得身後傳來一道誇讚聲，「手法不錯啊！」

還未反應過來的溫明棠只看到正對著自己的阿丙、湯圓同紀採買臉色同時變了變，看向溫明棠身後之人。

溫明棠詫異的回過頭去，卻見一個鬍子拉渣的老者正盯著溫明棠封鴨子的手法嘖嘖稱讚。

溫明棠不明所以，道了聲謝，待要說話，便見紀採買拉下臉，「老吳，這裡是做飯食的地方，你若是胡說八道小心我同你翻臉啊！」

那名喚老吳的老者這才可惜的嘆了口氣，「那……罷了！你們做的這是什麼啊？」

「溫師傅說要做烤鴨。」提到溫明棠，阿丙也是一臉驕傲。

「什麼時候能吃呢？」

「夜間吧！」溫明棠笑了笑，「要過晚膳的點了。」

老者點了點頭，轉身走了。

待到老者走後，溫明棠把鴨子架進「烤箱」裡，問紀採買，「他是？」

「衙門裡的仵作，叫吳步才。」

溫明棠明白了，難怪方才她封鴨子時，吳步才那一聲誇讚讓大家都變臉了。

「大家都不喜老吳出現在這裡，只要他多說兩句，誰還吃得下飯？」

溫明棠聞言卻是忍不住笑了起來，她走到一旁，將內務衙門送來的早膳餃子皮拿了過來，層層刷油疊起之後，用擀麵棍擀薄送上蒸籠。

阿丙同湯圓還沒見過這樣的做法，待看到那蒸至半透的白色麵皮時，忍不住驚了，「這是餃子皮？」

溫明棠嗯了一聲，「一會兒用來包烤鴨所用。」

阿丙同湯圓聞言，下意識的看向「烤箱」，透過通風的洞眼看到那些開始烤得滋滋冒油的鴨兄們，真是叫人越發期待了起來。

好飯不怕晚，等等吧！

惦記著溫明棠的烤鴨，劉元晚膳也未用多少，便抱著卷宗同白諸一道來找林斐了。

進屋的時候，林斐正坐在案後翻書，劉元瞥了眼那封皮——《機關概要》。

劉元忍不住感慨，上峰真涉獵廣泛，不僅研讀醫書，還開始研讀機關術了。

見兩人進來，林斐抬頭看向兩人，「說說吧！」

白諸把卷宗遞給林斐，林斐的目光落到卷宗上的「戲傀儡」三個字上。

劉元忙解釋道：「瞎取的名字，只是昨日看到死者被吊在那裡，莫名的想到了臺上的提線傀儡，由此得名。」

林斐點頭嗯了一聲，「名字取得不錯。」

白諸和劉元聞言皆有些詫異，上峰素日裡鮮少在這等小事上表態的，這還是頭一回呢！

林斐沒有多言，只是打開了面前的卷宗。

白諸開始說起了今日眾人查問所得，「臺上死的那個人叫福子，是長安城外驛站的雜役，過往倒是沒什麼特別的。據驛站裡的小吏同雜役表示，他話雖不多，可做事勤快。跑到黃班主戲班唱戲前，還特意向驛站告了幾日假，看樣子原本是準備回去的。」

林斐聽到這裡，開口問道：「他家裡人呢？」

「正要說這個。」白諸說到這裡，臉色變得微妙了起來，「他是個孤兒。」

唱的那齣戲叫《趙氏孤兒》，死的福子居然也是個孤兒，這很難讓人不聯想到什麼。

「據說是生出時被扔在了驛站門口，恰巧驛站裡有個老雜役，見無人要這孩子，便將其抱了回來，當自己孩子養了。待到福子大些，老雜役去世後，他便頂替了老雜役的位子，在驛站做雜役。福子這個名字就是老雜役取的，有個好的念想和盼頭。」

可觀其一生，顯然同「福」這個字關係不大。

「這個福子除了從去歲開始會跑到戲班請人讓他唱戲之外，一直都同往日裡沒什麼兩樣。我們去福子的住處看了，除了日常起居所用的床被等物，別的什麼都沒有。」

「他屋中可有書冊？」

一句話問得白諸怔了怔，回憶了一番，搖頭道：「沒有。」

「他識字嗎？」

這話問得白諸和劉元同時一愣，之前他們也未想到這一事。

細細回憶了半晌之後，劉元才道：「當是不識的，驛站的契書上，旁人都是寫下名字，只他是按手印。且過往也未聽說他讀過書什麼的，不過是不是真的不識字，我二人明日還要去驛站問一問。」

林斐點頭嗯了一聲，目光落到了劉元抱在懷裡的冊子上，「這可是驛站那裡拿來的住客名冊？」

劉元點頭，「福子是從一年前開始到處找戲班的，我想了想，便問驛站要了一年前到兩年前的所有住客名冊。」

名冊厚厚一疊，畢竟是長安城外的驛站，入住其中的住客不在少數。

林斐接過，又問白諸，「長壽戲班那裡可問到什麼了？」

白諸搖頭道：「福子去了長壽戲班之後，同旁人沒什麼交集，聽聞便是同黃班主說的話都不多。我二人覺得黃班主會讓他登臺著實古怪，今日本想去尋黃班主的，結果那黃班主今兒被叫去淮山郡王府助興唱戲去了。我二人特意去打聽了一番，那淮山郡王府的老夫人確實是今兒壽辰，請的也是長壽戲班，不得已只得先回來了。」

「我知曉此事，只是不承想被請去的居然是長壽戲班。」

「長壽戲班的戲雖說沒什麼新意，可唱得還是不錯的，有一些多年聽戲的老戲迷。」白諸說著，將一疊整理好的口供放在了林斐的案上，「昨日在場的便多是老戲迷，有兩個患了心疾的被昨日那一齣嚇到了，沒有救回來。」

✣ ✣ ✣

「從前有個窮書生，背著行囊獨自趕路，要赴京趕考。經過一座荒山，前不著村，後不著店，正發愁晚上無處歇息時，眼前出現了一戶人家。書生敲門借宿，主人家竟是個年輕貌美寡婦。書生半夜起身，發現寡婦房中燈火未熄，一時好奇偷偷躲在窗外偷看，只見寡婦坐在妝臺前，手上拿著一張似臉皮的東西，握著彩筆畫呀畫，聽到窗外動靜，緩緩轉頭，書生就看到一個沒有臉的女鬼朝他招手……」

「溫師傅別講了！」阿丙同湯圓同時驚呼一聲，抱緊自己。

等烤鴨的工夫，實在閒得無聊，眾人就開始輪番講故事，輪到溫明棠時，便把從前聽過的無臉女鬼故事說了，卻把阿丙同湯圓嚇得驚呼連連。

一旁的紀採買端著枸杞茶搖頭哈哈笑了兩聲，也就阿丙同湯圓這等半大的孩子會被這鬼怪故事嚇到了。

不過，說個故事的工夫，烤鴨也烤得差不多了。

溫明棠起身，提出烤鴨前將輔料一道備好了，黃瓜同青蔥切絲放在盤裡，又將甜麵醬拿出來，而後才帶著粗布縫製的厚手套去開「烤箱」，拎出一隻鴨兒，方才隔著爐子那烤鴨香已足夠濃郁，待到此時鴨子被拎出來之後，那濃郁的混合著油脂的香味更是勾得人忍不住連連吸氣。

溫明棠磨了磨刀，開始片鴨。

那手法著實讓紀採買、阿丙同湯圓都沒有想到，見狀圍了上來，好奇的看著溫明棠將烤鴨表皮的肉用刀片下來置於盤中。

「我原先還以為這烤鴨是要剁開的，卻沒想到竟是這般費心思！」

不過也是因為費了心思，不似往日那般中規中矩的烤貨、滷貨，讓人對這烤鴨接下來要如何食用產生了更為濃厚的興趣。

待到烤鴨被片好後，溫明棠將鴨架放在了一旁，對上眾人朝她望來的目光，笑了笑，取了張蒸好的麵皮示範了起來。

夾一塊帶皮的鴨肉蘸麵醬後放入麵皮正中，再加上黃瓜絲與蔥絲，最後一併包裹起來，順手將包裹好的烤鴨遞給紀採買。

紀採買接過之後當即就一口咬下，鴨皮上那脆皮水當真不是白刷的，炙烤後的鴨皮是他從未食過的焦香酥脆，咬下的瞬間，鴨皮同鴨肉之間那薄薄的一層鴨油被推擠出來，潤進烤得細嫩的鴨肉同酥脆的鴨皮裡，濃郁醇厚的烤鴨香味勾得人口舌生津，著實欲罷不能。

可若只是單單如此，那濃郁的味道雖香卻也容易生膩，而混著甜麵醬的麵皮、黃瓜絲同蔥絲中和了其中的油膩，一口下去同時解決了所有的問題。

紀採買吃得連連叫好，阿丙同湯圓早忍不住自己上手學著溫明棠包起了烤鴨。

溫明棠食了兩個，便夾起一塊鴨皮蘸了蘸糖，送入口中。

這吃法讓從未見過，喜好嚐鮮的紀採買原本要夾上鴨肉的筷子立時夾了一塊鴨皮，學著溫明棠的樣子，蘸了蘸糖，在送入口中之前，紀採買還是猶豫了一瞬，畢竟這吃法……呃，實在是想像不出來這鴨皮蘸糖的味道。

不過看溫明棠吃得眼睛微微瞇起的愜意模樣，紀採買還是將蘸了糖的鴨皮送入口中。一時間，酥脆、軟嫩、滑膩三種口感在口中交織，甜膩從舌尖蔓延開來，竟是從未想過的奇妙之感。

溫明棠見狀，又跑了一趟自己的屋子。這次，她拿過來的是一只小小的罐子，從罐中舀了一勺橙紅半透的醬汁入白瓷碗中，夾了一筷鴨肉蘸了蘸，又送入口中。

才學了溫明棠蘸糖吃的紀採買等人，也立刻夾了鴨肉去蘸那橙紅半透的醬汁。

酸甜帶著果香的醬汁包裹了烤鴨，滋味獨特而奇妙。

「這是梅子醬。」溫明棠說著瞥了眼只剩個底的罐子，「喜歡酸甜口的可以試試。」

這些醬都是她在宮中閒著無聊時做下的，出宮前大半都留給明年才出宮的趙司膳了，帶出來的都是這樣的小罐子，所剩不多。不過既來了公廚，抽空再做便是了。

那廂紀採買他們繼續埋頭吃烤鴨，溫明棠又從爐子中取出一隻開始片了起來，待到片完，放上麵皮、黃瓜絲同蔥絲，又拿小的蘸碟分別放上了甜麵醬、梅子醬同白糖之後，對紀採買道：「這盤給林少卿送去吧！他今兒幫了我們大忙，沒有這些器具，可做不出這烤鴨，且他還問過今日消夜之事，應是想吃的。」

「如此自是應當的。」紀採買點頭，拿起麵皮準備包下一個時，看到溫明棠還在原地看著他，問道：「怎麼了？」

既是要送去給林少卿，那便去送啊！

「紀採買先前說過要避嫌的，所以由我送去怕是不大好。」

上回因林斐擅吃辣，溫明棠多看了兩眼便被紀採買叫過去耳提面命的告誡了一番，所以她如今很是注意這些。

一句話說得紀採買頓時老臉一紅，忙揮手道：「上回是個誤會，妳自去送就是了。」

溫明棠這才應了一聲，端著烤鴨去送食了，走到林斐的屋前，看到無聊得蹲在廊上數螞蟻的趙由，喊了聲，「趙官差。」

趙由旋即抬起頭來，待看到她端的烤鴨時，眼睛都亮了，「這是……」

「做了些吃食，給林少卿送來多謝他幫忙。」說著將吃法說了一遍，而後又道：「趙官差一會兒自來公廚吃。」

趙由忙不迭地應了下來，端著烤鴨進屋了。

屋裡頭正相對無言的劉元、白諸因著趙由闖進來的動作倒是鬆了口氣。

案子尚且抓不到什麼眉目，真叫人頭疼。林少卿也不說話，只低頭翻著從驛站拿回來的冊子，也不知是不是看得太入迷，忘了他二人。

眼下看到烤鴨時，兩人倒是記起來了，溫師傅今兒做了消夜呢！

好香啊！不如吃飽再想案子之事好了！

一盤烤鴨暫時解救劉元同白諸，兩人從屋中出來，跟著趙由到公廚，正看到紀採買等人在大快朵頤的吃烤鴨，一旁溫明棠拿著刀在片鴨肉。

兩人走過去，道了聲「多謝溫師傅」便坐了下來，學著眾人拿麵皮裹了烤鴨吃了起來。

待到最後一隻烤鴨片完，溫明棠這才洗了手，走到一旁坐了下來，聽劉元同白諸邊吃邊聊著才發生的「戲傀儡」一案。

「眼下那福子的身世很重要，我們正在查。」劉元一口咬下手裡烤鴨，「林少卿說他極有可能不識字，難怪沒法寫戲本了。但即便沒法寫戲本，卻堅持要唱《趙氏孤兒》，他自己又是個孤兒，我們眼下懷疑這齣戲不是白唱的，他自己便有可能是那個《趙氏孤兒》。」

這話在外行聽來也沒什麼錯處。

「福子，想來那老雜役幫他取這名字的時候是希望他是個有福的，卻不承想最後竟……」

溫明棠說著，搖了搖頭嘆道：「好生可憐！」

阿丙同湯圓兩人跟著齊齊點頭，唏噓不已。

劉元等人看著唏噓不已的幾人，下意識的點了點頭，幾個半大的孩子心地倒是皆不錯啊！

因著夜間食了烤鴨，那鴨子裡的鴨腸、鴨肝、鴨胗等物就留下來了，溫明棠沒準備浪費，隔日一大早的早膳便物盡其用的做了鴨血粉絲湯。

片鴨剩下來的幾隻鴨架盡數丟盡大鍋裡熬製高湯，鴨血、鴨腸、鴨肝、鴨胗等物都煮熟滷了，然後分門別類的切好擺放一旁。

還有從孫師傅、王師傅那裡徵用得來的油豆腐泡。

劉元過來吃早膳的時候，公廚食堂裡已有不少人了。

粗粗瞥了眼正在吃早膳的差役們碗裡的早膳，劉元走到公廚檯面前，待看清那等鴨腸、鴨肝、鴨胗等物時，臉色不由一僵。

這反應落在溫明棠的眼裡倒是不覺奇怪，「劉寺丞不吃內臟之物？」

鴨血、鴨腸、鴨肝、鴨胗這些都是內臟之物，有些人是不吃的。

「不吃也無妨，只加點油豆腐泡也好吃。」溫明棠說著，用笊籬撈出燙好的粉絲入碗，正要去加油豆腐泡時，卻見劉元猛的一咬牙，道：「都給我來些！」

看那些差役們吃得連點湯水都不剩，這內臟之物……想來溫師傅做的當是好吃的。

溫明棠停下手裡的動作，有些意外的看了劉元一眼，「當真？」

「當真。」劉元肯定點頭。

溫明棠就在粉絲上依次加入鴨血，鴨腸、鴨肝、鴨胗同油豆腐泡，然後加了蔥花、香菜同鹽、胡椒粉，最後舀一勺高湯澆了上去，遞了過來。

劉元顫顫悠悠的將一碗鴨血粉絲湯端到近處的空位上坐了下來，先淺嚐了一勺湯，湯頭鮮美，當是熬煮了許久的高湯，鴨香已徹底融入了湯中。

略略一攪，各式小料勻開。鴨血滑嫩無比，鴨腸彈牙中帶著幾分微脆的口感、鴨肝口感密實又綿軟、鴨胗嚼勁十足，不過最妙的還要屬那吸滿湯汁的油豆腐泡了。

劉元覺得今兒這一碗鴨血粉絲湯徹底打破了他不吃動物內臟的慣例，內臟之物好不好吃果然還是要看師傅手藝的，以往覺得不好吃，那是因為不是溫師傅做的緣故。

待捧著碗將最後一口鴨血粉絲湯喝完，劉元愜意的放下碗，打了個飽嗝，起身出了公廚。

今兒要去驛站那裡確認福子是否識字之事，還要去長壽戲班把那個看著就不是好人的黃班主叫來問話。

正這般想著，卻見白諸一臉難看的帶著幾個官差走了過來。

這臉色……看得劉元嚇了一跳，一股本能的反應湧上心頭，「不會又出什麼事了吧？」

白諸朝他點頭，「黃班主死了。」

第十五章　冰粉與拇指煎包

站在長壽戲班門前時，劉元還覺得有些恍惚，抬頭目光落在匾額上「長壽」兩個字時，不由搖了搖頭，接連死了兩個人，這「長壽」二字可一點都不應驗啊！

黃班主是今早被人發現死在自己的房間裡的。

劉元、白諸帶著人過去時，吳步才已經驗完屍了，指著躺在床上，雙目圓睜的黃班主道：「直接用枕頭捂死的，沒做什麼遮掩。」

林斐點了點頭，環顧四周。

一個官差接了話，「黃班主沒有睡覺鎖門窗的習慣，誰都能進來。戲班大門也矮，尋常人便可輕易翻牆進入。很難確定凶手是戲班裡的人，還是戲班外的人。」

劉元同白諸走了進去，看了眼黃班主的屋子，見靠牆的博古架上擺放了不少之文玩物，忍不住道：「那他心挺大的，這麼多物件，不鎖門窗睡覺也不怕被人偷了去！」

林斐回頭瞥了他一眼，忽地上前，走到黃班主的屍體旁將他的手拿了起來，看了片刻之後伸手握住他的手，將手上一物取了下來，反手遞給走過來的劉元。

劉元下意識的接了過去，待看清遞過來的東西時，不由一愣，這不是黃班主手上那枚金戒指嗎？

「咦？」一旁的白諸眼尖，瞄到了金戒指上被刮下的刮痕，刮痕之下露出的竟是漆黑的鐵色，「鐵戒指，外頭鍍了層金粉！」

劉元反應過來，連忙跑到那堆滿文玩之物的博古架前，隨手拿起一個文玩細細看了起來，「這個是假的！」

「我這個也是。」白諸說著將拿起的文玩放回了博古架上。

兩人對視了一眼，此時哪還有什麼不明白的？待走到林斐身邊時，正看到林斐舉著黃班主的一隻手在看，那手的小指同無名指被剁去了一截，看得兩人心中一跳，當即反應過來，「這黃班主是個賭徒！」

嗜賭如命，好賭成性之人被逼急時常剁去手指來明志，且發誓下次不會，可事實卻是下次照舊，這等情形屢見不鮮。

林斐點頭，「他缺錢。」

一個缺錢的賭徒會做出什麼事來？

為什麼黃班主去歲明明已將福子轟出去了，前幾日卻又突然為福子搭臺，助他唱戲？

劉元做出分析，「這姓黃的定是發現和知曉了什麼，對他這等人來說，若是從福子身上撈不到什麼好處，怎會莫名其妙的為他搭臺？」

白諸蹙眉反問，「那他發現的到底是什麼？特意搭臺又是要做什麼？」

劉元想了想，「他是個缺錢的賭徒，這等人保不准會為了錢以祕密相要脅。以往這等案子就不在少數，且經手過的案子裡，這等妄圖以祕密要脅對方換取錢財的，多數都被對方滅口了！」

白諸覺得劉元的分析挺對的，沒有人會相信一個口口聲聲收到錢便會收手的要脅者，最能保守祕密的，永遠是死人，被要脅者對上這等人的要脅第一反應自然是滅了這張口。

「所以問題還是繞到福子身上來了，他孤兒的身分背後到底藏著什麼祕密？黃班主又是跑去要脅什麼人了？」

林斐點頭認同兩個下屬的推測，沒有再多說什麼，直接走出房間。

待到白諸和劉元又仔細看過黃班主的屍體，確定沒有關於凶手留下的線索之後，兩人才走出房間，卻只見趙由，不見林斐。

「林少卿呢？」白諸問趙由。

趙由指了指朱雀坊的方向，「靖雲侯夫人差人來找大人，說是有急事，林少卿便告假走了。」說罷揚了揚手裡的請假條子。

林少卿還挺守規矩的嘛！

不過林少卿這一走，他們今日要做的便只一件事了。

「去城外驛站問問福子可識字，以及再看看驛站那裡能不能查到什麼線索。」白諸看了看快爬至頭頂的日頭，拿卷宗舉在頭頂遮著有些毒辣的日頭，「快到午時了，在外頭小食肆吃吧！」

難道還特意冒著日頭，跑一趟大理寺，就為吃孫師傅那難吃得要命的午膳不成？若是溫師傅來做午膳，他倒是願意跑這一趟的。

此時在公廚檯面後翹著二郎腿的孫師傅，沒來由的打了個噴嚏。

幾個正在檯面前擰眉看菜式的差役見狀，立時憤怒的看向打噴嚏不遮口鼻的孫師傅，質問道：「孫定人，你如此還叫人怎麼吃？」

孫師傅聞言，神色略有些尷尬，嘴上卻逞強道：「打個噴嚏罷了，我又沒病！」

一句話惹得有人直接擼了袖子，直指孫師傅的鼻子，喝道：「你再說一遍試試看！」

看著對方氣勢洶洶的樣子，孫師傅瑟縮了一下，到底有些害怕，可拉不下臉來道歉。

雙方正僵持著，紀採買過來，開口打了圓場，「好了，都少說兩句吧！」然後許諾那差役，「明天的早膳讓你多領一份。」

那差役臉色稍緩，「那我們就看紀採買同溫師傅的面子不計較了！」說罷狠狠的剜了眼孫師傅，走了。

待差役們走後，紀採買看向一臉誠惶誠恐的孫師傅，只淡淡的說了句，「下次小心些。」

一句話聽得孫師傅不由一怔，還以為紀採買要訓斥他，哪曉得竟這般和顏悅色！

紀採買說完，便低頭看起了孫師傅擺在檯面上的菜式，目光一一掃視之後，背著手轉身出了公廚，而後逕自回了自己的屋子，拿出一本冊子，在上頭記了數筆，將冊子收了起來。

天氣愈發炎熱。

溫明棠倒出調好的石灰水，用紗布包好冰粉籽放入放涼的開水中開始揉搓。

阿丙和湯圓好奇的看著她的動作，對一會兒能吃到名喚「手搓冰粉」的小食開始愈發期待了起來。

待搓到差不多了，沿著邊緣緩緩倒入調好的石灰水，攪拌均勻後，溫明棠將冰粉碗放在了一邊，在藤編的躺椅上躺下來，搖著手裡的扇子同阿丙和湯圓閒聊。

「宮裡頭的富貴是陛下、娘娘他們的，不是我們的。大家也是一樣的勞作，不僅規矩多，連勾心鬥角也不少。」

她還記得是怎麼變成如今這個溫明棠的，那個八歲的小女孩入宮沒多久，便被掖庭的宮人磋磨淹死在洗衣池中，而後她便來了。睜眼的那一刻，只覺渾身如同灌了鉛一般在往下沉，求生的本能讓她奮力浮出水面攀爬回池邊。

紀採買他們小心翼翼的不提溫家之事，免得刺激到她，阿丙和湯圓兩個半大的孩子卻是似懂非懂，知道的不多。

「和我一同進宮的還有個族姐。」溫明棠腦海中浮現出了原主那些幼年記憶，「她大我一歲，在家裡時最是愛俏，瞞著孀娘偷偷為自己染了豔麗的鳳仙丹寇，被孀娘罵了一頓。素日裡就是走路踢到，或是不小心磕到，都能哭上半天。她生得極好，雖然那時年歲還小，可已能想像到往後會出落得何等標致了。」

那是一朵養在富貴窩裡的牡丹花，可還不待長大，便被充入了磋磨人的掖庭。不過以溫家彼時的情形來看，那些被充入教坊的女子，所受的遭遇可能只會更淒慘。

可牡丹花就是牡丹花，哪扛得住掖庭的磋磨？

溫明棠自攀爬回池邊之後就大病一場，又遭遇掖庭的宮人們明裡暗裡的欺凌，待到好不容易因為救了趙司膳一命，站穩腳跟時，才記起了那個牡丹花一般的族姐。

開始打聽時，那族姐的牌子已被撤了。

宮裡頭，只有一種情況會撤了牌子，那就是人不見了。

溫明棠不是沒想過打聽具體情況的，甚至央求了趙司膳。趙司膳不過略略試探了兩句，便被人罵了一頓，兩人便明白了，族姐的事不能打聽。

想著那朵牡丹花一般的女孩子或許已凋零在不知名的黑暗之中，溫明棠也只能發出一聲嘆息，她自己都身陷囹圄，能做的委實太少了，先活下去才是最要緊啊！

聽罷溫明棠族姐的事，阿丙和湯圓小臉煞白，他們素日裡在大理寺裡跑進跑出的，遇到的最大的惡人便是孫師傅、王師傅這等人了。不承想竟還有這種事情，著實令人害怕。

溫明棠看著兩人發白的小臉，笑著揉了揉他們的頭以做安撫後起身，「吃冰粉了！」

溫明棠取了小碗過來，用勺子將淡黃色的冰粉舀入碗中，而後依次放入山楂片、花生碎、葡萄乾同煮好的小湯圓，最後澆上一勺紅糖汁遞給他們。

兩人忙不迭地接過去，走到桌子邊坐下。滿滿的小料讓兩人的勺子同時頓了一頓，不知這第一勺該如何下手？看溫明棠一勺子舀起各式各樣的小料一道往嘴裡送後，兩人才如法炮製的學著溫明棠的樣子去舀冰粉。

入口的瞬間，湯圓便驚呼了一聲，「好吃！」

那淡黃色的冰粉入口之後冰冰涼涼，又無比爽滑，不用牙齒咬，微微一抿便破裂開來，不抿的話，任由那澆了紅糖汁水的冰粉從口滑入腹中，一種難以言喻的冰涼舒爽感帶著清甜湧了上來。

「難怪溫師傅說這冰粉能消熱解暑了！」阿丙吃了一口冰粉，又去舀上頭的小料。

山楂切成細碎的小片，酸酸甜甜；花生碎的顆粒感混著紅糖汁，讓他想起紅糖花生餡的南瓜餅滋味；葡萄乾酸中帶甜，果香濃郁，最叫他喜歡的還是那一顆顆煮好的小湯圓，軟糯清甜，混著冰粉吃口感簡直妙極了。

「溫師傅，除了酸梅飲子之外，能不能也每日都做手搓冰粉呀？」

溫明棠笑了笑，將手中一碗加了許多小料的冰粉遞過去，「端去問紀採買吧！」

一句話提醒了阿丙，連忙起身端著冰粉跑了出去。

老饕紀採買一碗冰粉下肚哪有不同意的道理？記下了溫明棠所需的材料，當場寫上了採買單子。

待得劉元同白諸兩人跑了一趟驛站回來，吃到冰粉時，林斐正在靖雲侯府裡吃靖雲侯夫人鄭氏讓人燉的清熱降火的冰糖蓮子湯。

喝完一碗，待到鄭氏要去盛第二碗時，林斐制止了她，「母親喚我回府所為何事？」

鄭氏這才道：「淮山郡王府的周老夫人走了，晚間時候你祖父要過去，你們幾個同祖父一道過去。」

都是京城裡的大族，抬頭不見低頭見的，靖國公同早逝的淮山郡王交情不錯，出了這等事，自然要過去弔唁的。

林斐聞言略有些驚訝，「周老夫人不是昨日才過的大壽，聽說還請了戲班？」

「是啊！」鄭氏說到這裡，輕輕嘆了口氣，「昨兒白天時還好好的，晚間就聽聞心疾發作。你也知曉，真心痛，朝發夕死，心疾這種事來得突然，便是大夫跑得再快也未必能救得回來，周老夫人便是沒救回來了。」

鄭氏說著便感慨起了世事無常，卻未注意到一旁的林斐聽到這裡，面上露出的若有所思之色。

晚間，靖國公帶著幾個林家子弟去了淮山郡王府。

昨日周老夫人大壽時，林斐沒來，自是沒太大感觸。

倒是昨兒過來祝壽的靖雲侯世子林楠忍不住唏噓道：「昨兒還掛著紅燈籠，喜慶一片的，今兒便滿目白幡，真有種物是人非之感！」

林斐瞥了眼多愁善感的兄長，正要說話，便聽前方不遠處一道聲音傳來。

「世子、阿斐！」

林斐抬頭，向喚他「阿斐」之人望去，來人一身素服，他身旁的李源則是橫眉豎目著看他，咬牙道：「林斐，你個奸詐小人！」

林斐沒有理會李源，而是看向那個一身素服之人——淮山郡王府小郡王李兆。

李兆大步走了過來，同林斐打了招呼之後，便同林楠到一旁閒聊起來。

李兆同林楠年歲差不多，素日裡關係還算不錯，自是聊得還算盡興。

一旁被撇下的林斐同差了幾歲的李源便沒什麼交情了，非但如此，因著前些時候的事，李源對林斐還不滿得很，又罵了一聲，「奸詐小人！」

林斐瞟了他一眼，淡淡問道：「怎麼個奸詐法了？」

李源想了想，「那個廚娘……」

不等李源說完，林斐便開口打斷了他的話，「不可能。」

「那你還不是奸詐？我讓我家廚子做那油潑麵，結果他聽都沒聽過，還有什麼豆漿油條的，你是不是故意不把那廚娘給我？」

「她是我大理寺公廚的廚娘，不是平西郡王府的廚娘。你要吃，讓你府中的廚子做便是了。」

問題是做不出來啊！李源恨恨的看向林斐，「你分明就是故意幫著那廚娘……」

話未說完，收到了林斐的一記冷眼，李源下意識的愣了一愣，待到回過神來，正要發怒時，卻聽林斐忽然出聲問他，「你昨晚在淮山郡王府留宿了？」

李源不明所以，卻還是誠實的點了頭，「我同兆哥關係好，留個宿怎麼了？小爺我不止留宿，我還同兆哥睡一張床呢！」

林斐嗯了一聲，看向他眼底的烏青，「昨兒睡得怎麼樣？」

「我擇床……」李源下意識的嘀咕了一句，對著林斐，口中卻依舊硬氣的懟了回去，「關你什麼事？」

林斐對他的回懟視若無睹，只是繼續追問，「李兆昨晚睡得怎麼樣？」

李源鼓著腮幫子，正要再嘲諷幾句他多管閒事，卻聽林斐突然說道：「那早膳是溫師傅自己做的，回頭我可以問問她可否寫下做法。」

李源頓時明白了林斐話裡的意思，面上憤怒之色稍減，「兆哥睡得也不怎麼好，翻來覆去的，同我一樣還起了兩次夜。」

林斐嗯了一聲。

李源卻對他突然這麼問來起了興致，看了眼正同林楠說話的李兆，他湊近林斐，小聲問道：「是不是兆哥牽扯進什麼案子了？」

林斐看了他一眼。

李源得意道：「被你感興趣的，哪個不是牽扯進案子了？上回我不也是，兆哥是不是也一樣？」說到這裡，李源似是明白了什麼一般，吃驚道：「你該不會懷疑周老夫人的死……

不可能的，昨兒我們起夜的時候都是一起去的，我又一整晚都沒睡好，自是知曉兆哥是無辜的。老夫人是夜間心疾去世的，這同兆哥有什麼關係？」

林斐只瞥了他一眼，沒有說話。

李源卻咳了一聲，又提起了「吃」的事，「不管怎麼說，你答應了，要麼將那廚娘給我，要麼將做法單子給我，或者我讓雙喜每日早上去大理寺領早膳也成。對了，能不能叫那廚娘不止早膳，連午膳、晚膳也一併做了，你說可行嗎？」

林斐沒有看他，目光落在了不遠處的李兆身上，口中卻與李源搭著話，「要按規矩辦事，她將三食都做了，剩下那兩個怎麼辦？」

李源想了想，「要不，我讓人把那兩個打一頓？受了傷做不了飯，自然就能讓那廚娘來做了。」

林斐看了他一眼，李源攤了攤手，卻是不以為然。

周老夫人去得突然，昨日還在過大壽，今日卻出了這樣的事。淮山郡王一家站在那裡，即便是同靖國公說話，臉上都難掩悲戚之色。

林斐站在林楠身後，目光落在笑得有些牽強的淮山郡王身上。

宗親淮山郡王一脈的口碑在宗室中一向不錯，不管是老淮山郡王還是如今的淮山郡王，甚至是小郡王李兆，在外都是溫和明理之人。這一點，平西郡王府出身的李源自是多有不如的。

如今的淮山郡王夫人是出自范陽盧氏的嫡女，不管是出嫁前還是出嫁後都頗有賢名。從老淮山郡王開始到淮山郡王，再到前年才成親的李兆，皆還不曾有納妾、通房，所以不管是出身還是德行抑或者夫妻感情，這一家皆可稱之為宗室的表率。

實在是……叫人想不到有任何的不足之處。

入了夜，過來弔唁的權貴更多了，來得早的靖國公便先行告辭了，準備過幾日出殯時，再來送周老夫人。

淮山郡王抽不開身，便吩咐府中的管事將人一路送出了門。

待到出了淮山郡王府的大門，林斐問將他們一行人送出來的管事，「我記得周老夫人的心疾許多年不曾犯了，昨日大壽，本該是喜事，怎麼突然心疾發作呢？」

管事姓宋，淮山郡王府上下之人皆喚他宋管事，聽林斐發問，便道：「許是天熱燥悶，昨日又被戲班鬧到了，患有心疾之人最忌情緒大動的。」

林斐聞言點了點頭，看著面前形容憔悴的宋管事，「我見郡王他們待你親厚，你在郡王府待了很多年了吧？」

「三十多年了，老夫人這一去，小的很是傷感呢！」

林斐沒有再問，轉身跟著林楠等人走了。

隔日一大早，劉元匆匆忙忙趕到大理寺，迎面對上已吃完早膳回來的白諸同魏服，兩人正一臉饜足的討論著早膳。

「我吃了二十五個煎包。」白諸忍不住揉了揉肚子，「其實我還能再吃些的，只是紀採買守在那裡，不准人多拿！」

魏服認同點頭，「老紀盯得太緊了，不然我再吃二十來個都不成問題啊！」

兩人的對話聽得劉元腳下一崴，險些沒摔下去。

溫師傅做菜確實好吃，可吃二十來個煎包……這兩人的肚子裝得下？也不怕撐得慌？

白諸和魏服賣了個關子，讓他自己去吃吃看。

待劉元滿心疑惑的趕到公廚，看到那大鐵鍋裡的煎包時這才恍然，一個個小的也就比人的拇指稍稍大些，看做法同上回的煎包大同小異，頂部撒了些黑芝麻同蔥花，卻沒有同上回一樣配蘸料，似是讓人直接送入口中的。

「前幾日吃過大的，這次是小的嗎？」劉元好奇的問道。

溫明棠笑著一邊同阿丙和湯圓拿那每日必送的餃子皮包煎包，一邊道：「這個同上回的有些不同。」

「是大小不同吧？」劉元看著食盤裡堆疊起來的二十多個煎包，「難怪白諸和魏服一頓能吃個二、三十個，原來竟是這等一口一個的。」

一旁的紀採買手裡拿了根竹籤，上頭如串燒烤一般串了五、六個煎包，正一口一個的吃著。

這般豪橫新奇的吃法看得劉元頓時來了興致，跟溫明棠要了根竹籤走到桌子前坐下，而後拿起竹籤一口氣串滿煎包之後，吃了起來。

餃子皮薄中帶著韌性，牙齒撕開外皮的瞬間，那一小團肉餡便帶著肉汁噴湧了出來，劉元真是好奇這般拇指大小的煎包，溫明棠是如何將肉汁一道包進裡頭的。

不必似吃大煎包那般小心翼翼的輕吮，防止肉汁溢出來。劉元一口一個，鹹鮮的肉汁在口中爆出也不怕外溢，口感半點不比大煎包遜色，有別於大煎包的「細緻」吃法，另有一種「豪爽」在裡頭，不管是皮薄中的韌性還是底部的焦脆，連同彈牙的肉餡，鹹鮮的肉汁，所有都在一口之間，簡直豐富的驚人。

劉元吃得欲罷不能，手中竹籤更為其吃法添了幾分別樣的樂趣。待到一口氣吃了二十多個煎包，轉頭向檯面處看去。

不止鐵鍋裡，甚至檯面上都已空空如也了。

紀採買咬下竹籤上最後一顆拇指煎包，對他道：「可莫嫌大家吃得多，吃得快！」說著，指了指劉元自己空空如也的食盤，「你吃得也不少啊！」

劉元無話可說，都吃得不少，誰也莫嫌棄誰了！

劉元出了公廚食堂，抱著卷宗同白諸一道去見林斐。

「我們昨日去了一趟驛站，林少卿說的不錯，那個福子確實不識字。」

林斐嗯了一聲看向一旁的白諸，「黃班主那裡呢？」

「已證實了，他確實是個賭徒，那手指就是被人追債時自己剁下的。只可惜這等人剁多少根手指都沒用，下回還是照賭不誤。他素日裡又好面子，說出去畢竟是百年老字號戲班的班主，那金戒指、假文玩什麼的，便是他拿來充門面的。那些祖輩留下來的真貨早被他賣的賣、當的當，耗得差不多了。前些天，因著他一直不還錢，幾個賭坊合起來堵住了他，放狠話要送他下去見祖宗！黃班主便直言讓他們放心，說他已有辦法弄到錢了，讓他們寬限幾日。這種寬限幾日的話，賭坊的人自然不會信，黃班主便乾脆直接報出一個日子。大人，您猜猜是哪一日？」

林斐聽到這裡，抬頭給出一個猜測，「昨日？」

「大人猜的一點不錯，就是昨日！」

昨日是黃班主死亡之日，也是他去淮山郡王府唱戲之日，這會是巧合嗎？

「賭徒說的話，我是不信的，但他肯定是發現了福子的祕密。」劉元說著，又想起一事，「對了，那福子雖然不識字，可他會寫一個字。」說著，手指在空中劃拉了幾下。

因為速度太快，一旁的白諸沒看清楚，「你寫的這是什麼？」

劉元瞥了他一眼，待要說話，林斐已先一步開口，「牛！」

「大人真是火眼金睛，就是一個『牛』字！聽驛站那些小吏說，當初福子被丟棄在驛站門口時，身上包裹的襁褓上就有一個『牛』字，這也成為他唯一會寫的字。」

「福子的身世，這麼多年連日常同他接觸的驛站小吏都不知道，黃班主是如何知曉的？」

一旁的白諸又憶起了事情前後古怪之處，「且他突然為福子搭臺，我總覺得是機緣巧合之下知道了什麼，所以我特意查了黃班主在為福子搭臺前是否做過什麼特別的事？但他除了唱戲，就是去賭坊，也沒什麼旁的喜好了。我問了戲班的人，都說那些時日黃班主沒什麼異常，只去過這家府裡唱戲。」白諸將查到的名單遞給林斐。

劉元掃了眼名單，「沒有淮山郡王府。」

前腳才從淮山郡王府唱完戲回來，後腳人便死了，要說不懷疑淮山郡王府那才怪了，可這名單上卻並沒有淮山郡王府的名字。

林斐看過名單後，卻是抬頭看向兩人，「且去幫我查一件事。」

全八冊，未完待續

國家圖書館出版品預行編目資料

大理寺小飯堂／漫漫步歸 著. -- 初版.
-- 臺北市：東佑文化事業有限公司，2025.09
冊； 公分. --（小說 house 系列；717）
ISBN 978-986-467-521-0（第 1 冊：平裝）

857.7 114011807

小說 house 717 > 大理寺小飯堂·卷一

作者：漫漫步歸
美術總監：T.Y.Huang
美術編輯：賴美靜
企劃編輯：江秋阮
發行人：黃發輝
出版者：東佑文化事業有限公司
地址：103022 台北市南京西路 61 號 5 樓
電話：02-2550-1632
傳真：02-2550-1636
E-mail：tongyo@ms12.hinet.net
網址：http://tongyo.pixnet.net/blog
劃撥帳號：18906450
戶名：東佑文化事業有限公司
登記證：行政院新聞局局版台業字第 5360 號
法律顧問：黃玟錡律師
出版日期：2025 年 9 月初版一刷
定價：290 元

書店總經銷：旭昇圖書有限公司
地址：235026 新北市中和區中山路二段 352 號 2 樓
電話：02-2245-1480 傳真：02-2245-1479
出租總經銷：華中書局
地址：108056 台北市萬華區長泰街 34 號
電話：02-2301-5389 傳真：02-2303-8494

阅文集团
本書由閱文集團授權出版
原著作名／大理寺小飯堂

版權所有·翻印必究

未經同意不得將本著作物之內容以任何形式重製、轉載、翻印。
本書如有破損、缺頁、裝訂錯誤請寄回更換。